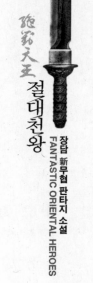

跑家天王 절대천왕

장담 新무협 판타지 소설

FANTASTIC ORIENTAL HEROES

절대천왕 8

장담 新무협 판타지 소설

초판 1쇄 찍은 날 § 2008년 10월 10일
초판 1쇄 펴낸 날 § 2008년 10월 20일

지은이 § 장담
펴낸이 § 서경석

편집장 § 문혜영
편집책임 § 서지현
편집 § 문정흠

펴낸곳 § 도서출판 청어람
등록번호 § 제1081-1-89호
등록일자 § 1999. 5. 31
어람번호 § 제2-1595호

주소 § 경기도 부천시 원미구 심곡동 163-2 서경B/D 3F (우) 420-010
전화 § 032-656-4452   팩스 § 032-656-4453
http://www.chungeoram.com
E-mail § eoram99@chollian.net

ISBN 978-89-251-1506-1 04810
ISBN 978-89-251-1301-2 (세트)

8

절대천왕

건곤일척(乾坤一擲) [완결]

覇天王

장담
新무협 판타지 소설
FANTASTIC ORIENTAL HEROES

도서출판
청어람

目次

第一章 습격(襲擊)

휘이이잉!

봄바람이 드세게 부는 석양 무렵.

황사가 섞인 누런 바람을 등에 지고 이십대 중반의 청년 하나가 한중으로 들어섰다.

낡은 청의, 옆구리에 찬 한 자루 도. 담대위겸에게 업혀 환상천부에 들어간 지 칠 개월 만에 세상으로 나온 좌소천이었다.

그는 한중으로 들어가자마자 객잔을 찾아보았다. 식사도 할 겸 상황이 어떻게 돌아가는지 알아보고자 함이었다.

좌소천은 깃발에 화정객잔이라 쓰인 객잔으로 다가가 먼지를 툭툭 털고 객잔 문을 밀었다.

삐이이.

황사바람 때문에 닫아놓았던 객잔의 문이 힘겨운 신음을 흘리며 열렸다.

낭인처럼 보이는 행색의 좌소천이 들어가자 사람들의 시선이 일제히 입구로 향했다.

"어머, 괜찮은데?"

여인들은 몽롱한 눈으로 바라보고, 남자들은 시기에 찬 눈으로 바라보았다.

"괜찮기는, 키가 좀 크다 뿐이지, 빼빼해서 힘도 못쓰겠는데 뭐."

그들과 달리, 몇몇 무인들은 눈을 예리하게 빛내며 좌소천의 전신을 훑어보았다.

하지만 좌소천을 평범한 낭인이라 생각했는지 곧 신경을 끄고 자신들의 이야기에 열중했다.

좌소천도 그들의 시선을 신경 쓰지 않고 구석진 곳의 탁자에 앉았다.

"뭘 드시겠습니까, 손님?"

나이 어린 점소이가 잽싸게 달려와 엽차를 놓고 물었다.

"양고기와 약한 술 한 병 주게."

좌소천은 간단하게 주문을 하고는 그제야 객잔 안을 찬찬히 둘러보았다.

탁자 하나 건너편에 표기가 세워져 있고, 탁자에는 표사로 보이는 무사들이 앉아 있었다.

표사들은 모두 네 사람. 그들은 좌소천이 듣고 싶었던 현 강호의 일에 대한 이야기를 나누고 있었는데, 목소리가 제법 커서 이야기를 듣기 위해 따로 귀를 기울일 필요도 없었다.

"이봐, 소문 들었나?"

"무림맹 연합이 종남에 머물고 있는 천외천가를 쳤다던데, 그 일 말인가?"

"어허, 이 사람. 그게 어느 적 이야긴데 내가 그걸 가지고 자네들에게 묻겠나?"

"그럼 뭔데?"

처음에 입을 연 길쭉한 얼굴의 표사가 단숨에 술 한 잔을 들이켰다. 그러고는 탁, 소리가 나게 잔을 내려놓고 입을 열었다.

"이번에는 천외천가가 무림맹 연합의 산양 지부를 쳤다고 하네."

"그래? 어떻게 되었나?"

"그야말로 산양 일대가 피바다가 되고, 족히 일천은 죽었을 거라고 하네. 살아남은 무사들은 상주 풍성보로 퇴각했다고 하더군."

"허어, 거참. 아니, 무림맹 연합의 숫자가 훨씬 많은데도 패했단 말인가?"

"숫자만 많으면 뭐 하나? 천외천가에서 나온 고수들을 막을 수가 없는데."

"천외천가의 무사들이 정말 그렇게 강하다고 하던가?"

"나도 말로만 들었는데, 죽은 일천여 명 중 수백 명이 단 십여 명에게 죽었다고 하더군. 특히 천혈마신이라고 불리는 사람은 인간이 아니라는 말도 있네. 그가 손을 휘두를 때마다 십여 명이 피떡이 되어 나가떨어졌는데, 적어도 이백 명이 그에게 죽었다고 하더군."

"맙소사!"

그들의 대화가 이어질수록 좌소천의 표정도 굳어졌다.

봄이 오자마자 혈풍이 불더니, 이제는 관에서조차 막기가 힘들 정도가 되었다고 한다. 어느 한쪽이 패하기 전에는 끝나지 않을 전쟁이 시작되었다는 말이다.

'천혈마신이라……. 공야황을 말하는 것인가?'

좌소천이 곰곰이 생각에 잠겨 있을 때 점소이가 음식을 가져왔다. 좌소천은 음식을 먹으면서도 표사들의 말을 하나도 놓치지 않았다.

그가 음식을 거의 다 먹을 즈음, 표사들 중 얼굴이 길쭉한 장한이 목소리를 낮추고 속삭이듯 말했다.

"그런데 말이야, 그들이 곧 상주를 칠 거라는 소문이 있네. 아니지, 어쩌면 이미 쳤을지도 모르겠군."

다른 세 표사의 표정이 굳어졌다.

길쭉한 얼굴의 장한이 말을 이었다.

"그러니 자네들도 그쪽으로 임무가 떨어지면 절대 가지 말게. 눈 없는 칼에 죽고 싶지 않으면 말이야."

"제길, 세상이 험해지면 그만큼 표물도 많아지는 법인

데……."

"지금 돈이 문젠가? 목숨이 오락가락하는데!"

좌소천은 젓가락을 놓고 자리에서 일어났다.

시간이 없었다. 공야황이 직접 나섰다면 상주가 무너지는 것은 기정사실이 된다.

상주가 무너지면 낙남도, 화산도 안심할 수가 없다.

화산까지 이틀거리. 빨리 가면 하루 반이 걸린다. 그사이 무슨 일이 벌어질지 누가 안단 말인가.

좌소천은 계산을 마치고 객잔을 나섰다. 객잔을 나서자 유난히 붉게 타오르는 석양이 보였다.

구름도 붉고 하늘도 붉었다.

좌소천은 한중에서 자려던 생각을 포기하고 곧장 동문을 나섰다.

2

붉은 석양에 서산이 타 들어갈 즈음.

일천이 넘는 그림자들이 석양을 등에 지고 풍성보의 담을 넘었다.

천해와 천외천가, 그들이 마침내 무림맹과 제천신궁, 전마성 연합세력의 임시 지부인 풍성보를 공격하기 시작한 것이다.

그들의 공격이 시작된 지 얼마 되지 않아 풍성보의 전각이 불타오르며 무너져 내리기 시작했다.

화르륵! 우르릉!

"으악!"

"크억!"

"놈들을 막아라!"

"정의의 이름으로 악의 무리를 처단하라! 물러서지 마라!"

"이 개새끼들! 죽어라!"

사방에서 터져 나오는 비명! 욕설 섞인 악다구니!

팔백의 무림맹 제자들, 제천신궁과 전마성의 삼백 무사, 그리고 풍성보 오백의 무사가 그들을 막아섰다.

하지만 천해와 천외천가의 무력은 예상했던 것보다 더 강했다. 적의 공격을 대비해 방어진을 쳐놓았으나 소용이 없었다.

처음부터 잘못 짜여진 방어진이었다. 무림맹은 적의 주력이 천외천가인 것으로 알고 방어진을 짰다. 그러나 적의 주력은 천해, 천외천가는 사 할이 채 되지도 않았던 것이다.

별것 아닌 차이처럼 보였지만, 그 차이는 예상했던 것보다 더 컸다. 적어도 한 시진은 버틸 줄 알았던 방어진이 반 시진도 되지 않아 무너져 버렸다.

일차 방어진이 무너지자 천무단주 팽철과 소림의 장로 법종 대사가 천무단을 이끌고 전면으로 나섰다.

그러나 그들로서는 기울어진 형세를 되돌리기에 역부족이었다.

무정귀 이백과 천살영과 지살영 이백, 거기에 독혼대, 빙혼대, 마흔대의 살귀가 삼백이다.

무려 칠백에 달하는 인성이 소멸된 자들. 그들은 상대의 가슴을 가르고, 목을 치면서도 눈빛 하나, 표정 하나 변하지 않았다.

심지어 죽어가면서도 신음을 흘리지 않았고, 숨을 멈추기 전까지 악착같이 상대의 가슴에 도검을 꽂았다.

오죽했으면 소림의 법종 대사가 살기를 겉으로 드러냈을까.

"아미타불! 진정 수라와 같은 자들이로다! 내 살계를 어겨 지옥에 가더라도 용서치 않을 것이니라!"

수라(修羅)!

그랬다. 그들은 진정 지옥의 수라들이었다.

하지만 그들을 다 합친 것보다 더한 공포는 따로 있었다.

핏빛 구름에 둘러싸인 천혈마신(天血魔神) 공야황!

그가 유유히 움직이며 손을 휘두를 때마다 지옥이 펼쳐졌다.

내로라하는 고수들이 비명을 지를 새도 없이 낫에 베인 갈대처럼 쓰러진다.

강호를 떨어 울리는 맹호들이 그의 앞에선 고양이로 전락해 버렸다.

누구도 그의 앞을 막지 못했다. 단 이각, 수십 명의 고수가 그의 손에 속절없이 죽어가고, 그가 지나간 자리에 붉은 주단이 깔렸다.

"이놈! 네놈이 천혈마신이더냐?!"

뒤늦게 폭양도 팽철이 그의 앞을 막았다.

핏빛 구름에 쌓인 공야황은 붉은 머리를 휘날리며 팽철을 덮쳤다.

"본좌의 앞을 막는 놈은 누구도 살지 못할 것이니라!"

"개소리 그만 하고 내 칼이나 받아라, 이놈!"

"우하하하! 용기는 가상하나 너는 내 적수가 아니다!"

그때부터였다. 핏빛 구름 속에서 벼락이 터져 나왔다.

쩌저적! 콰광!

도광이 충천하며 핏빛 구름을 뒤흔들었다.

주위 오 장이 완전히 초토화되며 시퍼런 도광과 혈광이 쉴 새 없이 충돌했다.

그때만 해도 팽철이 공야황을 막을 수 있을 것처럼 보였다.

그러나 십 초가 지날 무렵이었다.

고오오오오!

핏빛 구름 속에서 시뻘건 구가 형성되는가 싶더니, 팽철이 피를 뿜으며 삼 장 밖으로 튕겨졌다. 그리고 곧이어 또 하나의 혈천마혼구가 팽철의 가슴을 짓뭉갰다.

"커억!"

쩍 벌어진 팽철의 입에서 피분수가 치솟았다.

그것이 육기의 한 사람, 폭양도 팽철의 마지막이었다.

팽철을 죽인 공야황은 오만한 표정으로 다음 먹이를 찾아 움직였다.

가히 일당천의 기세!

팽철의 죽음을 본 천무단의 고수 둘이 그를 급습했다가 형체를 알 수 없게 짓뭉개졌다.

전마성의 장로인 칠성마도 적환이 그의 앞을 막았다가 삼초 만에 심장이 터져 죽었다.

공포!

어스름과 함께 공포가 밀려들었다.

검제 우경 진인과 철혈마제 사도철군이 달려와 함께 손을 쓴다면 모를까, 누가 있어 저자를 막을 수 있을 것인가.

더구나 삼사 중 은사와 유사, 십암 중 여섯이 공야황과 함께하고 있는 터였다.

파죽지세!

연합세력의 사백 무사가 천해의 일각을 막지 못하고 무너진다.

반 시진이 지날 즈음, 연합세력 팔백여 무사가 속절없이 쓰러지자 승세는 천외천가 쪽으로 기울었다.

도저히 더는 견딜 수 없는 상황!

악청백이 전력을 다해 창을 휘두르고는, 철암이 뒤로 물러난 틈을 타 무림맹 쪽을 향해 소리쳤다.

"이대로는 전멸이외다! 이곳을 포기하고 물러납시다!"

그라고 해서 어찌 물러나고 싶을까. 그러나 이대로 가면 반 시진을 더 버티지 못하고 전멸할 것이 뻔해 보였다.

천무단의 제일부단주인 소림의 법종 대사도, 당문의 장로 당우청도 상황을 모르지 않았다. 이대로 전멸하느니 최선을 다해 한 사람이라도 살려야 했다.

전쟁은 이제 시작인 것이다.

"아미타불! 무림맹의 제자들은 이곳을 빠져나가라!"

기다렸다는 듯, 악청백도 포규상과 모이산 등 패천단 대주들을 향해 소리쳤다.

"포 대주와 모 아우는 오른쪽을 맡고, 여 대주와 반 대주, 적 대주는 왼쪽을 맡아! 사람들이 빠져나갈 동안 우리가 이들을 막는다! 육 형! 목령대를 뒤로 물리시오!"

"예! 단주!"

포규상과 모이산이 근처에 있던 수하 이십여 명을 데리고 오른쪽으로 달려갔다. 여휘랑과 반호, 적사응도 삼십여 명의 수하들과 함께 왼쪽으로 밀려드는 적을 막았다.

하지만 육부경은 뒤로 물러서지 않고 오히려 앞으로 나섰다.

"아니외다! 악 형과 금강대가 먼저 가시오! 이들은 우리가 맡겠소!"

"육 형! 고집부릴 때가 아니외다! 어서 떠나시오!"

육부경은 그 말을 듣지 못한 척 고함을 내지르며 앞으로 달려나갔다.

"어디 누가 죽나 해보자, 이놈들! 내가 바로 백월신마 육부경이니라!"

그가 달려들자 전호도 호탕한 웃음을 터뜨리며 만월처럼 굽은 칼을 휘둘렀다.

"으하하하! 여기 월영신마 전호도 있다!"

시은형, 조공인, 염상석, 용수강 등 구포방의 무사 육십 명이 일제히 그 뒤를 따랐다.

"천외천가가 별거더냐! 어디 한번 해보자!"

미처 막을 새도 없이 앞뒤가 바뀌어 버렸다.

지금은 어느 한쪽이 고집을 꺾어야 할 때. 자존심을 세울 때가 아니다.

악청백은 이를 악물고 뒤로 물러섰다.

천혈마신이 오면 빠져나가고 싶어도 빠져나갈 수가 없을 터, 그가 오기 전에 빠져나가야 했다.

"각 대주들은 살아남은 사람들을 이끌고 빠져나가라!"

"형님! 저도 남겠습니다!"

"단주!"

"명령이다! 어서 사람들을 데리고 빠져나가! 어서! 수하들을 다 죽일 셈이더냐?!"

악청백은 눈을 부라리고 창을 곧추세웠다.

전신에서 피어오른 기운이 방원 이 장 주위를 휘감는다.

포규상과 모이산을 비롯한 패천단의 대주들은 입술을 피가 나도록 깨물었다.

그들도 모르지 않았다. 지금이 아니면 퇴로조차 막혀 후퇴조차 못할지 모른다. 하지만 쉽게 발이 떨어지지 않았다.

그때 악청백의 노성이 터져 나왔다.

"모이산! 네가 정녕 나와 의를 끊을 셈이더냐?!"

끝내 모이산의 입술에서 한줄기 핏물이 주르륵 흘렀다.

"제기랄! 꼭 그렇게 말할 건 또 뭐 있습니까?! 가요! 간다구
요! 뭐 해?! 모두 나를 따라와!"

한데 모이산을 필두로 금강대의 살아남은 대원들이 막 후원
을 벗어날 때였다.

손짓 몇 번에 천무단의 고수 다섯을 죽인 공야황이 십오륙
장을 단숨에 날아와 악청백의 앞에 내려섰다.

"후후후후! 그대가 이들의 수장인가?"

악청백은 그가 나타나자 창을 쥔 손에 불끈 힘을 주었다.

팽철을 십여 초 만에 무너뜨린 자, 천하를 질타하던 고수들
을 허수아비처럼 무너뜨린 자다.

천하제일의 마인, 천혈마신 공야황!

마주 선 것만으로도 심혼이 짓눌린다.

창을 움켜쥔 손 안에 땀이 고인다.

악청백의 이가 절로 악물렸다.

'맙소사! 이 정도였다니!'

마주 서고 나서야 팽철이 왜 그리 무력하게 무너졌는지 이
해가 갔다.

자신은 얼마나 버틸 수 있을까. 십 초? 이십 초?

공야황이 막아선 이상 도주하기는 틀린 마당이다.

최선의 방법은 단 하나뿐. 죽더라도 최대한 시간을 끌어야
한다. 그럼 다른 사람이 그만큼 더 살 수 있지 않겠는가!

'오냐! 어디 한번 해보자, 악청백! 궁주를 보지 못하고 죽는

게 조금 서운하지만, 최선을 다하고 죽는다면 무엇이 아쉬우랴!

천천히 묵창을 들어 올리는 악청백의 전신에 웅혼한 기운이 흘러나온다.

눈을 부릅뜬 그가 소리쳤다.

"와라! 공야황!"

일순간, 그의 묵창 끝에서 창룡이 솟구쳤다.

3

자시 무렵, 상주의 일이 전해지자 화산이 발칵 뒤집혔다.

산양이 무너졌다는 소식에 급히 정예무사 오백을 상주에 추가로 파견했다. 합한 숫자가 무려 일천백 명이다. 풍성보의 무사들까지 모두 일천육백.

육기에 속한 팽철과 악청백을 비롯해 초절정의 경지에 이른 고수가 일곱이고, 절정의 경지에 오른 고수가 오십여 명이나 되었다.

적은 일천 정도. 천혈마신이라 불리는 공야황이 직접 나섰다 해도 숫자에서 많이 앞서니 쉽게 패하지는 않을 거라 생각했다.

한데 예상과 달리 한 시진을 버티지 못하고, 설상가상 팽철과 악청백을 비롯해 팔백의 목숨이 스러졌다고 한다.

충격이 화산과 영풍산장을 짓눌렀다.

종남을 떠나 위남까지 다가온 적의 주력만 아니었다면 더 많은 사람을 보냈을 터였다. 그러나 위남의 주력이 화산을 노리는 이상 더 보낼 수가 없었다.

그리고 결국, 참혹한 결과로 이어졌다.

그 한가운데 그가 있었다. 천혈마신 공야황이!

우경 진인은 보고를 듣고 입을 꾹 다물었다.

공야황에게 폭양도 팽철의 심장이 십여 초 만에 부서지고, 파혼신창 악청백이 이십 초 만에 죽었다고 한다. 그뿐이 아니다. 수많은 사람들이 그의 일수를 감당치 못하고 죽임을 당했다.

자신이라 해도 팽철이나 악청백을 이기려면 삼십여 초는 겨루어야 할 터였다. 그리고 목숨을 거두려면 그보다 더 많은 초수가 필요할 것이었다.

공야황이 자신보다 월등히 강하다는 뜻!

나름의 판단을 내린 우경 진인의 얼굴이 굳어졌다.

그때 제갈진문이 침중한 표정으로 입을 열었다.

"일단은 낙남에서 그를 막아야 합니다, 맹주."

"현재 그곳으로 가 있는 인원이 얼마나 되오?"

"본 맹의 제자들과 제천신궁의 사람들을 합해 모두 일천 정도입니다. 거기에 상주에서 후퇴한 사람들 중 큰 부상을 입지 않은 사람들까지 합하면 일천오백 정도 됩니다."

"그들이 막을 수 있겠소?"

제갈진문이 고개를 저었다.

"솔직히 말씀드리면, 불가능합니다. 저들도 상당한 피해를 입었습니다만, 피해 입은 것보다 더 많은 무사들이 합류하고 있다 합니다. 즉시 추가 파견을 해야 합니다."

우경 진인이라 해서 그걸 모르지 않았다. 문제는 위남에 있는 자들의 움직임이었다.

낙남을 사수하기 위해선 적어도 일천의 제자를 더 보내야 한다. 그래도 확실하게 이긴다는 보장이 없다. 한데 그리되면 화산에 남는 인원은 화산의 제자들까지 다 합해도 일천오백 정도. 위남의 세력이 화산을 칠 경우 영풍산장이 무너지기라도 하며 화산이 위험해질 수 있는 것이다.

과연 영풍산장에 모인 자들이 단독으로 위남 천외천가의 전력을 막아낼 수 있을까?

의구심이 들면서도 우경 진인은 묻지 않을 수 없었다.

"영풍산장은 어떻소? 그들이 우리의 도움없이 위남에 있는 자들의 공세를 막아낼 수 있겠소? 막아줄 수만 있다면 좋겠는데 말이오."

꼭 그랬으면 싶은 말투다.

적을 막고 화산을 지킬 수만 있다면, 영풍산장에 있는 연합 세력이 전멸을 당해도 상관없다는 것일까?

바라보는 눈빛을 보니 아무래도 그런 것 같다.

'천하의 안녕을 생각하는 맹주의 마음을 모르는 바는 아니지만…… 하아…….'

제갈진문은 우경 진인의 뜻을 알고 마음이 무거워졌다.

하지만 그로서도 다른 마땅한 방법이 없었다.

"제가 직접 가서 군사인 공손양과 이야기를 나눠보겠습니다. 저들도 저희의 마음을 알고 있을 것입니다."

"한시가 급한 일이오. 서둘러 주시오."

"예, 맹주."

*　　　　*　　　　*

영풍산장 역시 화산과 다르지 않았다.

무거운 침묵 속에 긴장감이 감돌았다.

파혼신창 악청백, 그와 일백오십에 달하는 무사들의 죽음이 전해진 것이다.

"악 대주가 목숨 건 대결을 벌이지 않았다면, 더 많은 피해가 있었을 거라 합니다."

"다른 사람들은 어떻게 되었나?

공손양의 말에 사도철군이 착잡한 표정으로 물었다.

"부상을 입은 육 대협과 전 대협이 살아남은 무사 일백오십을 이끌고 낙남으로 가셨다 합니다."

"적환과 우시경이 힘 한 번 못써보고 당했다던데?"

"예, 성주."

총 칠백의 전마성 무사들 중 상주에 투입된 인원은 일백. 그중 두 장로를 비롯해 육십 명이나 상주에서 죽은 것이다.

사도철군은 끓어오른 분노를 삭이며 이를 갈았다.

"으음, 내가 갔어야 했는데……."

사도진무는 차마 '아버님이 가셨어도 공야황을 막을 수 없었을 겁니다' 라는 말은 할 수가 없었다.

그때 공손양이 착잡한 표정으로 말했다.

"분하고 원통하지만, 지금은 내일을 생각해야 할 때입니다."

그걸 모르는 사람은 없었다.

다만 며칠 전만 해도 얼굴을 마주 보며 웃었던 사람들을 다시는 볼 수 없다는 것이 가슴 아파 입이 열리지 않을 뿐이었다.

"후우… 그래, 이제 어떻게 할 생각인가?"

한숨으로 분노를 삭인 사도철군이 물었다.

공손양이 싸늘하게 가라앉은 표정으로 사도철군을 바라보았다.

"저들은 오늘의 승리로 만족하지 않을 것입니다. 관이 개입하기 전에 기세를 몰아 쳐들어올 겁니다."

"으음……."

"그러고도 남을 놈들이지."

여기저기서 침음성이 흘러나왔다.

그때 이광이 콧잔등을 매만지며 나직이 물었다.

"신양에 사람을 더 청하는 것이 어떻겠나?"

공손양은 굳은 표정으로 천천히 고개를 저었다.

"그건… 불가(不可)합니다."

동천옹이 이광을 흘겨보며 한마디 했다.

"궁을 들어먹을 일 있냐? 궁주도 없는데, 이곳에서 몽땅 뒈지면 네가 책임질래?"

이광이 제아무리 괄괄한 성격이라 해도 상대 나름이었다.

찔끔한 이광이 얼버무리며 고개를 돌렸다.

"그게 아니라……."

공손양이 단호히 자신의 생각을 피력했다.

"저에게는 대의와 명분보다 궁의 안위가 더 중합니다. 적의 힘이 우리의 예상보다 훨씬 강하다는 것이 판명된 이상, 만약의 경우 상황이 극한에 처한다면, 저는 군사의 자격으로 후퇴를 명할 것입니다."

묵묵히 있던 사도철군이 눈살을 찌푸리며 입을 열었다.

"후퇴한다는 건 마음에 안 들지만, 상황이 그리되면 어쩔 수 없지. 이곳에서 저놈들과 동귀어진하고 싶은 마음은 조금도 없으니까 말이야."

둘러앉은 사람들의 마음이 무거워졌다.

올 때만 해도 단숨에 무너뜨리고 태백산까지 쳐들어갈 것 같았다. 한데 궁주는 어디론가 사라져서 코빼기도 보이지 않고, 이제는 후퇴를 전제로 한 전쟁을 해야 할 판이다.

물론 상대의 힘이 예상보다 훨씬 강해서 어쩔 수 없다지만, 마음이 착잡해지는 것 또한 어쩔 수 없었다.

공손양은 사람들의 표정이 굳어진 것에 아랑곳하지 않고 목소리에 힘을 주어 말했다.

"하지만 그전까지 최선을 다할 생각입니다. 전쟁은 이제 시작일 뿐입니다."

"그거야 당연한 일이 아닌가? 혹시 아나? 우리가 놈들을 싹 쓸어버리고 태백산까지 달려갈지."

사도철군이 당연하다는 투로 말하고 탁자를 탕탕 내려쳤다.

"자, 자! 기운들 냅시다! 놈들이 강하다지만 우리도 약하지 않소이다! 누구 대가리가 단단한지 아직 부딪쳐 보지도 않았 잖소! 힘을 내도 모자랄 판에 왜들 그렇게 기운이 없는 거요?!"

털털한 그의 말투에 사람들의 어깨가 펴졌다.

그렇다. 미리부터 맥 빠진 모습을 보일 필요는 없었다. 자신 들이 누군가? 제천신궁과 전마성의 최강 정예가 아닌가!

"거 오랜만에 마음에 드는 말을 하는군."

무영자가 실실 웃으며 말했다.

"힘만 앞세우는 곰인 줄 알았더니, 그것도 아닌데?"

동천옹도 씩 웃으며 사도철군을 새삼스런 눈으로 바라보았 다.

모두가 웅성거리며 고개를 끄덕인다.

가라앉았던 분위기가 어느 정도 살아나자 공손양이 사람들 을 둘러보며 다시 입을 열었다.

"그들을 막기 위해서 먼저 해야 할 일이 있습니다."

사람들의 눈이 일제히 공손양을 향했다. 공손양은 자신을 바라보는 사람들을 찬찬히 둘러보고 말을 이었다.

"문제가 되는 자들은 적들 중에서도 상위의 고수들입니다.

저희 역시 약하지 않습니다만, 그들을 상대하기 위해서는 자존심을 버려야 합니다."

자존심을 버려야 한다는 말에 사도철군이 인상을 썼다.

"그게 무슨 말인가?"

"천혈마신을 제외하고도, 적들 중 몇 명은 성주님조차 승부를 장담할 수 없는 사람들입니다. 한데 그들을 상대할 수 있는 사람이 저희 쪽에는 성주님과 무림맹주인 우경 진인밖에 없습니다."

사람들은 이마를 찌푸린 채 눈을 내리깔았다. 공손양의 말이 뭘 뜻하는지 짐작한 것이다.

사실이 그랬다. 동천웅과 무영자가 강하다 해도, 이제 나이가 들어 둘이 힘을 합해야 겨우 사사 중 하나를 감당할 수 있을 뿐이었다.

하나 무인이 자존심을 버린다는 게 어찌 쉬울까.

공손양도 그들의 마음을 알았지만, 자신의 주장을 굽히지 않았다.

"합공을 해서라도 막아야 합니다. 둘이 안 되면 셋, 셋이 안 되면 넷이라도. 싸움이 벌어진 후에는 늦습니다. 그전에 미리 상대할 사람을 정해놓고 함께 움직여야 합니다."

전마성의 장로 중 한 사람인 유청산이 툭 쏘듯이 말했다.

"너무 지나친 염려가 아닌가? 우리도 결코 약하지 않다네."

자존심 강한 사도철군도 별로 마음에 안 드는 듯했다.

"그렇게 미리부터 겁먹을 필요가 있을까?"

공손양이 사도진무를 바라보았다.

"사도 형도 그리 생각하십니까?"

사도진무가 단호히 고개를 저었다. 두 눈으로 공야황의 무공을 지켜본 그로선 합공이 아니라 더한 짓을 한다고 해도 반대하고 싶지 않았다.

"절대 지나치지 않습니다. 그렇게 해서라도 막을 수 있다면 당연히 그리해야 한다고 생각합니다."

말을 한 사람이 전마성의 대공자 사도진무다.

누가 그에게 자존심이 없는 사람이라 할 수 있을 것인가.

사도철군이 노려보았지만, 사도진무의 성격을 누구보다 잘 아는 그이기에 차마 뭐라 하지는 못했다.

주위가 조용해지자 공손양이 다시 입을 열었다.

"우리는 단순히 승부를 가리기 위해 적과 싸우는 것이 아닙니다. 적을 멸하기 위해 싸우고 있는 것이지요. 그 점 잊지 않으셨으면 합니다."

동천웅이 콧소리를 내며 공손양의 말에 힘을 실어주었다.

"큿. 좋아, 그럼 나와 이 늙은이가 사사, 아니지, 이제 삼사지. 좌우간 그 세 놈 중 한 놈을 맡고, 염가와 대나무귀신에게 하나를 맡기지."

그러자 헌원신우도 묵령천의 형제들 중 목화인과 기령산과 중모당을 지목했다.

"나와 세 형님이 순우연과 순우경을 맡겠네."

일이 거기까지 흐르자 전마성의 장로들도 더는 반대하지 못했다.

공손양은 고개를 끄덕이고는 연합세력의 고수 중 오십여 명을 골라 짝짓기를 시작했다.

그 첫 번째로 사도철군이 지목되었다.

"만약 천혈마신 공야황과 싸우게 될 경우, 성주께서 맹주와 함께 그를 맡아주십시오."

사도철군이 눈을 좁히더니 입맛을 다시며 고개를 까닥였다.

자신이 누군가. 천하의 철혈마제 사도철군이 아니던가!

그는 공야황과 일대일로 싸우고 싶었다.

하지만 자존심과 오기만으로 일을 처리할 상황이 아니라는 것을 모르지 않았다. 만에 하나 일이 잘못되었을 경우 그 피해가 전체에 미칠 터, 모험을 하기에는 상황이 좋지 못한 것이다.

더구나 아직 우경 진인이 함께할 것인지조차 확실하지 않은 상태.

'우경 진인은 자존심이 강한 사람이다. 그가 합공을 반대하면 그때 가서 한번 붙어봐야겠군.'

그사이 공손양은 두세 명씩 고수를 묶어서 적을 상대할 조를 짰다.

공야황과 척발조, 삼사와 구암 등 천해의 고수들을 비롯해, 순우연과 순우경 등 천외천가의 고수들까지, 적들 중 절대지경에 올랐거나 그에 근접한 고수는 모두 이십 명에 가까웠다.

공손양이 그들의 이름을 하나하나 늘어놓자, 사람들의 표정이 납덩이처럼 굳어졌다.

적을 하나하나 해부하듯이 늘어놓은 다음에야, 적이 생각보다 강하다는 게 실감나는 것이다.

　사도철군이 입술을 씰룩이며 씹어뱉듯이 말했다.

　"더럽게 많군."

　공손양은 그런 사도철군을 보며 착잡한 마음이 들었다.

　천외천가와 천해에는 그들 외에도 주의해야 할 고수들이 상당수 존재했다.

　십삼사령, 천앙동의 괴인들, 삼령의 고수들. 거기에 천해의 독혼대와 빙혼대, 마혼대의 수뇌들 등등…….

　어디 그뿐인가? 천외천가가 포섭한 강호의 고수들에 대해선 아직 파악조차 제대로 되지 않고 있는 판이었다.

　'주군만 돌아오셔도 이렇게 복잡할 일이 없거늘.'

　역시 문제는 좌소천이다.

　그만 돌아온다면, 사도철군과 우경 진인이 삼사나 순우연 등을 맡고, 그들을 맡았던 사람들이 그 아랫사람을 상대하면 된다.

　지금과는 천양지차의 상황이 될 터. 수백 명의 무사가 죽음의 문턱에서 살아나게 될 것이다.

　그걸 생각하니 공손양은 갑자기 속이 쓰렸다.

　'돌아오시면 단단히 뭐라고 해야지!'

　제갈진문이 찾아온 것은 회의가 끝나고 한 시진가량이 지났을 때였다. 그러잖아도 무림맹 쪽 상황을 알아보려던 공손양으로선 잘된 일이었다.

마주 앉자마자 한두 마디 더 말할 시간도 아깝다는 듯 제갈진문이 단도직입적으로 입을 열었다.

"낙남으로 사람들을 더 보내야겠네."

"몇 명을 생각하십니까?"

"적어도 일천은 보낼 생각이네."

"숫자도 숫자지만, 고수들을 많이 보내야 할 겁니다."

"나도 그러고 싶네. 하나 위남에 있는 놈들 때문에 쉽지가 않아."

말을 맺은 제갈진문이 무거운 표정을 짓는다.

공손양은 제갈진문의 말에 담긴 뜻을 간파하고 담담히 물었다.

"저희에게 따로 원하는 것이 있습니까?"

제갈진문이 공손양을 똑바로 바라보았다.

"이곳의 힘으로 위남의 전력을 막을 수 있겠나? 그리만 할 수 있다면 화산의 전력을 낙남으로 돌릴 수 있을 것도 같겠만."

무림맹의 요청을 거절할 수 없어 상주로 삼백의 무사를 파견했다. 그로 인해 전력에 막대한 차질이 생겼다.

그래도 만약의 경우, 화산의 무림맹 군웅들이 자신들을 도와줄 거라 생각하고 전력의 차질에 대해서 크게 염려하지 않았다.

한데 무림맹은 이제 자신들을 도와줄 생각은커녕 도리어 모든 걸 떠맡기려 한다.

이기적인 독선인가, 불가항력의 흐름인가.

막지 못할 것은 없었다. 대신 엄청난 희생이 뒤따를 것이 분명하다.

'어르신들이 들으면 길길이 날뛰겠군. 아마 낙남에 있는 사람들을 모두 철수시키라 할지도……'

공손양의 깊게 가라앉은 눈빛이 차가워졌다.

이제 와서 희생이 너무 크네, 어쩌네, 운운하며 힘들다고 해봐야 소용없는 일일 것이다. 곤경에 처한 저들에게 제천신궁과 전마성의 위험은 강 건너의 불일 뿐이니까.

'모험을 해야 할 것 같군.'

쉬는 동안 나름대로 적에게 타격을 줄 방법을 생각해 봤다. 그리고 몇 가지 가능성있는 방법을 찾아냈다. 다만 문제는 실행하기가 쉽지 않다는 것이었다.

하지만 이제 머뭇거릴 틈이 없었다.

제갈진문을 향해 입을 여는 공손양의 목소리가 차가워졌다.

"제가 계획을 하나 세운 게 있는데, 그걸 실행에 옮기지요."

4

공손양과 제갈진문의 밀담이 오간 다음날 새벽, 어스름이 어둠을 밀어낼 즈음이었다.

새벽바람에 밀려가는 안개처럼 수십의 인영이 어둠 속에 잠들어 있는 장원을 향해 달려갔다.

소리도 없다. 말도 없다. 그저 묵묵히 물 위를 스치는 제비처럼 풀 위를 밟고 달려간다.

장원 주위에 퍼져 있던 순찰병들은 이미 은밀하게 제거된 상태. 순식간에 장원에 접근한 그들은 조금도 망설이지 않고 담장을 날아 넘었다.

"누구냐?"

"적……?"

장원 안의 경비들이 그들을 봤을 때는 차가운 칼날이 이미 그들의 머리 위로 떨어져 내리고 있었다.

"일각이다! 잊지 마라!"

누군가가 소리쳤다.

대답하는 사람은 없었다. 모두가 말뜻을 아는 까닭이다.

그들은 흩어지지 않고 정면으로 돌진했다.

열 명이 앞에 선 채 다섯 겹으로 이루어진 대열은 놀라 뛰어나오는 자들을 그대로 휩쓸었다.

"막아라! 적이다!"

"미친놈들이로구나! 여기가 어딘 줄 알고!"

여기저기서 고함이 터져 나왔다. 하지만 광란의 파도처럼 밀려가는 그들을 막지는 못했다.

선두의 무사들이 지나가면 그다음 사람이, 또 그다음 사람이 공격한다. 다섯 겹으로 이루어진 대열이 모두 지나간 곳에는 시신만이 남을 뿐이다.

순식간에 백여 명의 무사가 제대로 대항조차 해보지 못한 채 쓰러졌다. 비명과 고함이 뒤섞인 채 병장기 부딪치는 소리가 끊임없이 울렸다.

뒤늦게 수뇌들이 밖으로 뛰어나왔다.

"이게 대체 무슨 일이냐?!"

"침착하게 놈들을 막아라!"

"어느 놈이 감히 대천외천가의 가주께서 계신 곳을 쳐들어왔단 말이냐?!"

"한 놈도 빠져나가지 못하게 해라!"

그랬다. 그곳은 위남의 광운장, 천외천가의 주력이 머물고 있는 곳이었다.

그리고 그곳을 공격한 자들은 사도철군이 이끄는 영풍산장의 연합세력이었다.

철저히 진형을 갖춘 채 움직이는 절정 이상의 고수 오십.

그들의 급습은 신속하고도 강했다.

사막의 용권풍이 휩쓸고 지나가는 것 같았다.

특히 선두에 선 묵령천 사람들의 단호한 손속은 함께 움직이는 사람들조차 섬뜩해할 정도였다.

그들은 한 수 한 수에 전력을 다했다.

가슴에 맺힌 한을 쏟아냈다.

지난 이십수 년간 쫓기며 살아온 세월, 한을 가슴에 안고 쫓기다 죽어간 가족과 동료들의 한을 천외천가의 피로써 갚겠다는 듯.

헌원신우의 검은 일말의 사정도 없이 상대의 심장을 부수었고, 능야산의 비도는 한 치의 어긋남도 없이 적의 이마와 목을 뚫었다.

목영운도, 누하진도, 목영락도 누구도 망설임이 없었다.

칼날이 춤을 추고, 검이 벼락을 뿜어낼 때마다 천외천가 무사들의 몸이 난자되고 피분수를 뿜으며 쓰러졌다.

"네 이놈들!"

대장로 순우경이 전각의 문을 박차고 나오더니, 분노에 찬 고함을 내지르며 그들을 막아섰다.

헌원신우와 증모당과 기령산이 기다렸다는 듯 그를 공격했다.

쩌저저정!

순우경이 제아무리 절대지경의 고수라 해도 세 사람의 합공을 막아내는 것은 쉽지 않았다.

게다가 뒤로 잠깐 밀려난 사이 그 뒤에 있던 사도철군이 철혈마검을 내려친다.

콰앙!

연이은 공격에 순우경의 내력이 흔들리고, 안색이 창백하게 탈색되었다.

그가 이를 악물고 물러선 순간, 세 번째 열에서 세 발의 탈혼시가 튕겨졌다.

쐐에에액!

기껏해야 삼 장의 거리.

순우경은 다급히 검을 휘둘러 두 발의 탈혼시를 튕겨냈다.
그러나 미처 막지 못한 한 발이 그의 허벅지를 파고들었다.

"대장로! 물러서십시오!"

대경한 천외천가의 고수 둘이 순우경의 앞을 막아섰다. 동시에 두 발의 탈혼시가 그들의 가슴을 파고들었다.

쐐애액! 퍼벅!

"커억!"

"크윽! 뭐 이런……!"

겨우 몸을 틀어 심장이 관통되는 것을 겨우 피한 그들이 거친 신음을 토해내며 물러설 때다.

빠박!

도유관의 도끼가 그들의 이마를 쪼개고 지나갔다.

전광석화! 톱니가 쓸고 지나가듯 연이은 공격이다.

그리고 번개가 무색한 탈혼시!

척발조 등 내로라하는 고수들조차 그들의 연환 공격에 휘말려 다급하게 몸을 빼내기에 바빴다.

더구나 사도철군과 몇몇은 그들조차 함부로 상대할 수 없는 고수들. 어둠 속에서 펼쳐지는 그들의 합공과 연환 공격은 절대고수들조차 섬뜩하지 않을 수 없었다.

"고수라는 놈들이 어디서……!"

척발조는 사도철군 등의 연환 협공에 이를 갈았다.

그러나 그뿐, 직접적인 공격은 가하지 못했다.

혈암과 적암이 그들의 연환 공격에 휘말려 피를 뿌리며 물러선 이후로는 더욱 조심했다.

일각.

싸움은 일각 동안 벌어졌다.

그동안 오십 명의 별동대는 장원을 네 차례에 걸쳐 갈지자로 훑고 지나갔다. 그러고는 볼일 다 봤다는 듯 담장을 넘어갔다.

들이닥칠 때만큼이나 빠른 후퇴.

천외천가와 천해의 수뇌들이 정신을 차렸을 때, 이미 별동대는 장원의 담장을 넘어 화산으로 달려가고 있었다.

새벽에 갑자기 들이닥친 태풍은 빠르고 강했다.

태풍이 휩쓸고 간 자리에 남은 것은 삼백여 구의 시신. 그중에는 절정의 경지에 이른 고수만도 이십여 명이나 되었다.

어디 그뿐인가?

대장로 순우경를 비롯해 혈암과 적암조차 부상을 입었으니, 나머지 부상자의 면면은 더 말할 것도 없었다.

반면에 적의 시신은 겨우 다섯.

순우연은 이를 갈았다.

"어떤 놈들이더냐, 기정!"

"영풍산장에 있던 제천신궁과 전마성의 연합세력입니다, 가주."

"이놈들! 감히 이따위 약은 수를 쓰다니!"

말은 그리하면서도 순우연은 간담이 서늘했다.

적들 중 절대 경지에 이른 자도 보였다. 현재 연합세력 중 절대지경의 고수는 오직 둘, 절대공자 좌소천과 철혈마제 사도철군뿐이다.

하지만 좌소천은 모습을 보이지 않은 지 오래다. 죽었는지 살았는지도 모른 채.

그렇다면 오늘의 침입자는 사도철군이라는 말.

전마성의 성주라는 그조차 자존심을 접고 연환 공격에 나섰다는 것은 한 가지 사실을 의미했다.

무슨 수를 써서라도 이기겠다는 각오!

'젠장! 너무 방심했어!'

적을 어떻게 칠 것인가 하는 생각만 했지, 거꾸로 공격받을 거라고는 생각지 못했다.

공야황이 남쪽을 치고 들어가는 상황. 저들에겐 광운장을 공격할 여유가 없을 거라 여겼다.

고통을 받고 있을지 모르는 아들이 마음에 걸렸지만, 단전이 파괴된 후 실어증에 걸려 숨만 붙어 있을 뿐이라는 말을 듣고 서두르지 않았다. 쓸모없는 아들은 그에게 필요가 없으니까.

한데 공격을 받았다. 그리고 엄청난 피해를 입었다.

공야황이 알면 자신을 얼마나 비웃겠는가!

분노가 몇 배로 증폭되어 치밀었다.

"기정, 사상자를 정리하고 피해가 얼마나 되는지 알아봐라. 천해 쪽의 피해도 알아보고."

"예, 가주."

순우기정이 물러가자 순우연의 눈이 동쪽을 향했다.

저 멀리 화산 쪽을 바라보는 그의 눈에서 싸늘한 살기가 일렁였다.

'건방진 놈들! 오늘의 빚을 배로 갚아주마!'

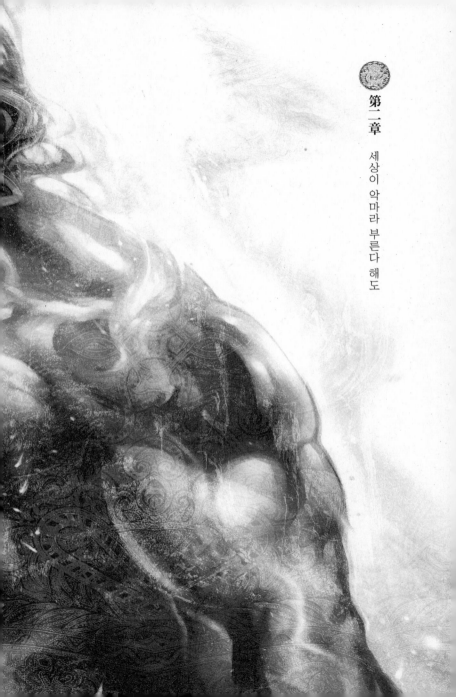

第二章

세상이 악마라 부른다 해도

나른한 봄날 오후.

개방의 삼결제자로 작수의 부분타주인 추운개는 춘곤증을 이기지 못하고 꾸벅꾸벅 졸았다.

장가객잔에서 점심을 대충 얻어먹은 지 반 시진, 햇살이 사선으로 파고드는 처마 밑에 앉은 지 일각 만이었다.

눈꺼풀이 어찌나 무거운지 만 근도 넘을 듯했다. 저 앞에 있는 장원을 감시해야 하는데도 내리누르는 눈꺼풀을 들어 올릴 수가 없었다.

제기랄!

팔을 들어 올려 어깨가 빠지도록 뻗어보기도 했다. 목뼈가 분해되는 소리가 들릴 때까지 머리도 흔들어봤다.

그래도 소용이 없었다.

'씨발, 잠깐 존다고 무슨 일이 있겠어? 오히려 이럴 때는 잠
깐 자두는 게 나중을 위해서 더 나은 법이라고.'

결국 그는 자신의 행동을 정당화시키고 고개를 떨구었다.

그리고 반 각. 그의 코에서 커다란 방울이 맺힐 때였다.

툭! 떼구르르…….

바가지에 뭔가가 떨어졌다. 소리가 제법 커서 조는 중에도
뚜렷이 귀에 들렸다.

뺑. 그의 코에 맺힌 방울이 동시에 터졌다.

그는 억지로 눈을 뜨며 와락 인상을 구겼다.

'뭐야? 어떤 애새끼가 돌로 장난을…….'

지금까지 반 시진을 앉아 있었어도 구리 동전 하나 준 놈이
없었다. 장소가 동냥을 할 만한 곳이 아니었기 때문에 그도 누
가 동냥해 줄 거라 생각지 않았다.

게다가 소리가 제법 컸다.

동네 꼬마들이 장난을 친 거라고밖에 볼 수가 없었다.

"대체 어떤 애새끼가……."

한데 겨우 머리를 드는 그의 눈에 신발이 보였다. 남자의 신
발. 그것도 제법 컸다.

'애새끼가 아니잖아?'

추운개의 눈알이 옆으로 돌아 바가지를 향했다.

순간 그의 졸리던 눈이 퉁방울처럼 커졌다.

'으, 은자다!'

바가지 안에서 반짝반짝 빛나는 은빛 덩어리. 족히 두 냥은 되어 보이는 은자다.

신발의 주인이 던져 준 것일 터이다. 근래 일 년 만에 받아 보는 통 큰 손님이라는 말.

졸음이 확 깼다. 만 근이 넘을 것 같던 눈꺼풀이 머리카락 한 올보다 가볍게 느껴졌다.

그의 또렷해진 눈이 천천히 들렸다.

청의가 보이고, 허리에 찬 도가 보이고, 신발 주인의 얼굴이 보였다.

이제 이십대 중반의 청년이었다.

하지만 그에게는 상대의 나이가 중요하지 않았다. 그가 자신의 바가지에 은자를 던졌다는 것. 그것만이 중요했다.

"아이고, 무사님. 고맙습니다요!"

추운개의 머리가 땅에 닿은 순간, 청년이 나직이 물었다.

"개방의 제자인 것 같소만, 뭐 좀 물어도 되겠소?"

흐트러진 머리와 거칠게 자란 수염으로 인해 나이를 짐작하기가 쉽지 않다. 하지만 눈가의 주름이 그다지 많지 않아 보이는 게 서른 전후로 짐작된다. 허리에 매달린 자루의 매듭이 세 개라면 지위 또한 낮지 않다는 말.

좌소천은 추운개에게 질문을 던지고 반응을 기다렸다.

"뭘 말씀입니까?"

추운개는 목적이 있는 은자라는 게 마음에 걸렸지만, 반짝이는 은자가 자신의 바구니에서 사라지는 것 또한 원치 않았다.

'일단 들어보고 결정하지 뭐.'

별것 아니라면 하루 종일이라도 대답해 줄 수 있었다.

만약에 자신이 대답하기 껄끄러운 것이라면…….

'튀지 뭐.'

그래도 신법이라면 자신이 있는 추운개였다.

그때 좌소천이 물었다.

"강호의 상황을 알고 싶소. 오랜만에 산을 내려왔더니 하도 시끄러워서 말이오."

추운개는 은자가 완벽하게 자기 것이 되었다는 생각에 환한 웃음을 지으며 입을 열었다.

최근 강호의 상황을 모르는 강호인이 누가 있을까. 남들이 다 아는 이야기만 해줘도 밤이 될 때까지 거뜬히 시간을 때울 수 있었다.

게다가 자신 역시 지루하지 않게 시간을 보낼 수 있지 않은 가 말이다.

"험, 그런 거라면 사람을 잘 찾으셨소이다."

그는 쓱쓱 옆 자리를 털었다.

"이리 앉으시구려. 좀 긴 이야기니까."

좌소천은 아무렇지도 않은 듯 추운개 옆에 앉았다.

그 태도가 마음에 드는지 추운개가 힐끔 장원 쪽을 바라본 후 환한 표정으로 입을 열었다.

"사실 은자 두 냥에 이런 이야기를 해주기는 아깝지만, 그래 도 소협이 마음에 들어서 해주는 거요."

아마 개방 분타의 새끼거지들이 들었다면, 당장 '도둑놈!'
이라며 한 소리 했을 것이었다. 그러나 좌소천은 그러냐는 듯
고개를 끄덕였다.

"고맙소이다. 그럼 최근 일어난 일부터 알려주시구려. 큰
싸움이 일어났다는데, 그 내용을 알고 싶소."

당연히 그 이야기를 할 참이었다. 그것만 해도 하루 정도는
쉬지 않고 이야기 할 수 있었으니까.

"험, 알겠소. 그게 어떻게 된 거냐 하면……."

추운개가 천외천가와 무림맹과 제천신궁 연합세력 간의 전
쟁에 대한 것을 이야기하기 시작했다.

그는 일각 동안 말을 멈추지 않았다.

그때까지는 좌소천도 아는 이야기였다. 하지만 일각이 지
나갈 무렵부터는 자신이 환상천부에 들어간 이후의 이야기였
다.

좌소천은 조용히 듣고 있다가, 추운개의 말이 옆길로 새면
살짝 비틀어서 길을 바로 잡아주었다.

"군병들이 나섰다는데."

"아, 그것 말이오? 정말 대단했지요. 그러니까……."

"지부들을 세우고 대립했다고도 들었소만."

"그거야 내가 당연히 잘 알지요. 하하하……."

"산양이 무너졌다 들었는데……."

"정말 굉장했지요. 사람들이 얼마나 많이 죽었는지……."

"오면서 상주를 공격할 거라는 소문을 들었소. 사실이오?"

그 말에 추운개의 표정이 슬며시 굳어졌다.

"어제 이미 끝났소."

좌소천의 표정도 굳어졌다.

추운개가 목소리를 낮추고 말했다.

"풍성보가 불타고, 무림맹과 제천신궁의 무사들은 낙남으로 후퇴했소."

"천외천가가 이겼단 말입니까?"

"그랬으니까 후퇴한 것 아니겠소?"

"사람이 많이 죽었겠군요."

"양쪽 합쳐서 일천이 넘게 죽었다 합디다."

좌소천은 이를 지그시 다문 채 잇새로 물었다.

"죽은 사람들 중 유명한 사람들도 많겠군요."

"물론이오. 혹시 폭양도 팽철이나 파혼신창 악청백이라는 이름을 들어봤소?"

순간 좌소천은 주먹을 움켜쥐었다.

손톱이 손바닥을 파고들었다.

추운개가 그 말을 꺼낸 이유를 아는 까닭이다.

"그들도… 죽었소?"

"정말 굉장했다고 합니다. 악청백이 천혈마신을 막은 덕에 많은 사람이 빠져나갈 수 있었다고 하는데, 결국 그는 천혈마신의 손에 죽고 말았지요. 창을 바닥에 꽂고 뻣뻣이 선 채 말이오."

'악 대주!'

질끈 감은 좌소천의 눈꺼풀이 잘게 떨렸다.

그러든 말든 추운개는 장원을 힐끔거리며 말을 이었다.

"오죽했으면 그의 투기에 감탄한 천혈마신이 수하들에게 그의 시신은 건드리지 말고 그대로 놔두라고 했다는 소문이오."

좌소천은 천천히 눈을 떴다. 가늘게 뜨인 그의 눈 깊은 곳에서 은은한 묵빛 금광이 번뜩였다.

"그 후의 일에 대해서도 들었으면 싶소만."

추운개가 움찔했다.

지금까지 한 이야기는 모두가 알고 있는 이야기였다. 아마 작수의 무인들 중 그 이야기를 모르는 사람은 거의 없을 것이었다. 아마 좌소천이 중요한 점만 콕콕 짚어서 묻지 않았다면, 정말 하루 종일이라도 이야기할 수 있었다.

하지만 그들이 알고 있는 것은 거기까지였다. 그 이후의 일에 대해 아는 사람은 아마 작수에 열 명도 채 되지 않을 것이었다. 그리고 그중 한 사람이 바로 개방의 작수 부분타주인 자신이었다.

"험, 그건 나도……."

헛기침을 하고 슬며시 고개를 돌리는 추운개다.

좌소천은 그가 알고 있다고 생각했다. 다만 비밀에 가까운 이야기여서 함부로 입을 열지 못하고 있는 것일 뿐.

좌소천은 질문을 돌렸다.

"저곳이 천외천가의 작수 지부요?"

움찔한 추운개가 입을 꾹 닫고 좌소천을 바라보았다.

고요히 가라앉은 눈으로 장원을 바라보는 좌소천의 눈빛이 한없이 깊다. 꼭 이 년 전에 보았던 개방의 장로 웅풍개의 눈빛처럼.

'뭐야? 강호초출의 애송이인 줄 알았더니, 아니었나?'

그때 좌소천이 다시 물었다.

"저곳에 천외천가의 무사들이 많소?"

"그야 당연히……."

"얼마나 되오?"

"아마 오백쯤?"

"고수들은 얼마 없겠군요. 대부분이 무림맹과 싸우기 위해 떠났을 테니 말이오."

"그게… 꼭 그렇지만은 않소. 저곳 사람들은 거의 떠나지 않았소."

추운개는 대답하며 좌소천을 재빠르게 훑었다.

'이 자식, 뭐지? 무게 잡는 게 보통이 아닌데?'

좌소천은 추운개의 행동을 못 본 척하고 다시 물었다.

"그런데 당신은 왜 저곳을 감시하고 있는 거요?"

추운개의 눈이 한순간 흔들렸다.

"무슨… 말을?"

"저들의 움직임과 화산 쪽 일이 연관되어 있소?"

대답하기 껄끄러운 질문이 계속되자 추운개가 어색한 웃음을 흘렸다.

"하, 하, 하…… 나원……."

그리고는 어이없다는 표정을 지으며 슬며시 옆구리의 타구봉을 잡아갔다.

"대체 무슨 말을 하는지 모르겠군."

그때다. 좌소천이 갑자기 몸을 일으켰다.

"모르겠다면 하는 수 없지요. 조금 있다 이곳에서 봅시다."

추운개가 움찔한 사이 좌소천이 처마 밑을 나섰다.

추운개는 좌소천의 등을 노려보며 망설였다.

'저거 확 뒤통수를 갈겨 버려?'

허름한 청의를 보면 천외천가의 무사 같지는 않았다. 천외천가의 무사들은 모두 번지르르한 새 옷을 입고 다녔으니까.

천외천가의 무사만 아니라면 작수에서 자신을 닦달할 사람이 누가 있을까.

그래도 왠지 께름칙했다.

자연스런 태도. 구름 위를 걷는 듯한 안정된 걸음걸이. 단순한 애송이가 아닌 듯했다.

'지미, 참자, 참아. 걷는 걸 보니 칼 좀 쓰는 것 같은데…….
하아, 작수의 광견 추운개, 성질 많이 죽었다, 씨발.'

'저들은 더 많은 것을 알고 있을 것이다.'

좌소천은 추운개의 망설임을 뒤로한 채 장원을 향해 걸어갔다.

비류장(飛流莊). 천외천가의 작수 지부를 향해서.

꼭 정보를 얻기 위해서만이 아니었다.

'악 대주님, 당신의 죽음 앞에 천외천가 무사들의 목을 바치겠습니다!'

악청백의 죽음에 대한 대가를 받아내기 위해서였다.

게다가 후방의 지부들이 무너지면 저들도 당황하지 않을 수 없을 터. 그것이 화산의 싸움에 어떤 영향을 미칠지는 알 수 없지만, 밀리고 있는 상황에서 어떤 변화가 일어날 것이라는 것만은 분명했다.

"정지!"

좌소천이 정문으로 다가가자 두 명의 위사가 앞을 막았다.

"무슨 일로 온 것이냐?"

위사의 질문에 좌소천은 주먹으로 대답했다.

퍽퍽!

두 명의 위사가 훌훌 날아가자 다른 두 위사가 검을 빼 들고 달려왔다.

"뭐야, 저 새끼?!"

"네놈이 감히!"

하지만 그들 역시 일 장 거리에 들어오기도 전에 달려오던 것보다 더 빨리 뒤로 튕겨졌다.

콰당!

튕겨진 두 위사가 날아가 부딪치며 정문이 활짝 열렸다.

좌소천은 활짝 열린 정문을 통해 안으로 들어갔다.

장원 안에 있던 사람들이 고개를 돌려 좌소천을 바라보았다.

"무슨 일이야?"

"저건 뭐지?"

상황을 파악할 시간도 없이 벌어진 일이다. 사람들이 어리 둥절한 표정으로 묻는다. 그사이 좌소천은 빠르게 안쪽으로 들어가며 무사들을 파악했다.

자신이 원하는 것은 평범한 무사들이 아니었다. 그들을 상 대하느라 허비할 시간이 없었다.

"넌 뭐지? 이곳의 무사가 아닌 것 같은데?"

커다란 덩치를 지닌 무사 하나가 앞을 막았다. 말투로 봐서 본래 비류장의 사람이 아닌 듯했다.

좌소천은 그에게도 대답 대신 주먹을 내밀었다.

쾅!

"컥!"

커다란 덩치가 답답한 신음을 토하며 훌훌 날아간다.

그제야 상황을 이해한 자들이 여기저기서 소리쳤다.

"저놈을 잡아!"

"적이다!"

좌소천은 그들의 외침에 아랑곳하지 않고 훌쩍 몸을 날려 더 깊숙이 들어갔다.

추운개는 눈을 휘둥그렇게 뜨고 벌떡 일어났다.

자신과 이야기를 나누던 애송이가 비류장으로 다가갈 때만 해도 자리를 떠야 하나 말아야 하나 고민했다. 한데 그때, 비류장의 정문을 지키던 위사들이 벼락이라도 맞은 듯 튕겨 나가는 것이 아닌가.

'어라?'

깜짝 놀란 그가 눈을 크게 뜨고 어찌 된 일인가 머리를 굴리고 있는 사이 애송이가 비류장으로 들어갔다.

그리고 곧 안에서 소란이 일었다.

'제길, 대체 뭔 일이래?'

벌떡 일어선 그는 비류장을 향해 달려갔다. 그리고는 담에 찰싹 달라붙어 고개를 내밀었다.

순간 그의 눈이 튀어나올 것처럼 커지고 입이 떡 벌어졌다.

"마, 맙소사!"

좌소천은 가로막는 자들을 모조리 한주먹에 쓰러뜨렸다.

순식간에 이십여 명이 사방에 널브러지고 사방에서 신음이 흘러나왔다.

퍽! 퍼벅!

"커억!"

"끄윽!"

소란이 커지자, 덜컹! 전각의 문이 열리더니 십여 명이 우르르 몰려나왔다.

"대체 이게 무슨 소란이냐?!"

"이곳이 어딘 줄 알고 감히 소란을 피우는 것이냐?!"

고함을 치며 나오는 자들. 천외천가의 무리들이다. 그들 중

절정의 경지에 이른 자가 반이 넘는다.

좌소천은 우르르 나오는 그들을 향해 다가가며 무진도를 빼 들었다.

"그대들의 목숨으로 악 대주님의 원혼을 위로할 것이다!"

분노 섞인 음울한 목소리가 비류장에 울림과 동시, 무진도 에서 은은한 묵광이 흘러나왔다.

달려나오던 자들이 멈칫했다.

하지만 그도 잠시, 서너 사람이 무기를 빼 들고 달려들었다.

"미친놈!"

"죽어라, 어린놈!"

순간, 좌소천이 걸음을 옮기며 무진도를 횡으로 그었다.

쭉 뻗어나간 묵빛 도강이 비류장의 허공을 길게 가르며, 달 려들던 세 사람마저 갈라 버렸다.

화아악!

허공을 붉게 물들이며 솟구치는 피분수!

세 명의 고수가 비명을 지를 새도 없이 그대로 거꾸러진다.

"헛!"

그제야 상황이 심상치 않음을 안 천외천가의 무리들이 주춤 거리며 물러섰다.

좌소천은 조금도 망설이지 않고 그들을 향해 발을 떼었다.

찰나간에 천외천가의 고수들 사이로 뛰어든 좌소천은 우수 로 무진도를 휘두르고, 좌수로는 건곤신권과 금라천수를 번갈 아 펼쳤다.

일도에 상대의 무기와 몸이 한꺼번에 갈라지고, 일권 일수가 내질러질 때마다 폭죽이 터지는 굉음과 함께 절정의 고수들이 튕겨진다.

마른하늘에 날벼락 같은 공포가 비류장을 엄습했다.

"사, 살귀다!"

"악마 같은 놈! 모두 달려들어서 저놈을 죽여라!"

"아, 안 돼! 저자는 우리가 감당할 수 있는 자가 아니다! 피해! 물러서!"

삼십여 명의 무사가 여기저기서 뛰어나오고, 숨 몇 번 쉬는 사이에 십여 명이 더 쓰러졌다.

그들의 몸에서 흘러나온 핏물이 청석 바닥을 붉게 물들이며 흐른다.

당황한 채 우왕좌왕하는 무사들. 그들의 얼굴에 공포가 드리워졌다.

하지만 좌소천은 손을 멈추지 않고 물러서는 자들을 공격했다.

놔두면 저들의 손에 동료들이 죽을지 모른다. 하나라도 더 없애는 것만이 동료들을 살릴 수 있는 길이다.

망설일 것이 없었다.

세상이 자신을 마인이라 불러도 상관없었다.

자신이 옳다고 생각한 이상 물러서지 않을 것이었다.

쩌저적! 콰르르릉!

전각의 기둥이 갈라지며 한쪽으로 주저앉았다.

느닷없는 소란에 안쪽에서 수백 명의 무사가 뛰쳐나왔다.

대부분이 천외천가의 무리들.

좌소천은 무표정한 얼굴로 그들을 향해 쇄도했다.

"비류장의 무사들은 물러서라! 내가 원하는 자는 천외천가의 무사들이다!"

쇄도하는 좌소천의 입에서 터져 나온 차가운 일갈이 비류장을 뒤흔들었다.

비류장의 무사들은 움찔하며 주춤거리고, 천외천가의 무사들은 같잖다는 듯 달려들었다. 그때부터 비류장이 지옥으로 변하기 시작했다.

좌소천은 금환비영의 신법을 펼치며 적들 사이를 누볐다.

무진도에서 뿜어지는 묵빛 도강에 휩쓸린 자들은 누구도 성치 못했다.

끊임없이 흘러나오는 비명!

십여 초가 흐르는 사이, 수십 명이 팔다리가 잘리고 내부가 진탕된 채 쓰러졌다.

멋모르고 덤벼들던 비류장의 무인들은 공포에 질린 채 한쪽으로 물러섰다.

하지만 천외천가의 무사들은 물러서지 않고 좌소천을 향해 달려들었다.

이각이 지나기도 전, 비류장의 하늘이 붉게 물들었다.

추운개는 덜덜 떨리는 몸으로 박박 기어서 비류장에서 멀어졌다.

"씨, 씨벌……. 세상에 뭐 저런 놈……. 헙!"

그는 급히 한 손으로 입을 틀어막고 자신이 처음에 앉아 있었던 처마 밑으로 기어들어 갔다.

좌소천이 조금 있다 보자고 했다. 떠나면 쫓아와서 죽일지 몰랐다. 관운묘의 거지들까지, 모조리!

'조또, 기다리지 뭐.'

"딸꾹!"

쾅!

건곤합일의 일권이 일 장 거리를 둔 채 가슴에 틀어박혔다.

뒤로 나가떨어진 초로인은 비틀거리며 반쯤 몸을 일으켰다. 아연한 눈빛, 도무지 믿을 수 없다는 표정을 지은 채.

그로선 그럴 수밖에 없었다.

주위에 널브러진 시신들에게서 흘러나오는 피가 고여 웅덩이를 이루고 있다.

코를 찌르는 비릿한 혈향!

묻는 목소리가 절로 떨려 나왔다.

"네, 네놈은 누군데……?"

좌소천은 무심한 표정을 지은 채 그에게 다가갔다.

"질문은 내가 한다. 그대는 대답만 하면 돼."

천외천가의 장로 감건양은 정신이 없었다.

삼백의 천외천가 무사가 단 이각 만에 전멸하다시피 했다.

그것도 단 한 사람에게!

그것은 싸움이 아니라 도살이었다. 도살 장면을 직접 지켜본 그로선 대항할 의욕조차 들지 않았다.

"뭐, 뭘 말이냐?"

기듯이 물러서는 그를 향해 좌소천의 질문이 떨어졌다.

"천외천가의 계획에 대해 모르지는 않겠지? 그대가 아는 것을 말해라."

"미친놈, 그걸 내가 말할 거라 생각하느냐?"

"어차피 손에 피를 수백 명의 피를 묻혔다. 그대 하나 더 죽인다 해서 달라질 것도 없지. 물론 어떻게 죽이느냐 하는 것이 문제겠지만."

감건양은 파르르 떨리는 눈으로 좌소천을 올려다보면서 악을 쓰듯이 소리쳐 물었다.

"악랄한 놈! 대체 네놈은 누구냐?!"

좌소천은 대답 대신 손을 튕겨 그의 가슴에 있는 혈도 다섯 군데를 제압했다.

"지금 중요한 것은 그것이 아니야. 시간이 없으니 바로 시작하지. 언제든 말하고 싶으면 고개를 끄덕이도록."

오혈참맥(五穴斬脈).

본래는 혈맥을 제압해 지혈을 효과적으로 하고, 고통을 없애주는 비장의 수법이다. 하지만 혈을 거꾸로 제압하면서 천돌혈 대신 화개혈을 제압하면, 혈맥이 뒤틀리면서 개미가 물어뜯는 듯한 고통이 느껴진다.

그리고 시간이 지날수록 그 고통은 점점 커져서, 나중에는 혈맥이 갈기갈기 찢겨지며 혼조차 문드러진다.

좌소천은 혈을 제압하고 조용히 지켜보았다.

열을 셀 시간이 지날 즈음이었다.

"흐으윽!"

감건양의 눈이 튀어나올 듯이 커지고, 이를 악다문 그의 몸이 부들부들 떨렸다.

거친 톱날이 혈맥을 뚫고 지나가며 긁어대는 통증은 결코 인간이 견딜 수 있는 것이 아니었다.

악다문 그의 잇새를 뚫고 가슴을 쥐어뜯는 비명이 새어 나왔다.

"끄으으으아아아!"

좌소천이 내실 깊숙한 곳에서 나온 것은 처절한 비명이 터지고도 한참이 지나서였다.

비류장의 무사들은 구석진 곳으로 물러서서, 붉게 물든 연무장을 가로질러 가는 좌소천을 바라보았다.

살아남은 자는 모두 일백여 명. 모두가 본래 비류장의 무사인 사람들이었다. 그나마도 상황을 재빨리 판단하고 물러섰기에 그 정도 인원이라도 살아남을 수 있었다.

그들은 좌소천을 바라만 볼 뿐, 누구도 입을 열지 못했다.

정신을 차리기도 전에 비류장을 지옥으로 만든 사람이다. 그가 미리 말한 대로, 자신들을 죽이지 않고 물러가는 것만으로도 고마워해야 할 판이었다.

한데 좌소천이 정문으로 나가기 직전 이제 스물 전후로 보이는 청년이 용기를 내 입을 열었다.

"저는 정운추라고 합니다. 고맙습니다, 대협."

천외천가의 무리들을 없애줘서 고맙다는 뜻 같다.

아직 천외천가가 건재한 상황, 위험하기 짝이 없는 말이다

한데 나이 어린 그가 나서서 그런 말을 하는데도 주위의 사람들이 말리지 않는다. 신분이 낮지 않다는 뜻. 아마도 비류장의 전 주인과 관계된 청년일 가능성이 컸다.

"고마워할 것 없소. 그저 내 일을 했을 뿐이니까."

"언제든지 지나가실 일이 있으시면 들러주시기 바랍니다. 그때 제대로 된 인사를 올리겠습니다."

참담한 상황에서도 흔들리지 않고 할 말을 하는 정운추다.

굳이 자신의 이름도 묻지 않는다. 답하기 곤란할지도 모르는 질문은 하지 않겠다는 배려인가, 아니면 물을 정신이 없어서인가. 어차피 묻지 않아도 곧 알게 될 테지만, 지금과 같은 상황에서는 쉽지 않은 판단이다.

한데 흔들리지 않는 눈빛을 보니 아무래도 전자 같다.

'비류장이 다시 일어나는 것은 시간문제군.'

좌소천은 정운추를 빤히 바라보고는, 짧게 고개를 끄덕이고 비류장을 나섰다.

비류장을 나선 좌소천은 처마 밑에 쪼그리고 앉아 있는 추

운개에게 다가갔다.

그가 다가가자 추운개가 슬그머니 눈을 들었다.

"헤헤. 잘 다녀오셨습니까요, 소협."

"몇 가지 물어볼 게 있소만."

"말씀하시지요, 뭘 알고 싶으십니까?"

조금 전과는 확연히 달라진 태도. 좌소천은 고소를 지으며 물었다.

"우선 화산 쪽에 있는 무림맹과 제천신궁 연합세력의 상황을 알고 싶소."

"그것이라면 제가 잘 알고 있습죠."

추운개는 재빨리 자신이 알고 있는 정보를 뱉어냈다.

눈앞에 있는 한 사람에게 천외천가 작수 지부가 박살났다. 천외천가로 따지자면 갈아 마시고 싶은 원수지만, 무림맹 쪽으로 보자면 하늘에서 천군만마가 떨어진 것과도 같았다.

알려주지 못할 게 뭐 있을까.

추운개는 일각에 걸쳐 자신이 아는 바를 장황하게 설명했다.

"……결국 그렇게 되었습죠."

좌소천은 본래 낙남으로 갈 생각이었다. 그런데 가봐야 늦을 듯했다. 좌소천은 속으로 한 가지 결정을 내리고 추운개에게 다시 물었다.

"천외천가의 움직임에 대해 알고 있는 대로 말해주시오."

순간 추운개의 눈이 반짝였다. 그는 기대감이 가득한 표정으로 자신의 머릿속에 든 모든 정보를 끄집어냈다.

"그놈들은 지금 셋으로 나눠져 있습지요. 산양, 상주를 친 자들하고, 위남까지 전진해 있는 자들. 그리고 종남에 남아 있는 자들이지요. 그런데 본 방의 정보에 의하면……."

나중에 정보를 누설했다고 분타주가 두들겨 팰지도 몰랐다.

하지만 상관없었다. 오늘 같은 날만 계속 된다면 분타주의 매쯤이야 웃으면서 견딜 수 있었다. 물론 자신이 누설했다는 것을 알지도 못할 테니 맞을 일도 없겠지만.

'관상을 보니까 입이 가볍게 생기지는 않았어.'

나름대로 좌소천의 관상을 훑어본 추운개가 말을 이었다.

"비록 제천신궁에 당하긴 했지만 위남의 무력 역시 천혈마신이 이끄는 자들 못지않다고 합니다. 만일 두 세력이 한꺼번에 화산을 치면, 화산에 있는 무림맹과 제천신궁의 연합세력이 위험할지 모른다는 게 본 방의 판단입죠."

그의 말이 끝나자 좌소천이 말했다.

"한 가지 부탁할 게 있소."

"예? 무슨… 부탁인데요?"

"개방에 빠른 연락 방법이 있다 들었소. 화산의 영풍산장에 급히 전할 말이 있는데, 가능하겠소?"

영풍산장이라면 제천신궁의 연합세력이 진을 치고 있는 곳이다. 또한 천외천가가 바짝 신경을 곤두세운 채 지켜보고 있는 곳이기도 하다.

추운개는 잔뜩 긴장한 채 좌소천의 입을 바라보았다.

"무슨 말을 전하면 됩니까요? 너무 긴 내용은 조금 늦습니다만."

"간단한 말이오. 그곳의 공손양이라는 사람에게, 무진이라는 사람이 작수에 들렀다고 전해주고 이곳에서 벌어진 상황을 말해주시오."

간단해도 너무 간단한 말이다.

그러나 추운개는 눈치 빠르게 그 간단한 말에 적지 않은 내용이 들어 있다는 것을 알아챘다. 위험을 감수할 만한 가치가 있다는 것을.

"알겠습니다요, 공자! 이 거지에게 맡겨주십시오! 우헤헤헤!"

2

산자락이 진달래로 붉게 물든 봄날.

한 청년이 서쪽으로 기울어가는 석양을 어깨에 이고 종남산에 들어섰다.

큰 키, 묵처럼 시커먼 흑의, 옆구리에 매달린 곤 한 자루. 작수를 떠나온 좌소천이었다.

그는 작수를 떠나기 전 청의를 벗고 흑의를 사 입었다. 묶었던 머리는 얼굴을 반쯤 가린 채 어깨 너머로 늘어뜨렸다. 그리고 무진도는 장포 안에 꽂고 묵령기환보를 밖에 찼다.

멋을 내기 위해서가 아니었다.

'보고만 들어서는 작수를 친 사람과 종남을 친 사람이 동일인일 거라고는 꿈에도 생각지 못할 것이다.'

설령 작수에서 그에게 죽은 자들이 살아난다 해도 그를 곧바로 알아보지 못할 터. 그게 그가 옷을 갈아입고 무기를 바꾼 이유였다.

판단의 오류!

때로는 작은 것 하나가 전체를 틀어지게 만들지 않던가.

'순우연, 꽤나 골치가 아플 것이다.'

좌소천은 싸늘한 조소를 지으며 종남산을 향해 발을 디뎠다.

그는 석양이 지기 전에 마무리를 지을 작정이었다. 그래야 날이 새기 전 위남의 천외천가에 소식이 전해지고, 그들은 함부로 움직이지 못한 채 사태 파악에 부심할 것이었다.

적어도 자신이 영풍산장에 도착할 때까지는.

굽이굽이 산길을 돌아가자 군데군데 도관이 보였다.

과거 왕중양이 도를 얻고 수련을 했다는 종남산이다. 그로 인해 종남산에는 수많은 도관이 생겨났다. 종남파는 그들이 모여 만든 문파. 크고 작은 도관이 모두 종남파와 한 사문이라 해도 과언이 아니었다.

한데 지금 도관에 도인은 없고 무사들만이 득시글거린다.

도기가 사라진 종남산에 마기만 충천해 있다.

좌소천은 무심히 가라앉은 얼굴로 산 저 너머를 바라보며 산길을 따라 빠르게 올라갔다.

그렇게 중턱쯤 올랐을 때였다. 바위 뒤에서 세 명의 장한이 날아 내렸다.

"정지! 너는 누군데 종남을 오르는 것이냐?"

"향화객이 끊겼다는 것을 모르는 것은 아니겠지?"

가벼운 몸놀림을 보니 능히 일류 수준에 도달한 자들이다. 가슴에 '천(天)' 자가 새겨진 전형적인 천외천가의 복장을 한 자들.

굳이 말을 나눌 것도 없었다. 좌소천은 그들에게 다가가며 주먹을 쳐들었다.

좌소천의 뜻을 눈치 챘는지, 장한들 중 하나가 앞으로 나오며 검을 뽑았다.

"웃기는 놈이군!"

그가 피식 웃는 순간, 좌소천은 허공을 향해 일권을 내질렀다.

쾅!

장한은 입을 반쯤 벌린 채 비명도 지르지 못하고 나가떨어졌다.

털썩! 널브러진 그는 두어 번 피를 쏟아내더니 파르르 떨며 몸이 굳어버렸다.

깜짝 놀란 두 사람은 좌우로 갈라지며 무기를 뽑아 들었다.

"서 형!"

"네놈이 서 형을 죽이다니!"

하지만 막상 달려들지는 못했다.

자신들과 엇비슷한 동료가 검 한 번 제대로 휘둘러 보지 못한 채 죽었다. 둘 다 명색이 일류고수가 아닌가. 간덩이가 아무리 부었다 해도 그 상황을 이해 못할 그들이 아니었다.

"네놈은 누구냐? 누군데 이곳에 와서 살인을 하는 것이냐!"

"감히 이곳에서 살인을 하다니! 죽고 싶어 환장했구나!"

그들은 고래고래 소리치며, 좌소천을 향해 도검을 겨누었다.

산 위의 동료들이 자신들의 외침을 들었을 터. 곧 몰려올 것이었다. 그때까지만 버티면 죽는 것은 눈앞의 건방진 놈이 될게 분명했다.

좌소천은 그들이 소리를 지르도록 그냥 놔두었다.

사람들이 몰려와서 나쁠 것 없었다. 넓은 산을 일일이 뒤지지 않아도 될 테니까.

그러나 한없이 놔둘 수도 없는 일. 좌소천은 두 사람이 계속 소리만 지르고 덤벼들지 않자, 스윽, 한 걸음에 거리를 좁히며 두 사람이 내뻗은 도검 사이를 파고들었다.

신형이 어른거린다 싶은 순간, 좌소천은 두 사람의 코앞에 도착해서 내려치는 칼을 우수의 손날로 튕겨내고, 뻗는 검은 좌수로 붙잡아 부러뜨렸다. 그러고는 두 사람의 가슴에 쌍권을 내질렀다.

콰직! 쾅!

두 사람은 비명을 지를 새도 없이 홀홀 날아가 계곡 아래로 떨어졌다.

좌소천은 그들을 보지도 않고 다시 걸음을 옮겼다.

한데 그가 오십여 장쯤 올라갔을 때였다. 오른쪽 절벽 위에서 세 사람이 깃털처럼 날아 내렸다.

셋 다 육십은 되어 보이는 노인들이었다. 그들 중 가운데 있는 염소수염의 노인이 좌소천을 노려보며 바위를 긁는 웃음을 흘렸다.

"클클, 어린놈의 손속이 참으로 매섭구나."

좌소천은 그들을 바라보며 걸음을 멈췄다.

'이제 시작인가?'

그때 상투를 틀고 삼색 띠로 머리를 묶은 노인이 유난히 붉은 입술을 핥으며 물었다.

"어린놈아, 네놈은 누군데 겁도 없이 이곳엘 올라왔느냐?"

좌소천은 세 노인을 차례대로 둘러보며 나직이 말했다.

"천외천가의 분들은 아닌 것 같소만."

"킬킬킬, 가주가 특별히 빈객으로 초대한 분들이니라. 강호에서는 우리를 기산삼왕이라 부르지."

기산삼왕?

기도 안 차는 소리다. 섬서에서 그들을 부르는 이름은 기산삼마(岐山三魔), 혹자는 그들을 기산삼귀라고도 불렀다.

절정에 이른 고수로 성격이 독랄해서 그렇지, 실력만큼은 인정을 받는 자들.

이들이 종남에 와 있는 걸 보니 순우연이 강호의 고수들을 상당수 포섭한 듯했다. 하긴 자신들만의 힘으로 섬서를 얻는 것이 쉽지 않다는 것쯤은 그도 알 터였다.

"기산에 미친 세 마리 마귀가 있다더니, 바로 노인장들이었 군."

담담한 말투지만 빈정거림이 가득하다.

얼굴 전체가 잘 익은 대추처럼 붉은 노인, 기산삼마 중 첫째 인 홍안귀마(紅顔鬼魔)가 눈을 가늘게 뜨고 좌소천을 노려보았 다.

"그냥 목만 따서 들고 가려 했더니, 사지가 뜯기기를 자처하 는구나."

좌소천은 멈추었던 걸음을 다시 옮겼다.

"누구 머리가 떨어질지는 두고 봐야 알겠지."

그의 중얼거림에 염소수염의 노인, 곡도마(曲刀魔)가 갈고 리처럼 휘어진 기형도를 빼 들고 앞으로 나왔다.

"손속만 독한 줄 알았더니 주둥아리도 제법이구나, 어린 놈."

"곧 알게 되겠지만, 아마 당신들이 생각하는 것보다 더 독할 거야."

그의 목소리가 끝을 맺을 즈음이었다. 곡도마가 성큼 걸음 을 옮겨 단걸음에 좌소천을 덮쳤다.

"죽어라, 이놈!"

순간 좌소천의 신형이 흐릿하니 변하는가 싶더니 곡도마의
품 안으로 빨려들었다.

흠칫한 곡도마는 기형도를 휘두르며 좌소천의 접근을 막으
려 했다. 그러나 좌소천의 그림자에서 뻗어 나온 십여 개의 수
영은 아무런 방해도 받지 않고 곡도마의 도를 쥔 팔을 움켜쥐
었다.

우드득!

봄바람에 마른 나뭇가지가 꺾이는 소리가 나고, 곡도마의
입이 쩍 벌어졌다.

"크억!"

홍안귀마와 삼혼마가 대경해 달려들었다.

"노가야!"

홍안귀마의 손에 붉은빛 나는 검이 들리고, 삼혼마는 허리
춤에서 삼색편을 풀었다.

설마 곡도마가 두어 수도 견디지 못할 줄이야!

하지만 그것은 시작일 뿐이었다.

쾅!

곡도마의 가슴에 일권을 틀어박은 좌소천이 이마(二魔)를
향해 돌아섰다.

그의 우수가 묵령기환보를 잡음과 동시였다. 좌소천의 몸이
스르르 둘로 갈라지는가 싶더니, 갈라진 신형이 각기 이마를
향해 묵령기환보를 뻗었다.

금환비영의 모태, 환상자가 남긴 천고의 신법 환상비영이

처음으로 펼쳐진 것이다.

벼락처럼 뻗어나가는 두 줄기 묵광!

홍안귀마의 눈이 부릅떠지고, 삼혼마의 얼굴이 일그러졌다.

둘로 갈라졌다고 해봐야 단순한 환영일 뿐이라 생각했다. 최소한 둘 중 하나는 허상이어야 맞았다.

한데 그것이 아니다. 둘 다 허상이 아닌 것 같다. 두 좌소천에게서 뻗어 나오는 곤강에 항거할 수 없는 기운이 담겨 있지 않은가 말이다.

스스스슥!

따당! 투둑!

홍안귀마의 붉은빛 나는 검이 부러지고, 삼혼마의 삼색편이 세 조각으로 잘렸다.

동시에 시커먼 묵빛 강기가 두 사람의 가슴을 관통했다.

퍼벅!

"어, 어떻게⋯⋯?!"

물러설 틈도 없었다. 더듬거리며 그 자리에서 무너지는 홍안귀마와 삼혼마의 눈에 공포가 서렸다.

"그대들이 조금 먼저 가는 것일 뿐, 곧 산 위에 있는 자들도 그대들을 따라 지옥으로 가게 갈 것이다."

좌소천은 묵령기환보를 거두어들이고는 그들에게서 뒤돌아섰다.

바로 그때였다. 묵직한 기운이 밀려들었다.

"너는 누구냐?"

바로 옆에서 속삭이듯 귀청이 쩡쩡 울리는 소리.

좌소천은 의외라는 눈빛으로 고개를 들고는 저 앞에 있는 암봉 위를 바라보았다.

높이 이십여 장의 암봉 정상에 한 사람이 앉아 있다.

핏빛 장포를 걸친 강인한 인상의 중년인. 석양이 비쳐 그런지 그가 입은 장포가 더욱 붉어 보인다.

그리고 무릎에 얹어진 커다란 도 한 자루.

좌소천은 이채를 띤 채 그에게 되물었다.

"무진이라 하오만, 그러는 귀하는 뉘시오?"

"귀하라……. 좋아, 기산삼마를 단숨에 죽일 정도면 자격을 인정해야겠지. 나는 모용빈이라 한다."

'역시 그였나?'

그에게서 뻗치는 기운과 겉모습을 보고 대충 짐작은 했다. 그래도 자신의 짐작이 맞자 놀라지 않을 수 없었다. 그가 누군지 알기 때문이다.

도에 관한한 천하제일을 다투는 고수. 구마 중 한 사람.

적천마도신(赤天魔刀神) 모용빈!

그는 구마 중에서도 세 손가락 안에 드는 진정한 고수였다.

인정사정없는 패도적인 도로 인해 마인으로 불리지만, 성격이 곧아 '도신(刀神)'이라 불리는 자. 혹자는 그를 도제(刀帝)라 칭하며, 오제가 아니라 육제가 되어야 한다고까지 할 정도다.

그런 사람이 천외천가의 사람이라는 것. 그것이 좌소천을 더욱 놀라게 했다.

"귀하 같은 사람이 천외천가의 사람이 되었을 줄은 생각하지 못했소."

모용빈의 이마에 세 줄기 굵은 주름이 그어졌다.

그는 좌소천을 노려보더니 훌쩍 몸을 날렸다.

단숨에 좌소천과 십여 장 떨어진 거리에 내려선 그가 다시 입을 열었다.

"세상은 강자가 지배하는 법. 그들은 강하다. 그게 내가 그들을 선택한 이유지. 물론 다른 이유도 하나 있지만, 그것은 그대가 알 필요없다. 내 개인적인 일이니까."

좌소천은 무심한 눈으로 모용빈을 바라보았다.

자신의 생각을 그대로 좇는 자. 그게 모용빈이다. 강하다는 것 하나만으로 천외천가를 선택한 절대고수.

"시간이 없으니 간단하게 내기를 하는 게 어떻겠소?"

"내기?"

"삼 초를 겨루어 나에게 지면, 천외천가를 떠나시오."

모용빈의 두 눈에 어이없어하는 빛이 떠올랐다. 설마 그런 제의를 할 줄은 몰랐다는 표정이다.

"나를… 이길 수 있다고 생각하는 것이냐?"

"전력을 다해야 할 거요. 아니면… 살아서 종남을 내려갈 수 없을 테니까."

모용빈의 전신에 잠든 기운은 그가 왜 구마 중 최강의 하나로 꼽히는지 알게 해주고도 남는다. 능히 오제와 비견되는 고수.

그러나 공야황보다 강하지는 않다. 이길 수 있다는 말이다.

문제는 완벽히 이기기 위해선 적어도 이십여 초는 겨루어야 한다는 것이다. 그건 자신이 원하는 바가 아니다.

시간이 걸리는 것도 그렇지만, 모용빈과의 대결에 힘을 너무 쏟아내면 그다음이 문제될 수밖에 없는 것이다.

"믿을 수 없군, 믿을 수 없어. 나 모용빈에게 그런 말을 하는 사람이 있다니……."

모용빈의 입가에 가느다란 웃음이 걸렸다. 분노로 인한 살소였다.

"그 말은 삼 초 후에 해도 늦지 않소."

좌소천은 여전히 무심한 어조로 말하며 묵령기환보를 꺼내 들었다. 순간, 그의 전신에서 종남산을 짓누르는 웅혼한 기운이 흘러나왔다.

그제야 모용빈의 표정이 굳어지고, 두꺼운 입술이 꽉 다물렸다. 좌소천의 말이 허언이 아님을 깨달은 것이다.

그는 적룡도에 손을 얹고 천천히 잡아 뽑았다.

스르릉…….

그의 옷만큼이나 붉은 도신이 완전히 모습을 드러내자, 모용빈은 손에 들린 적룡도를 옆으로 늘어뜨리고 좌소천을 노려보았다.

"정말 좋군. 이런 흥분, 아주 오랜만이야."

좌소천은 시간을 끌 생각이 없었다.

전력을 다한 삼 초의 대결!

짧은 만큼 적지 않은 충격을 줄 터. 사람들이 몰려오기 전에 빨리 끝내고 촌각이라도 더 내력을 다스리는 시간을 가져야 할 것이었다.

"그럼 시작해 보지요."

후우우웅!

묵령기환보에서 맑은 울음이 흘러나온 순간, 끝에서 금빛 광채가 쭉 뻗었다.

보는 것만으로도 눈이 시리고 심장을 얼어붙게 만드는 검광!

마침내 묵령천검이 세상에 첫 선을 보인 것이다!

그 모습을 바라보던 모용빈은 이를 지그시 다물고 적룡도를 들어 올렸다.

동시에 시뻘건 도강이 적룡도의 도첨에서 넘실거리며 뻗어 나왔다.

찰나, 좌소천과 모용빈이 서로를 향해 신형을 날리고, 금룡과 적룡이 이를 드러낸 채 얽혀들었다.

콰아아아!

우르릉! 콰광! 쩌저적!

갑자기 종남산이 뒤흔들렸다.

산속 곳곳에 퍼져 있던 천외천가의 무사들은 난데없는 소란에 일제히 자리를 박차고 나왔다.

하지만 마사의 외침에 함부로 움직이지는 않았다.

"모두 경계를 강화하고 자리를 지켜라!"

마사는 눈을 부릅뜨고 산 아래쪽을 바라보았다.

'엄청난 싸움이다. 대체 누가 싸우고 있단 말인가?!'

우암도 딱딱하게 굳은 얼굴로 주먹을 움켜쥐었다.

"어르신, 가봐야 하지 않겠습니까?"

마사는 바로 대답하지 않고 눈살을 찌푸렸다.

현재 종남에 있는 사람 중 저 정도의 기운을 뿜어낼 수 있는 사람은 셋뿐이다. 자신과 우암, 그리고 모용빈.

그가 급히 물었다.

"우암, 모용빈은 어디로 갔느냐?"

"좀 전에 바람 좀 쐰다고 산을 내려갔는데…… 그럼……?"

우암의 파르르 떨리는 눈이 마사를 향했다.

"즉시 사람들을 소집해라. 절정의 경지에 이른 자들만 모아!"

마사의 다급한 명령에 우암이 움직였다.

그리고 그가 열일곱 명의 사람을 모아 왔을 때 종남산을 울리던 소리가 멎었다.

누가, 누가 이겼을까?

'설마 모용빈이 지지는 않았겠지?'

마사는 그렇게 믿으면서도 왠지 모르게 마음이 불안해졌다.

몇 달 전 좌소천에게 팔을 잘린 후로 세상이 생각대로만 흘러가지 않는다는 사실을 누구보다 뼈저리게 느낀 그다.

모용빈이 아무리 강하다 해도 그는 자신과 비슷한 경지에 오른 정도. 세상에는 그보다 더 강한 자가 있다.

천혈마신 공야황, 그리고 절대공자 좌소천.

좌소천이 떠오르자 이를 악문 마사의 눈빛이 잘게 떨렸다.

분노, 치욕, 두려움.

그는 그 마음을 떨치겠다는 듯 우암을 향해 소리쳤다.

"우암, 사람들을 데리고 가봐라! 어서!"

삼 초의 대결이 울퉁불퉁하던 산길을 평평하게 만들어 버렸다.

바위가 깎이고 부서져 평평하게 변해 버린 곳.

모용빈은 그 한가운데 서서 적룡도를 늘어뜨린 채 가만히 앞을 응시했다.

적룡도의 도신을 타고 시뻘건 선혈이 뚝뚝 떨어진다.

상대의 피가 아니다. 자신의 피다.

갈라진 어깨에서 흘러내린 피가 도를 움켜쥔 손을 붉게 물들인 후, 도신을 타고 미끄러져 내리는 것이다.

"내가… 졌군."

힘든 두 마디가 그의 입에서 새어 나왔다.

좌소천은 검신이 사라진 묵령기환보를 허리춤에 꽂았다.

"귀하의 생각처럼 천외천가는 그렇게 강하지 않소. 곧 그걸 알게 될 거요."

그 말만 남기고 몸을 돌리는 좌소천이다.

모용빈은 자신의 적룡도를 바라보며 고소를 지었다.

"훗, 어쩌면 자네 말이 맞을지도……."

그러다 무슨 생각이 들었는지 고개를 들고 물었다.

"나중에 다시 한 번 겨룰 수 있겠나? 어디로 가면 만날 수 있지?"

좌소천은 무심한 눈으로 모용빈을 바라보았다.

"절대의 하늘이 열렸다는 말이 들리거든, 그곳으로 찾아오시오."

"절대의 하늘……."

좌소천은 모용빈의 중얼거림을 뒤로한 채 걸음을 옮겼다.

석양이 붉게 타오르며 서봉으로 떨어져 내린다.

이제 곧 종남의 땅도 붉게 물들 것이었다.

'세상이 나를 악마라 부른다 해도… 나는 내가 가고자 하는 길을 멈추지 않고 갈 것이다.'

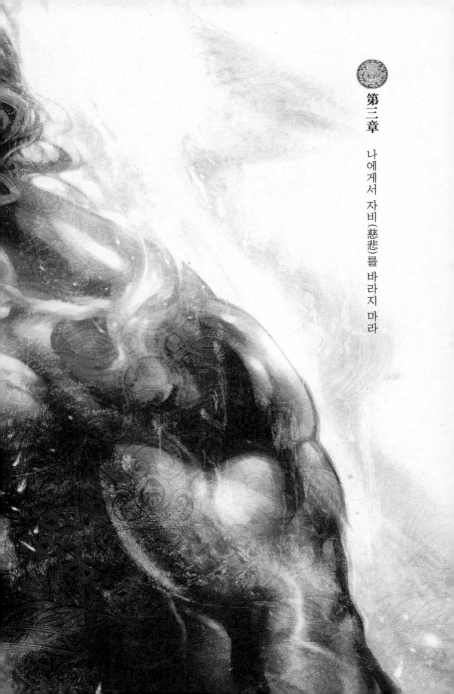

第三章

나에게서 자비(慈悲)를 바라지 마라

絕對天王

광운장에서 메뚜기 떼처럼 무사들이 쏟아져 나온 것은 종남이 붉게 물든 그날 자시 무렵이었다.

일천여 명의 무사. 그들은 광운장을 나서자마자 곧장 동쪽으로 방향을 잡고 달려갔다.

드넓은 위하평원의 풀벌레들이 숨을 죽였다.

하늘을 날던 밤새들도 날개를 접고 둥지 속으로 들어가 버렸다.

그 시각.

거지 하나가 영풍산장의 정문 앞에 나타났다.

비라도 맞은 것마냥 땀에 흠뻑 젖은 거지가 정문으로 다가

오자 위사가 눈살을 찌푸리며 막아섰다.

"무슨 일인가? 이 밤중에 동냥을 온 것은 아닐 테고?"

현재 영풍산장은 위사든, 경비든, 순찰이든, 모두 제천신궁과 전마성의 연합세력 고수들이 맡고 있다. 언제 적들이 침입할지 모르기 때문이다.

'멍청한 새끼들. 지금 이 시간에 동냥질 다니는 거지가 어디 있다고 지랄이야?'

만방개는 속으로 욕을 퍼부었지만, 겉으로는 조금도 내색하지 않았다.

눈앞의 위사는 일반적인 위사가 아니다. 자신이 개방의 사결제자라는 것 따위는 아무렇지도 않게 생각하는 자들인 것이다. 하기에 그는 속마음과 달리 공손히 말했다.

"나는 개방의 제자인 만방개라 하오. 급한 일로 공손양이라는 분을 만나러 왔소."

전마성 진마각의 무사인 나정필의 눈이 커졌다.

이화공자 공손양!

그는 어제의 공손양이 아니었다.

그가 계획한 작전 하나로 수백의 적이 죽고, 연일 밀리던 형세도 팽팽한 상태로 바뀌었다. 단 하루 사이, 그가 전쟁의 향방을 바꾸어 버린 것이다. 그러다 보니 현재 화산 일대에서 가장 중요한 인물은 무림맹주도, 전마성주도 아닌 공손양이었다.

한데 그런 공손양을 개방의 제자가 만나자고 한다.

개방이 비록 무림맹의 일파라 하나 여태 개방의 제자가 영풍산장을 찾아온 것은 처음 있는 일. 더구나 지금은 자시가 넘어가는 시각이 아닌가.

나정필은 만방개를 쓱 훑어보며 다시 물었다.

"개방의 제자가 무슨 일로 이 밤중에 찾아온 것이오?"

'지미, 급하다는데 꼬치꼬치 캐묻기는. 추운개, 그 빌어먹을 자식 때문에 이게 무슨 꼴이람?

"아주 급히 전해야 할 말이 있소. 시간이 없으니 즉시 통보해 주셨으면 하오."

코도 돼지코고, 눈은 반쯤 풀린 것 같은데다 머리도 크다. 굳이 그걸로 사람을 판단할 일은 아니었지만, 나정필은 그런 만방개가 조금 못미더웠다.

개방 제자만 아니었다면, 급하게 공손양만 찾지 않았다면, 더 이야기 나눌 것도 없이 아침에 다시 오라며 쫓아냈을 것이었다.

그러나 작금의 상황이 그로 하여금 고개를 끄덕이게 했다.

"잠시만 기다리시오. 내 말씀은 드려보겠소."

공손양은 나정필의 보고에 눈빛을 빛냈다.

무림맹과는 그간 정첩당을 통해서 정보를 교환했다. 물론 그 정보의 대부분이 개방에서 나온 것이라는 걸 그도 모르지 않았다.

그래도 평상시라면 정첩당의 수하가 자신을 찾아와야 맞았다. 한데도 별다른 왕래가 없던 개방의 제자가 직접 찾아왔다는 것은 그만큼 중요하고도 급한 정보라는 말.

"들여보내시오."

잠시 후.

만방개가 더부룩한 머리를 긁적이며 방 안으로 들어왔다. 뭔가가 그의 머리에서 툭툭 떨어졌지만, 공손양은 개의치 않고 탁자 건너편에 있는 의자를 가리켰다.

"앉으시지요."

만방개는 새삼스런 눈으로 공손양을 바라보며 의자에 앉았다. 누구든, 심지어 같은 무림맹의 사람들도 자신이 이를 떨어뜨리며 방 안에 들어서면 눈살을 찌푸린다.

그중에는 경멸 섞인 눈빛으로 바라보는 자도 있었고, 짜증을 참기 위해 이를 지그시 무는 자들도 있었다. 겉으로는 반기는 척하면서.

한데 눈앞의 공손양의 눈빛에선 조금도 그런 것이 보이지 않는다. 차분히 가라앉은 눈빛. 진심으로 반기는 듯 입가에는 담담한 미소마저 떠올라 있다.

"만방개라 하오."

"공손양입니다. 밤늦게까지 수고하십니다."

"수고는 무슨……."

만방개는 머쓱한 표정을 지으며 공손양을 힐끔거렸다.

삼경에 찾아온 거지를 반기다니, 진심일까?

그런 생각이 들면서도 왠지 마음이 편해졌다. 그래서인가, 다시 보자 공손양이 크게 느껴졌다. 제천신궁이 왜 천하제일의 세력인지 알 것 같았다.

"먼저 손님 접대부터 하는 게 예의입니다만, 급한 일로 오셨
다니 실례를 무릅쓰고 그것부터 들어볼까 합니다. 무슨 일인
지요?"

공손양의 예의 바른 질문에 만방개가 어색한 웃음을 지었
다.

—거지를 손님 대우하면서 예의를 찾는 자가 다 있더군.

아마 자신이 그 말을 한다면, 개방의 거지들이 다 낄낄거리
며 웃을지 몰랐다. 정신 나간 놈이라면서.

전이었다면 자신도 웃었을 것이다. 하지만 돌아가서 그 말
을 했을 때, 웃는 놈은 한여름 똥개를 잡듯 패버릴 생각이었
다.

어쨌든 그것은 나중 일. 만방개는 추운개가 전해온 급전을
말하기 위해 숨을 골랐다. 그리고 고개를 내밀고 나직이 말했
다.

"적수에서 급전이 왔는데, '무진이 작수에 들렀다'라는 말
을 전해달라고 했답니다."

공손양의 눈이 점점 커졌다.

"무… 진?"

"예, 그리고……."

만방개가 떠난 지 일각이 지나도록 공손양은 탁자 위의 찻
잔을 바라보며 움직이지 않았다.

―무진이 작수에 들렀다.

―그에게 천외천가 작수 지부가 박살났다.

만방개의 말은 그 두 가지가 다였다.

두 번째 소식은 정말 놀랄 만한 일이고, 반가운 일이었다. 그러나 첫 번째 소식은 왠지 뜬금없는 말처럼 들릴 정도였다.

다른 사람이 들었다면, 그게 누구냐며 만방개를 닦달했을지도 몰랐다. 아니면 그 말이 정말이냐며 만방개의 말을 의심했든지.

그럴 수밖에 없었다. 한 사람이 천외천가의 작수 지부를 때려 부수었다는데 그걸 어찌 믿는단 말인가.

하지만 공손양은 두 번째 소식보다 첫 번째 소식에 가슴이 벌렁거렸다. 아예 두 번째 소식은 귀청이 앵앵거려 잘 들리지 않을 정도였다.

그는 아는 것이다. 무진, 그 이름의 주인을!

'마침내 주군께서 돌아오셨다!'

한데 왜 본명을 알리지 않았을까? 왜 작수를 쳤을까?

단순히 그곳이 천외천가의 지부라서 쳤을 리가 없다.

목적이 뭘까?

공손양이 고민하는 것은 그것이었다.

'작수를 치고 바로 이곳으로 오실까? 아니면 다른 곳으로?'

어느 순간, 공손양의 눈빛이 반짝였다.

'만일… 종남으로 가셨다면……?'

현재 종남에 남아 있는 천외천가의 무사들은 칠팔백 정도. 좌소천이 작심하고 그들을 치면, 전멸을 시키지는 못해도 엄청난 피해를 줄 수 있을 것이다.

'어쩌면 지금쯤 모든 것이 끝났을지도 모르겠군.'

작수와 종남이 당했다는 소식이 전해지면 천외천가가 어떻게 나올까?

두 곳이 무너지면, 천외천가는 뒤가 빈다. 비어 있는 뒤에서 정체를 알 수 없는 절대고수가 위협한다면, 제아무리 강한 천외천가라 해도 쉽게 움직이지 못할 것이다.

생각을 정리한 공손양의 입가로 가느다란 웃음이 번졌다.

'신비고수의 등장에 한동안 당황하게 되겠지.'

물론 신비의 고수가 좌소천이라는 것을 곧 알게 될 것이다. 그러나 그들이 알게 될 즈음에는 상황이 완전히 변해 있을 것이었다.

문득 든 생각에 공손양은 미소를 지으며 천천히 고개를 들었다.

"기 단주님, 무진이 누군지 아십니까?"

천장에서 기천승의 의혹에 찬 물음이 나직이 흘러나왔다.

"그가 누군데 그리 강하단 말인가?"

공손양이 피식 웃으며 말했다.

"무당의 제자들이 주군을 뭐라 부르는지 아십니까?"

그의 말뜻을 알아들었는지, 하늘이 무너져도 흔들리지 않을 것 같던 기천승의 목소리가 잘게 떨렸다.

"서, 설마?"

"무당에서는 주군을 무진이라 부른답니다."

공손양의 은밀한 연락에 사람들이 모여들었다.

긴장한 표정을 짓고 들어오는 사람, 의아한 얼굴로 들어오는 사람, 눈을 비비며 들어오는 사람, 가지각색이었다.

"무슨 일인데 부른 건가? 놈들이 움직이기라도 했나?"

사도철군은 당장 적을 치러 나갈 것처럼 말하고, 동천웅은 장난처럼 말하며 자리에 앉았다.

"뭔데 오밤중에 부른 거냐? 뭐 맛있는 거라도 주려고 그러는 거냐?"

공손양은 빙그레 웃으며 답을 미뤘다.

"조금만 기다리시지요. 다 모이시면 그때 말씀드리겠습니다."

그러고는 부른 사람들이 모두 모일 때까지 기다렸다.

"답답해 죽겠군. 대충 다 모인 것 같은데, 이제 말해보게나."

단목연호가 답답한지 머리를 쑥 내밀고 다그쳤다.

틀린 말은 아니었다. 하지만 한 사람이 아직 오지 않았다.

공손양은 입을 다물고 차만 홀짝였다. 은근히 즐기는 마음으로.

그렇게 일각. 마침내 북리환이 마지막으로 들어왔다.

그가 순찰조를 돌아보고 오느라 늦었다는 것을 모르는 사람은 방 안에 아무도 없었다. 그런데도 몇몇 사람은 북리환을 잡아먹을 듯이 노려보았다. 특히 동천웅과 무영자가.

"왜… 그런 눈으로 보십니까?"

"큼, 밤늦게 순찰 도느라 욕보는 거 같아서 한번 쳐다보았다. 왜? 불만이야?"

동천웅의 말에 북리환의 표정이 몇 번이나 변했다.

'제길, 위로해 주는 말이야, 뭐야? 이 양반이 저녁에 못 먹을 걸 먹었나?'

그때 공손양이 입을 열었다.

"이제 다 모이신 것 같군요."

사람들의 눈이 일제히 공손양의 입으로 향했다.

공손양은 조금 더 뜸을 들이고는, 사람들이 발작하기 직전에 본론을 꺼냈다.

"지금부터 드리는 말씀은 당분간 비밀입니다. 제가 여러분만 부른 것은 그만한 이유가 있기 때문이니 꼭 지켜주시기 바랍니다."

"그럼, 그럼. 걱정 말고 말해보게나."

"당연히 군사가 말하지 말라면 말하지 않아야지."

너도나도 당연한 소리는 할 필요없다는 듯 나섰다. 그러다 무영자가 흑살기를 넘실거리며 한마디 하자 모두 입을 다물었다.

"어떤 놈이든 비밀을 누설하면, 내가 밤에 찾아가서 잠자는 놈 입을 찢어버릴 것이야!"

공손양은 웃음이 나오려는 것을 참고 나직이 말했다.

"어제 오후에 천외천가의 작수 지부가 한 사람에게 당해서 무너졌습니다."

뜬금없는 말에 반 정도는 놀란 표정을 지으며 눈을 크게 떴다. 하지만 나머지 반은, '그래서 그게 어쨌다고?' 그렇게 묻는 눈으로 공손양을 바라보기만 했다.

공손양의 말이 이어졌다.

"어쩌면 지금쯤 종남에 남았던 천외천가의 주력도 그 사람에게 무너졌을지 모릅니다."

이번에는 놀랐던 사람들마저 눈을 가늘게 뜨고 공손양을 바라보았다.

'너 장난 하냐?' 그런 눈빛이었다.

그럴 수밖에 없었다.

작수 지부는 단순히 지역을 유지하며 유사시 지원을 하기 위해 남은 무사들뿐이다.

그러나 종남은 달랐다. 그곳에는 알려진 것만으로도, 절대 고수가 둘에다가 그들에 비해 크게 떨어지지 않는 고수들이 수두룩했다.

혼자서 그들을 친다고?

'미치지 않고서야 어떻게 혼자 종남을 쳐? 군사가 요즘 고민을 많이 하더니 머리가 어떻게 된 거 아냐?'

사람들이 일제히 그런 눈으로 공손양을 흘겨보았다.

잘근잘근 저밀 것 같은 눈빛들.

그런데도 공손양은 여전히 웃음기마저 감도는 표정으로 말을 이었다.

"아무래도 주군께서는 그 일을 마무리 지은 후에야 이곳으로 오실 거 같습니다."

"……."

주군!

공손양이 주군이라 부를 사람은 오직 한 사람뿐이다.

좌소천!

한데 그가 오고 있다고?!

비록 잠깐이었지만, 방 안에 열아홉 개의 석상이 생겼다.

그렇게 침묵이 이어질 때다. 염불곡의 입에서 나직한 중얼거림이 흘러나왔다.

"어쩐지……."

동천옹이 홱 고개를 돌려 염불곡을 노려보았다.

"뭐냐? 염가, 너도 알고 있었어?"

"그게 아니라, 귀령의 기운이 조금 강해진 것처럼 느껴져서……."

"그게 그거 아니야?"

"최근 죽은 사람이 많아서 귀령의 기운을 가리기가 쉽지 않습니다. 하루 종일 귀령의 변화만 신경 쓰고 있을 수도 없지 않습니까?"

그가 그 차이를 느낀 것은 오후부터였다.

확신을 했다가 아니면 괴로워지는 사람은 자신뿐. 그는 좀 더 확신을 가질 때까지 말을 미루었다. 그저 그것뿐이었다.

하지만 그 말을 하면 당장 난리를 치며 닦달을 당할 게 분명한 일. 염불곡은 절대 아니라며 악착같이 변명했다. 그러고는 동천옹이 어느 정도 납득한 듯하자 넌지시 한마디 덧붙였다.

"아주 조금씩이지만, 귀령의 기운이 강해지는 걸 보니 점점 가까워지는 것 같습니다."

그 말에 공손양의 눈이 반짝였다.

'종남에서 이곳으로 향했다는 말. 그럼… 혹시……?'

2

'흠, 결국 움직였나?'

경비무사를 잡아 상황을 알아보았다.

순우연을 비롯해 광운장에 있던 고수들 태반이 화산으로 몰려갔다고 한다.

그렇게 서두를 줄은 미처 예상치 못한 일, 갈등이 일었다.

하지만 결정을 하는 데는 그리 오래 걸리지 않았다.

싸움이 이미 벌어졌다면 자신이 가봐야 늦었을 테고, 벌어지지 않았다면 전령의 소식에 후퇴할 가능성이 컸다. 더구나 연이은 격전으로 자신의 몸도 성치 않은 상태가 아닌가. 쉬지 않고 달려간다고 해도 큰 도움이 되지 않을 터. 그럴 바에는 차라리 나중을 위해 적을 줄이는 것이 나았다.

그러면 하다못해 훗날 동료들이 덜 힘들어질 테니까.

그렇게 결정을 내린 좌소천은 어둠 속에 웅크리고 있는 장원을 바라보며 운기요상을 했다.

한 사람이 장원을 나서더니 동쪽을 향해 빠르게 달려간다. 종남산에서 쉬지 않고 달려온 무사 하나가 장원 안으로 들어간 지 일각 만이었다.

완전하진 않지만, 팔 할 정도의 내력을 찾은 상태. 더는 여유 부릴 시간이 없다.

좌소천은 그의 뒷모습을 물끄러미 바라보고는, 그의 모습이 완전히 사라지자 장원으로 다가갔다.

"누구요?"

"누군데 늦은 밤에 찾아온 거요?"

두 명의 위사가 좌소천을 보고 다가왔다.

좌소천도 말없이 그들을 향해 걸어갔다.

그러다 두 명의 위사와 일 장 거리까지 가까워지자 손을 들어 가볍게 흔들었다.

흠칫한 두 위사가 걸음을 멈추고 검을 잡아갔다.

"헛! 무슨 짓……!"

하지만 그들이 방어하기에는 좌소천의 공격이 너무나 빨랐다.

퍼벅!

둔탁한 소리와 함께 두 명의 위사가 입을 쩍 벌리며 그대로 무너진다.

좌소천은 뒤로 넘어가는 그들 사이를 지나 정문으로 다가갔다.

그의 두 손이 다시 들린 순간,

쾅!

경첩이 떨어지며, 한 뼘 두께의 거대한 정문이 장원 안쪽으로 넘어졌다.

우당탕!

갑작스런 소란에 무사들이 우르르 뛰어나왔다.

개중에는 일류 수준의 고수도 있었고, 간혹 절정고수들마저 섞여 있었다. 주력이 출동한 이후여서인지 긴장이 아직 풀어지지 않은 모습이었다.

"무슨 일이야?"

"대문이 왜 넘어간 것이지?"

좌소천은 달려나오는 그들을 바라보며 허리춤에서 묵령기환보를 뽑아 들었다.

이미 두 번의 격전을 치르고 삼백 리 길을 이동한 그다. 와중에 절대지경의 고수와 싸운 것만도 두 번이나 되고, 수백 명의 무사와 격전을 벌였다.

제아무리 그가 강하다 해도 몸이 멀쩡할 리가 없다.

하지만 하지 않을 수 없다. 자신이 조금 힘들어지면 동료들이, 형제들이 살 수 있거늘 무얼 망설인단 말인가!

그가 천천히 안으로 들어가자 몇 사람이 그를 향해 소리쳤다.

"웬 놈이냐?!"

"네가 정문을 부순 것이냐?!"

좌소천은 말없이 걸음만 옮겼다. 이들과 말을 나누기 위해 온 것이 아니다. 적으로서 온 것일 뿐이다.

그가 장원의 넓은 마당 한가운데에 이르자 서너 명이 무기를 빼 들고 달려들었다.

좌소천은 한 걸음에 그들 사이를 파고들며 묵령기환보를 휘둘렀다.

순간 천붕칠절 중의 설붕벽에 어둠이 무너져 내리며 세 명의 무사를 덮쳤다.

콰과광!

"크어억!"

"허억!"

벼락에 맞은 듯 튕겨지는 세 명의 무사. 그들의 입에서 억눌린 신음이 터져 나와 광운장을 울렸다.

그게 시작이었다. 대경한 무사들이 고함을 지르며 달려들자, 천붕칠절이 줄기줄기 쏟아지며 광운장을 지옥으로 만들었다.

단호한 손속!

좌소천은 손끝에 일말의 사정도 두지 않았다.

지금은 전쟁 중인 것이다!

'나에게 자비를 바라지 마라, 천외천가여!'

3

광운장에서 출발한 지 세 시진, 일천의 무사는 영풍산장에서 이십 리 떨어진 위하 강변의 송림에 몸을 숨기고 마지막 휴식을 취했다.

"남은 거리는?"

"이십 리 정도 남았습니다."

"놈들의 움직임은?"

"아직 별다른 보고는 없습니다. 설마 저희들이 그렇게 큰 피해를 입고도 곧바로 기습할 거라고는 생각지 않고 있을 것입니다. 설령 대비를 하고 있다 해도 결과는 마찬가지일 것입니다만."

순우연은 앞에 앉은 사람들을 둘러보았다. 싸늘한 눈빛이 깊게 가라앉아 보는 이로 하여금 섬뜩함을 느끼게 할 정도였다.

평소의 그답지 않은 모습.

하지만 순우기정은 그 눈빛을 보고, 그것이 더 순우연의 본모습에 가까울지도 모른다고 생각했다.

"흐음… 좋아, 공격을 시작하면 철저히 때려 부숴, 놈들에게 본 가의 위대함을 보여줘라. 그따위 기습에 끄떡없다는 것을 알려줘."

그의 입에서 으르렁거리는 목소리가 나직이 흘러나왔다.

본래 그는 어지간한 싸움에는 자신이 직접 나서지 않을 생각이었다. 그러나 상황이 그렇게 흐르지 않았다. 공야황은 직접 나서서 산양과 상주를 단숨에 쳐부쉈는데, 자신은 가만히 있다 뒤통수를 맞았지 않은가.

상대적으로 비교될 수밖에 없는 상황. 천외천가의 무사들이 흔들리고 있었다.

게다가 척발조의 빈정거림도 더 이상 듣기 싫었다.

"해주께서 밥상을 차려줄 때까지 기다릴 생각이오, 가주?"

"거 보시오. 진작 움직였으면 이런 일도 없었을 것이 아니오?"

좋은 소리도 자꾸 들으면 싫증이 나는 법이다. 하물며 좋지 않은 말을 계속 들으면 아무리 상대가 윗사람이라도 짜증이 날 수밖에 없었다.

'흥! 어차피 움직였으니 본 가의 힘을 확실하게 보여주겠다, 척발조.'

하기에 이번 기습 작전을 단단히 벼르고 움직였다. 천앙동의 괴인들과 삼령을 모두 움직인 것도 그 때문이었다.

'여차하면 공야황이 올라오기 전에 화산까지 쓸어버려야겠어.'

그는 입꼬리를 살짝 비틀며 자리에서 일어섰다.

"노야, 가시지요."

한쪽 바위 위에 앉아 있던 척발조도 몸을 일으켰다.

마침내 시작이다.

이번 싸움이 시작되면 둘 중 하나가 끝장나야 끝난다. 물론 그 승리는 당연히 자신들의 것이 될 것이다.

절대지경의 고수가 셋, 그에 근접하거나 초절정의 경지에 이른 고수가 이십, 절정고수가 백여 명이고, 일류고수가 팔백이다.

가히 천하를 휩쓸 가공할 전력이 아닌가!

순우기정은 자신감을 가지고 뒤돌아섰다.

멀리서 송림을 바라보던 북리환의 눈이 새파랗게 빛났다.

'새카맣게 몰려왔군.'

나름대로 철저히 준비를 하기는 했다. 그렇다 해도 몰려오는 적이 너무나 많다.

더구나 저들은 일반무사들이 아니다. 천외천가와 천해의 정예들이다. 복수를 위해 나선 자들.

천하의 녹림왕 북리환도 질릴 정도의 기운이 뿜어진다.

"조필, 가서 놈들이 움직이기 시작했다고 전해라."

조필이 뒤로 빠져 달려가는 걸 보며 북리환도 몸을 숨겼던 곳에서 몸을 뺐다.

영풍산장에서 오 리가량 떨어진 곳.

<u>스스스스</u>…….

바람 소리만이 들리는 갈대숲은 일천 명이 들어가도 흔적조차 남지 않을 만큼 넓었다.

천외천가의 선발대가 그곳에 모습을 드러낸 것은, 그들이 송림을 떠난 지 일각이 지날 무렵이었다.

모두 이백 명. 그들은 갈대숲 사이로 난 소로를 따라 빠르게 전진했다.

저 멀리 영풍산장에서 화톳불의 불빛이 비친다. 이대로 전진하면 반 각 이전에 영풍산장에 들어설 수 있을 것이었다.

하지만 그들이 미처 모르는 것이 있었다.

그들이 따라가는 소로. 그 길이 하루 전만 해도 없었다는 사실.

선발대를 이끌던 잠사령주 가은은 갈대숲 중앙에 들어선 후에야 이상함을 눈치 챘다.

들어설 때는 다섯 갈래의 길이었는데, 그 길이 중앙에 이르자 한곳으로 뭉친 것이다.

"조심하고 주위를……!"

그가 급히 수하들에게 주의를 주려 할 때다.

쉬쉬쉬쉭!

갈대 쓸리는 소리, 바람이 갈라지며 수백 발의 화살이 중앙으로 날아들었다.

한밤중에 날아드는 화살에는 눈이 없었다.

살대가 쇠로 만들어진 철시는 무사들이 급히 휘두른 무기에 튕겨져 사방으로 방향을 틀었다.

"허억!"

"크윽!"

"흡! 이런 개 같은……!"

어둠 속, 사방에서 신음이 터져 나왔다.

와중에도 침착함을 잃지 않은 자들이 급급히 갈대숲 속을 향해 몸을 날렸다.

하지만 그들 역시 갈대숲 속으로 들어가자마자 벼락이라도 맞은 듯 튕겨졌다.

몸을 숨기고 있던 사람들은 전마성과 대왕채의 고수들로 이루어진 화정대였다.

나중에 합쳐진 인원까지 총 이백의 화정대는 단숨에 이천 발의 화살을 날리고는, 혼란이 극에 달한 적들을 향해 짓쳐들었다.

병장기 부딪치는 소리. 뼈가 잘리고 살이 갈리는 소리.

비명과 신음이 갈대가 몸을 비벼대는 스산한 소리와 뒤섞여 갈대숲을 짓눌렀다.

그때 휘파람 소리가 들렸다.

휘이이익!

화정대는 그 소리가 울리자마자 약속이라도 한 듯 일제히 몸을 빼냈다. 전면 공격을 시작하고 스물을 셀 즈음이었다.

직후 순우연이 이끄는 천외천가의 후속대가 갈대숲에 들어왔다.

순우연은 사방에 널브러져 있는 천외천가의 무사들을 바라보고는 이를 갈았다. 이백의 선발대 중 반수 가까이가 회복 불능의 상처를 입은 듯 보였다.

둘로 나뉜 공격진의 한쪽은 자신이, 한쪽은 척발조가 맡고 있는 상황. 척발조는 피해를 입지 않았는데 자신의 공격조만 피해를 입었다.

순우연은 그것이 더 화가 났다.

"기정, 앞쪽에 놈들이 매복할 만한 곳이 또 있나?"

"앞쪽으로는 밋밋한 구릉뿐입니다. 그곳에선 땅을 파고 숨지 않는 한 숨을 만한 곳이 없습니다, 가주."

"좋아, 놈들을 쫓아라! 가서 영풍산장을 지워 버려!"

분노한 순우연의 외침이 갈대숲을 울렸다.

일차 방어는 성공했지만, 그것으로 끝이 아니었다. 그걸 모르는 자는 아무도 없었다. 그리고 그걸 확인시켜 주기라도 하려는 듯 적들이 구름처럼 밀려든다.

공손양은 달빛에 비친 그들을 바라보며 나직이 입을 열었다.

"각오를 단단히 해야 할 것입니다."

"너무 걱정 말게. 놈들이 강하다지만, 우리 역시 약하지 않네. 게다가 우리는 방어를 하는 입장이 아닌가?"

자신있는 사도철군의 말에 공손양은 묵묵히 앞만 바라보았다.

그나마 계략을 써 방어를 하는 입장이기에 다행이지 정면 대결이라면 전멸을 각오해야 할 판이었다.

광운장을 친 것은 단순히 적에게 피해를 주기 위한 것만이 아니었다. 공격을 해봄으로써 적의 힘을 보다 정확히 알아보기 위한 마음도 들어 있었다.

그 결과, 공손양은 적의 힘이 예상보다 강하다는 것을 깨닫고 가슴이 서늘해졌다.

사실 어제의 공격에서 적에게 상당한 피해를 입힌 것은 운이 좋았다고밖에 볼 수 없었다.

만일 급습이 아니고 정면으로 쳐들어갔다면, 하다못해 적들이 자만하지 않고 경계만 철저히 했더라도, 기분에 치우쳐 조금만 더 후퇴하는 게 늦었더라도 자신들의 피해 역시 엄청났을 것이었다.

'반이나 살아서 돌아왔을까?

생각하는 사이, 적들이 작전 계획선 안으로 들어왔다.

공손양은 앞을 노려보며 검을 잡은 손에 힘을 주었다.

장원에서 백여 장 안쪽에 오행대를 중심으로 방어막을 펼쳐 놓았다.

결국 승부는 오행이 어떻게 맞물려 돌아가느냐에 따라 결정 날 것이었다.

'주군께서 돌아오실 때까지만 견디면 된다. 그때까지만 견디면 우리가 이긴다.'

"놈들이 올라오는군."

그때 사도철군의 목소리가 들렸다.

적들이 구릉을 내려와 빠르게 가까워지더니, 어느덧 오행진의 코앞까지 다가온다.

공손양은 옆을 바라보며 고개를 끄덕였다.

홍려운이 각적(角笛)을 입에 가져다 댔다.

부우우우우웅!

밤하늘을 울리는 나직하면서도 긴 소음.

각적의 소음은 홍려운의 폐부가 얼마나 넓은가를 보여주기라도 하듯 길게 울려 퍼졌다.

그 소리에 묻혀 미약한 탄궁음이 밤공기를 갈랐다.

쉬쉬쉬쉬…….

일반 활에 비해 반도 안 되는 탄궁음인데다가, 각적의 소음에 묻히자 거의 들리지 않았다.

더구나 화살 자체가 워낙 가늘고 빨라 보이지도 않았다.

그 바람에 맨 앞에서 달리던 자들은 화살이 몸을 꿰뚫고 나서야 그 존재를 눈치 챘다.

순식간에 십여 명이 픽픽 쓰러졌다.

달려오는 적들 속에서 누군가가 다급히 외쳤다.

"조심해라! 화살이다!"

선두에 선 자들은 대부분이 절정의 고수들이었다.

앞이 확 트여 있는 상황. 평범한 화살이라면 그들에게 그다지 위협이 되지 않을지 몰랐다. 그러나 그 화살이 탈혼시고, 쏘아낸 활이 탈혼궁이라면 이야기가 달라질 수밖에 없었다.

소광섭은 십여 명을 쓰러뜨리고도 손을 멈추지 않았다.

그가 만들어놓은 탈혼시는 모두 사백여 개, 아직도 충분했다.

부우우우웅!

쉬쉬쉬쉬!

계속되는 각적 소리와 함께 탈혼시도 끊이지 않고 날아갔다.

철저히 경계를 하며 전진하는데도 이후로 십여 명이 더 쓰러졌다.

결국 막고 싶어도 막을 수 없는 벼락에 달려오던 자들이 주춤거렸다.

"산개해서 놈들을 쳐라!"

뒤늦게 척발조의 명령이 떨어졌다. 자신들의 무위만 믿고 상대하기에는 소광섭의 탈혼시가 만만치 않다는 것을 안 것이다.

적과의 거리가 이십여 장으로 가까워지자, 소광섭은 탈혼시를 한 번에 다섯 개씩 걸어 다섯 번을 튕겨내고는, 즉시 뒤로 몸을 날렸다.

눈에 보이지도 않는 화살의 위협이 사라짐과 동시 천외천가의 무사들 걸음도 빨라졌다. 그러더니 일순간에 영풍장원 오십 장 거리까지 접근했다.

그때였다.

각적 소리가 급박하게 바뀌었다.

부웅! 부우웅! 부웅!

동시에 기회만 엿보고 있던 오행대의 공격이 시작되었다.

이런저런 명령도 없었다. 고함 소리도, 위협하는 소리도 지르지 않았다. 그들은 입을 꾹 다물고 철저히 조를 이룬 채 공격만 했다. 모두가 공손양의 지시에 따른 공격이었다.

자신만만하던 천외천가의 무사들이 주춤거렸다.

자신들을 두려워하지도 않는다. 무위도 뒤떨어지지 않는다. 게다가 손속에 일말의 사정도 없다.

그동안 상대해 본 섬서의 무인들과 전혀 다른 반응. 그것이 천외천가 사람들의 가슴을 알게 모르게 짓누른 것이다.

하지만 천해의 무리들은 그러한 상황에서도 흔들리지 않았다. 그들은 상대의 검이 몸에 꽂혔는데도 이마 한 번 찡그리지 않고 자신의 몸에 검을 꽂은 자를 공격했다.

그렇게 어둠 속에서 피가 튀고, 병장기 부딪치는 소리와 비명과 신음이 울리며 사람들이 속절없이 쓰러졌다.

반의반 각이 채 지나기도 전에 양편에서 널브러진 사람이 백수십 명에 달했다.

그중에는 무천단과 제천단의 무사도 있었고, 광한방과 신검장, 전마성의 이십팔전마에 속한 고수도 있었고, 천외천가의 장로와 천해의 무정귀도 있었다.

누구도 생사를 장담할 수 없는 싸움!

그때 천앙동의 괴인들과 열셋의 사령(邪靈)이 전면으로 나섰다. 그들이 나서자 전세가 기울기 시작했다.

"진세를 흐트러뜨리지 마라!"

"혼자 달려들지 말고 함께 손을 써서 놈들을 막아!"

조금씩 밀리면서도 오행대는 제자리를 지키며 진세를 흐트러뜨리지 않았다.

하지만 무위에서 워낙 차이가 났다. 곧 비명이 꼬리를 물고 흘러나왔다.

"크억!"

"이놈들! 여기도 있다!"

"허억! 네놈들이……!"

공손양이 목화인과 헌원신우를 바라보았다. 마침내 우려하던 자들이 나선 상황, 이쪽에서도 저들을 상대할 만한 자들이 투입되어야 할 때였다.

목화인이 공손양의 뜻을 알고 앞으로 나섰다.

"저놈들은 우리가 맡겠네."

헌원신우가 차갑게 가라앉은 눈으로 전면을 바라보며 짧게 소리쳤다.

"가자! 가서 형제들의 원한을 갚자!"

한데 적은 그들만이 아니었다.

묵령천의 형제들이 나섬과 동시, 조금 뒤로 처져서 상황을 살피던 혈암과 적암이 전장으로 뛰어들었다.

"저자는 내가 맡지."

그러잖아도 그들을 예의주시하고 있던 사도철군이 철혈마검을 들고 앞으로 나섰다.

그러자 동천옹을 비롯한 장로들도 일제히 나섰다.

"너희들은 함부로 움직이지 말고 군사를 지켜라."

도유관 등도 나가서 싸우고 싶은 마음이 굴뚝같았다. 하지만 적이 몰래 뒤로 들어오기라도 하면 큰일이었다.

"이곳은 걱정 마십시오, 장로님!"

한편 백 장 밖에서 천외천가의 무사들을 지휘하던 순우기정의 얼굴에 경악이 떠올랐다.

"대체 저곳을 지휘하고 있는 놈이 누군데 저리도 뛰어난 병법을 구사한단 말인가?"

천유각의 부각주 순우문이 공손양에 대해 말했다.

"사도철군이 수장이라고는 하나 직접적인 지휘는 공손양이라는 자가 하는 것으로 알고 있습니다."

순우문의 말에 순우기정의 이마에 골이 파였다.

그도 공손양에 대한 말은 들었다. 하지만 그가 아는 공손양은 그저 '머리가 조금 뛰어나고 무공이 절정에 이른 젊은이'에 불과했다.

한데 그것이 아니었다.

공손양은 뛰어난 전략을 세울 수 있는 머리와 그것을 실행에 옮길 수 있는 결단력이 있는 자였다.

더구나 적에게는 승리를 위해서 자존심마저 접을 수 있는 독심! 그것이 있었다.

'위험해, 아무래도 좋지 않아. 이런 싸움이라면 승리를 한다해도 남는 게 없어.'

하지만 그 말을 순우연에게 할 수는 없었다. 직접 공격에 나서려 할 정도로 분노한 순우연에게 그러한 말이 먹힐 리 없었다.

한데 바로 그때였다.

광운장에 남아 있어야 할 천밀당 당주 순우종이 저만치서 날듯이 뛰어오는 게 보였다.

'응? 무슨 일이지? 광운장에 있어야 할 사람이…….'

순우기정은 왠지 모르게 불안한 마음이 들었다. 그가 급히 달려올 만한 일이라면 결코 좋은 일이 아닐 터였다.

아니나 다를까, 굳은 표정으로 달려온 순우종이 급히 순우연을 향해 무릎을 꿇고 소리치듯이 말했다.

"가주께 아룁니다!"

"네가 웬일이냐?"

순우연이 눈살을 찌푸리며 바라보자, 순우종이 굳은 표정으로 빠르게 보고를 올렸다.

"작수와 종남에 있던 본 가의 세력이 전멸에 가까운 피해를 입었다 합니다, 가주!"

순우기정이 급히 물었다.

"그게 무슨 말이냐?"

"오늘 오후 작수 지부에 젊은 자가 나타나서……. 그리고 석양이 질 무렵 한 청년이 종남에 올라왔사온데, 그에게 기산삼마를 시작으로 근 사백여 명의 무사가 죽고, 나머지도 대부분 중상을 입거나……."

순우종의 설명이 끝나기도 전에 순우연이 버럭 소리를 질렀다.

"뭐야?! 그 무슨 말도 안 되는 소리더냐!"

"정녕 한 사람이라고 하던가?"

순우기정도 어이없다는 표정을 지으며 되물었다.

"저도 믿을 수 없는 말입니다만, 전령이 전해온 대로라면 사실인 것 같습니다."

죽기를 각오하지 않은 다음에야 누가 그러한 사실을 거짓으로 보고할 것인가.

저만치 있던 척발조가 그 말을 듣고 급히 다가왔다.

"마사와 우암이 그곳에 있었는데, 그들은 어찌 되었다고 하던가? 모용빈은?"

순우종이 멈칫하고는, 자신이 들은 것을 그대로 말해주었다.

"엄청난 기운의 충돌이 있었던 것으로 봐서 모용빈이 그자와 싸운 것 같은데, 소리가 멎은 후에 모용빈의 모습이 사라졌다고 합니다. 그리고 마사와 우암, 두 분은 돌아가셨다고 합니다."

"그들이 죽었다고? 그 한 놈에게 말인가?"

"예, 노야."

순우연이 으드득 이를 갈았다.

"대체 어느 놈이라더냐?!"

"작수에 나타난 청의청년은 도를 썼다고 하고, 종남에 나타난 흑의인은 곤과 검을 썼다고 합니다. 아직 그들이 누군지 정확한 파악이 되지 않고 있는 상태입니다, 가주."

지부 하나를 혼자서 상대할 수 있는 자. 적천마도신 모용빈을 물리치고, 비록 한 팔이 잘렸다지만 절대지경에 오른 고수와 그에 근접한 고수를 죽일 수 있는 자.

그러한 자가 둘이나 적으로서 나타났다는 것은 충격이 아닐 수 없었다.

특히 작수에 나타났다는 도를 쓰는 청의청년.

'설마 그놈이 나타난 것은 아니겠지?'

만일 그가 좌소천이라면 문제는 더욱 커진다.

순우연의 입에서 침음성이 흘러나왔다.

"으음……."

척발조도 난데없는 날벼락에 머리가 복잡해졌다.

그때 반짝 눈을 빛낸 순우기정이 넌지시 말했다.

"가주, 아무래도 돌아가야 할 것 같습니다."

휙, 고개를 돌린 순우연이 순우기정을 노려보았다.

"돌아간다고? 저놈들을 놔두고 말인가?"

"자칫하면 광운장마저 당할지 모릅니다."

자신들이 있을 때라면 어림도 없는 소리다. 그러나 상대가 정말 그러한 고수이고 둘 이상이라면, 남아 있는 사람들만으로는 안심할 수가 없었다.

광운장이 무너지면 앞뒤로 적을 맞이하는 셈이 아닌가.

더구나 영풍산장에 대한 공격도 마음대로 풀리지 않고 있는 상황.

"빌어먹을!"

항상 침착함을 잃지 않던 순우연조차 흔들리지 않을 수 없었다.

눈앞의 적만 해도 만만치 않은 상대다. 자신과 척발조를 비롯해 몇몇을 제외한 전력을 다 투입했는데도 쉽게 흔들리지 않는다.

그래도 조금만 더 강하게 밀어붙이면 이길 수는 있을 것이다. 비록 쓸모없는 자식이지만 순우무종도 구하고.

하지만 이기더라도 막대한 피해를 볼게 분명한 상황.

과연 남은 전력으로 천하를 노릴 수 있을까?

어림없는 소리다. 아무리 공야황이 천하제일의 고수라 해도 불가능하다. 설령 화산을 무너뜨려 섬서를 차지한다고 해도, 자신들의 세력은 잘해야 삼 할도 채 남지 않을 터였다. 그럴 경우 무림맹의 근본인 구파일방, 오대세가와 제천신궁의 무사들이 또 달려오면 기껏해야 함께 죽는 수밖에 없다.

그것은 순우연이 원하는 바가 아니었다.

자신은 천하를 차지하려고 나왔지, 함께 죽기 위해 나온 것이 아니잖은가.

게다가 작수에 나타난 놈이 정말 좌소천이라면?

그렇다면 이러고 있을 때가 아니었다.

쓸모도 없는 아들은 다음에 구해도 된다.

'이미 죽었을지도 모르지. 병신 같은 놈!'

욕망에 눈이 먼 그에겐 자식의 생사조차 차후의 문제였다.

그만이 아니었다. 순우기정도, 척발조도 순우무종에 대해선 잊은 듯 이름조차 꺼내지 않았다.

"노야, 어떻게 하시겠습니까? 아무래도 돌아가야 할 것 같습니다만."

척발조도 상황을 모르지 않았다.

마사와 우암을 혼자서 죽일 수 있는 자가 뒤로 다가온다. 다른 때라면 '겨우 두 사람 때문에 겁먹는가?' 라며 조롱조로 한마디 했겠지만, 그러기에는 상황이 그리 좋지 못했다.

"그래야 할 것 같소, 가주."

순우연은 '너라고 별수있냐?' 하는 눈으로 척발조를 한번 쳐다보고는, 고개를 돌려 순우기정에게 명을 내렸다.

"후퇴하라는 신호를 보내라!"

순우기정이 기다렸다는 듯 고개를 숙였다.

"예, 가주!"

사도철군은 십암 중 둘과 팽팽한 접전을 벌이고, 동천옹 등 장로들은 반쯤 미친 듯한 괴인 몇 명과 치열한 접전을 벌이느라 남을 도울 틈도 없었다.

그사이 묵령천의 형제들도 괴인 몇과 열셋의 사령을 상대하며 악전고투했다. 인원이 그들의 네 배나 되었지만 소용이 없었다.

몇 초가 지나기 전에 대여섯 명이 피를 뿌리며 쓰러진다.

헌원신우와 목화인, 증모당, 기령산, 목영운 등이 피해를 줄이기 위해 기를 쓰고 달려들어도 상황이 호전되지 않는다.

누하진이 비틀거리며 물러서고, 목영락이 그를 도우려다 옆구리가 베인 채 뒤로 물러선다.

그나마 그로 인해 숨 돌릴 틈을 얻은 오행대가 오행진을 유지할 수 있다는 게 다행이었다.

이를 지그시 악문 공손양이 검을 밀어 올렸다.

한 사람이 아까운 상황. 적들 중 수장 몇이 아직 나서지 않았지만, 더는 지켜보고만 있을 수 없었다.

"우리도 나서야 할 것 같소."

"알겠소, 군사."

뒤쪽 어둠에서 나직한 답이 들렸다. 기천승이었다.

"좋아, 어디 누가 이기는지 한번 해볼까?"

기다렸다는 듯 도유관이 품속에서 도끼를 빼냈다.

능야산은 다급한 마음에 먼저 한 걸음 앞으로 나섰다.

홍려운도 커다란 칼을 빼 들고, 종리명한과 이자광, 전하련 등도 일제히 무기를 빼 들었다.

"씨발. 한 번 죽지, 두 번 죽나?"

"제기랄! 주군이나 한 번 더 만나고 죽었으면 했는데……."

"재수없는 소리 마, 곰탱아! 우리는 충분히 막아낼 수 있어!"

공손양은 검을 쥔 손에 힘을 주고 걸음을 옮겼다.

"절대 개인행동을 하지 말고, 그간 연습한 대로 함께 손을 쓰도록 해라."

한데 바로 그때였다!

삐이익!

날카로운 호각 소리가 울리는가 싶더니 갑자기 천외천가의 무사들이 썰물처럼 빠져나간다.

멈칫한 홍려운이 눈을 크게 뜨고 소리쳤다.

"저들이 물러갑니다, 군사!"

공손양 역시 걸음을 멈추고, 그들의 갑작스런 행동을 뚫어지게 바라보고 있던 중이었다.

저들이 불리하지 않은 상황. 한데도 물러선다.

공손양이 그 이유를 짐작하는 것은 어려운 일이 아니었다.

'이제 소식이 전해진 건가?'

그렇게 바라보는 사이, 어둠이 밀려가듯 적들이 순식간에 백여 장 밖으로 물러갔다. 그러더니 한순간에 구릉을 넘어간다.

공손양이 급히 명을 내렸다.

"홍 호법, 사람들에게 사상자들을 장원 안으로 옮기라고 하고, 적이 언제 돌아올지 모르니 경계를 늦추지 말라고 전하시오."

"예, 군사."

홍려운이 환하게 웃으며 앞으로 달려가자, 공손양은 검을 쥔 손에 힘을 풀었다.

조금만 늦었다면, 저들로서는 물러가고 싶어도 물러갈 수가 없는 상황이 되었을 것이다. 하다못해 장원 안으로 진입만 했어도 물러가든, 물러가지 않든 피해는 더 커질 수밖에 없는 상황이었다.

'휴우, 조금 늦었지만, 지금이라도 소식이 전해진 게 다행이군.'

第四章

그가 돌아왔다

1

천외천가가 물러가자 사상자들이 안으로 옮겨졌다. 그때까지도 적들의 움직임은 보이지 않았다.

이각가량이 지나자 북리환이 달려와서 천외천가의 무리들이 이십 리 밖으로 완전히 물러갔음을 보고했다. 그제야 사람들은 영풍산장 일대를 정리했다.

적의 피해는 사망자 백오륙십에 부상자들까지 하면 사백에 가까웠다. 반면에 연합세력 무사들의 피해는 사망자가 백여 명에, 부상자가 삼백여 명이었다.

언뜻 계산하면 승리한 것처럼 보였다. 하지만 결코 그렇지 않다는 것을 모두가 알고 있었다.

적의 피해는 대부분 매복과 소광섭의 탈혼궁에 의한 것 등

계략에 의한 것이었다.

일각만 더 싸웠어도 피해의 규모가 비슷해졌을 것이고, 한 시진을 더 싸웠다면, 자신들이 더 많은 피해를 입었을 터였다.

그리고 결국… 모든 것이 무너졌을지 몰랐다.

적은 강하다. 자신들이 생각했던 것보다 훨씬 더!

그걸 알기에 말없이 움직이며 주위를 정리하는 사람들의 표정이 무겁게 가라앉았다.

주위가 대충 정리되는 데는 한 시진이 걸렸다.

조금 전만 해도 마주 보며 웃었던 사람들이 시신으로 변한 채 장원의 연무장을 가득 메우고 있다.

복부가 갈라지고, 팔다리가 잘린 채 살아남은 사람들의 신음이 어둠 속 여기저기서 흘러나온다.

모두가 침통한 표정으로 부상자를 손보고, 죽은 이의 넋을 위로했다. 이를 악물고, 얼굴이 벌겋게 달아오른 채!

"장 형! 너무 억울해하지 마시오! 내 반드시 놈들의 목 열을 베어서 장 형의 영정 앞에 바치리다!"

"씹어 먹을 놈들! 뭐 처먹을 게 있다고 태백산을 나와서 이 지랄이야!"

하지만 절망으로 얼굴이 그늘진 자는 없었다.

무림맹은 연이어 당했는데, 자신들은 한 번의 기습을 성공하고, 적의 전면 공격을 막아내지 않았는가.

침통한 분노와 함께 이길 수 있다는 자신감도 더욱 커진 것이다.

"어디 다시 한 번 와봐라, 이놈들! 모조리 짐승 밥으로 만들어주마!"

"기다릴 필요가 뭐 있어? 쳐들어가서 다 죽여 버리면 되지!"

그렇게 모든 정리가 끝나자 주요 간부들이 한자리에 모였다.

여섯 개의 유등이 켜진 방 안.

고요한 가운데 사도철군의 목소리가 유등불을 흔들었다.

"군사, 저들이 후퇴한 이유가 궁주 때문이라고 보는가?"

"그것이 아니라면 이유가 없지 않겠습니까?"

"하긴……."

사도철군은 가슴이 답답했다.

십암 중 둘과 싸워 팽팽한 접전을 벌였다. 수장인 순우연이나 척발조와는 아예 싸워보지도 못했다.

이길 수 있다는 자신감과 실제는 결코 같지 않았다. 그것만 해도 화가 나는데, 그들이 물러선 이유가 오직 한 사람, 좌소천 때문이라는 것이다.

'정녕 넘을 수 없는 벽인가?'

그때 동천옹이 입을 열었다.

"낙남도 공격받지 않았는지 모르겠군."

"저들이 쉽게 물러간 것으로 봐서 합동작전은 아닌 것 같습니다."

"그럼 다행인데……."

팔신의 한 사람인 동천옹이다. 화산의 격전을 겪은 그이기에 적의 강함을 모르지 않았다.

어쩌면 그래서 더 걱정이 되는지도 몰랐다. 반쪽도 제대로 막지 못해 허덕이는 형편에 저들의 힘이 합쳐지면 과연 얼마나 강할 건가.

게다가 천혈마신 공야황, 그가 합류한다면?

'끄응, 제기랄. 결국 궁주가 와야 뭘 해도 할 수 있다는 말인데……'

그런 속도 모르고 무영자가 한마디 나섰다.

"우리가 또 기습하는 건 어떻겠나? 방심하고 있을지 모르는데 말이야."

동천옹이 눈을 흘기며 말했다.

"지금쯤 눈에 불을 켜고 있을 텐데, 뭐라? 어디 너 혼자 가서 해봐라. 죽으면 무덤은 내가 만들어주마."

'염병, 꼭 나한테만 그래?'

무영자는 입만 오물거리며 고개를 돌렸다.

다행히 공손양이 입을 열면서 무영자의 무안함이 무마되었다.

"주군께서 오시면 뭔가 달라질 겁니다. 그때까지만 참으십시오. 그리고 각 대주님들은……"

나직한 말이 고요함을 비집고 이어졌다.

시간이 지나면서 이 사람, 저 사람이 자신의 의견을 내놓았다.

그리고 비릿한 혈향에 잠긴 어둠이 슬슬 물러갈 즈음 회의
가 끝났다.

창밖으로 어스름이 밀려오기 시작하자, 사람들이 하나둘 밖
으로 나갔다.

"자네도 쉬게나."

동천옹과 무영자에 이어 마지막으로 사도철군이 나가고 나
서야 생각에 잠겼던 공손양이 자리에서 일어났다. 심력을 쏟
아 쓰러질 것처럼 피곤했지만, 아직 할 일이 하나 남았다.

'소 낭자를 만나야겠어.'

이제 그녀에게도 말해주어야 한다. 소광섭도 모르고 있으니
아직 좌소천에 대한 이야기를 듣지 못했을 것이다.

어떤 표정을 지을까?

공손양은 사람들이 놀라는 것을 은근히 즐기는 자신을 돌아
보며 쓴웃음을 흘렸다.

공손양이 거처를 나서자, 전하련과 함께 호법을 서던 이자
광이 걱정스런 눈으로 바라보았다.

"어디 가시려고 그러십니까, 형님? 좀 쉬시지요."

눈이 붉게 충혈된 공손양이다. 그만큼 심력을 쏟았다는 뜻
이다. 마침 적도 물러간 상황. 공손양이 당연히 쉴 거라 생각
했는데, 그가 다시 거처를 나서니 이자광으로선 걱정이 되지
않을 수 없었다.

"소 낭자를 만나려고 그런다."

이자광의 걱정하던 눈빛이 묘하게 변했다.

"주군에 대한 것을 알려주려고 그러십니까?"

"음."

"아침에 알려줘도 되지 않겠습니까?"

"그럼 원망을 들을 것 같아서 말이야."

"설마, 그냥 얼굴 보고 싶어서 가는 건 아니겠지요?"

공손양이 어이없다는 표정으로 이자광을 바라보더니 고개를 갸웃거렸다.

"뭐, 그런 생각도 없지 않지. 그래도 너처럼 몰래 가서 보지는 않는다."

"내, 내가 언제요?"

흠칫한 이자광이 전하련의 눈치를 보며 급히 변명했다.

하지만 이미 그의 뒤통수에 전하련의 도끼눈이 박힌 후였다.

"하여간…… 쯔쯔쯔……."

공손양은 속으로 웃으며 걸음을 옮겼다.

"다녀오마."

"형님, 호법도 없이 어딜 가신단 말입니까? 하련, 뭐 해? 군사를 모셔야지?"

2

공손양은 신녀 소영령을 태백산에서 데려온 일을 극비로 처리하고, 그 일을 아는 모든 사람들에게 절대 입을 열어서는 안 된다는 점을 단단히 주지시켰다.

그녀는 천외천가는 물론이고, 무림맹에서조차 적으로 생각하는 여인. 자칫하면 엉뚱한 불씨가 번질지 몰랐다.

천만다행히도 그녀에 대한 것은 밖으로 새어나가지 않았다. 덕분에 아직까지는 무림맹에서 그녀에 대해 묻는 사람이 없었다.

'어쩌면 천외천가는 알지도……'

도유관과 사도진무 등이 천선곡 안으로 들어갔다고 했다. 그럼 그들의 정체를 알아냈을 게 분명했다.

한데 안다면 왜 반응을 보이지 않는 걸까? 정말 알긴 아는 걸까?

하지만 이제는 상관없었다. 좌소천이 돌아오고 있으니까.

공손양이 소영령의 방에 도착했을 때는, 소영령이 막 운기에서 깨어나던 때였다.

항상 그녀의 곁에 있던 소광섭은 보이지 않았다. 아마도 부상자들 때문에 아직 오지 않은 듯했다.

공손양은 소영령의 긴 날숨이 흘러나오는 것을 듣고 조용히 입을 열었다.

"소 낭자, 공손양입니다. 잠시 뵈었으면 합니다만."

"들어오세요."

문을 열고 안으로 들어가자 침상에서 내려와 의자에 앉아 있는 소영령이 보였다.

소영령은 백의를 입고 눈 밑을 면사로 가리고 있었다. 하지만 면사 위의 눈을 보는 것만으로도 공손양은 절로 가슴이 두근거렸다.

'후우, 벌써 몇 번째 봤는데도 적응이 안 되는군.'

문득 지난가을, 신양으로 가는 길에 잠깐 들렀던 혁련미려가 떠올랐다.

비록 소영령만큼은 아니어도 그녀 역시 아름다운 여인이었다. 더구나 그녀의 눈은 보는 사람으로 하여금 편안함을 느끼게 해서 한참 대화를 나누어도 아무 부담이 없었다.

'어쩌면 나에겐 그런 여인이 더 맞을지도……. 헛, 내가 무슨 생각을…….'

하지만 그리 싫지는 않았다. 아니, 그녀를 떠올리는 것만으로도 그의 입가에 가느다란 미소가 떠올랐다.

'살아서 돌아가면 볼 수 있겠지?'

그때 소영령이 미안한 듯 말했다.

"도움이 되지 못해서 미안해요."

공손양은 후닥닥 혁련미려에 대한 생각을 떨치고 입을 열었다.

"아닙니다. 생각보다 큰 피해 없이 마무리되었으니 너무 마음 쓰지 마십시오. 부상자들을 돌봐준 낭자의 마음만으로도 모두가 고마워하고 있습니다."

"그거야 장원의 가솔들도 할 수 있는 일이죠."

싸움이 끝나자, 소영령은 방을 나와 남들 눈에 안 띄게 돌아다니며 부상자들을 지혈시켜 주고 상처를 감싸주었다. 그녀를 아는 사람들은 그 사실을 알고도 모른 척했다. 공식적으로 그녀는 장원에 없는 여인이니까.

하지만 소영령은 여전히 미안하기만 했다. 자신 때문에 비천사룡 중 셋이 죽고, 좌소천이 실종되지 않았던가.

그녀는 항상 그 생각에 미안한 감정을 품고 지내왔다. 하기에 모든 무사들이 목숨 걸고 싸우는 걸 보고도 도와주지 못한 것이 죄스럽게 느껴질 뿐이었다.

지난 칠 개월간의 노력으로 삼성의 공력을 찾았지만, 몸속에 존재하는 마기로 인해 공력을 외부로 표출할 수가 없었던 것이다.

그런 한편으로, 소영령은 새벽에 갑자기 찾아온 공손양을 보고 불안한 마음이 들었다. 단순히 자신이 걱정되어서 찾아온 게 아닌 것 같은 것이다.

"그런데… 무슨 일인가요?"

"전할 소식이 있어서 왔습니다."

전할 소식이 뭐가 있을까?

소영령이 생각할 때, 공손양이 자신에게 전할 소식이라는 것은 한정되어 있었다.

"혹시 혁련 공자에게 무슨 일이라도 생겼나요?"

"아닙니다."

혁련호운은 곧바로 제천신궁으로 보내어졌다.

황연송이라면 그의 몸을 고칠 수 있지 않을까 하는 마음에서였다. 하지만 들려온 소식으로는 숨만 붙어 있을 뿐이지, 당장 숨이 끊어져도 당연하다는 생각이 들 정도로 몸이 악화된 상태였다.

공손양은 보름 간격으로 제천신궁과 연락을 취하기에, 연락이 올 때마다 혁련호운에 대한 소식을 전해주곤 했었다.

소영령은 오늘도 그에 대한 소식일 거라 생각한 듯했다.

'자신을 구하기 위해 사지에 뛰어든 사람이니 걱정이 되겠지.'

그러나 그가 전하고자 하는 것은 안 좋은 일이 아니라, 좋은 일이었다.

"그게 아니라……."

잠시 말을 끈 공손양은 소영령을 똑바로 바로 본 채 가는 미소를 지었다. 그러고는 궁금함을 참지 못한 소영령이 막 입을 열려고 할 때 나직이 말했다.

"아직 듣지 못하셨지요?"

"뭘 말인가요?"

의아해하는 소영령의 봉목이 크게 뜨인다.

공손양의 미소가 짙어졌다.

"주군께서 돌아오고 계십니다."

순간 소영령의 차갑게만 보이던 눈빛이 잘게 떨렸다.

"정말… 인가요?"

"제 생각이 잘못되지 않았다면 오늘 중으로 돌아오실 겁니다. 빠르면 오전 중에 오실지도 모르겠습니다."

소영령은 아무런 말도 하지 못한 채 눈을 내리깔았다.

문득 그녀의 기다란 속눈썹에 이슬이 맺힌다고 느껴졌다.

공손양은 할 말을 다 했다는 듯 조용히 일어나서 고개를 숙였다.

"그럼 이만 가보겠습니다. 편히 쉬십시오."

소영령은 공손양이 인사를 하고 나가는데도, 몸이 떨려 일어나지를 못했다.

가슴이 꽉 막혀 고맙다는 말조차 내뱉을 수가 없었다.

'오오오! 하늘이여! 고맙습니다! 정말 고맙습니다!'

누구보다 좌소천과 공야황의 무위를 잘 아는 그녀다. 하기에 걱정이 될 수밖에 없었다. 천하에서 가장 강한 사람들이 부딪치면, 최악의 경우 어떤 결과가 나올지 누구보다 잘 알기 때문이다.

그리고 자신이 아는 한, 당시 상황은 최악이었다.

그 모든 것이 자신으로 인해 벌어졌다. 자신이 아니었다면 좌소천이 무리하게 천해에 들어갈 이유가 없었다. 비천사룡 중 세 사람이 죽지도 않았을 것이었다.

중상을 입고 공야황에게 쫓겨 행방불명될 이유는 더더욱 없었다.

그리고 오늘, 이토록 많은 사람이 죽거나 다치지도 않았을 터였다.

미안하고 미안하다.

볼 낯이 없다.

더구나 소천 오빠에게는 부인이 있다지 않던가.

'그냥 떠날까?'

문득 그런 생각마저 들었다. 하지만 곧 고개를 저었다.

그냥 떠나면 소천 오빠가 또 자신을 찾기 위해 천하를 뒤질지 모른다. 충분히 그러고도 남는다. 그리고 숙부 역시.

잘못을 반복할 수는 없는 일.

'그래, 만나서 말하자. 이제 걱정하지 말라고, 부인하고 행복하게 살라고……. 내가 떠나더라도…….'

갑자기 속눈썹에 맺힌 이슬이 눈가를 타고 흘러내린다.

'바보같이!'

그녀는 도리질을 치며 눈자위의 눈물자국을 소매로 쓱쓱 닦아내고 자리에서 일어났다.

얼마나 오래 앉아 있었던 걸까, 어느새 동이 터온다.

그녀는 창문을 열기 위해 창가로 다가갔다. 시원한 바람이라도 쐬면 기분이 조금 더 나아질 것 같았다.

"덩치만 커졌지, 전이나 지금이나 여전히 울보군."

그때 뒤에서 놀리는 목소리가 들려왔다.

오오! 맙소사!

눈을 부릅뜬 소영령의 몸이 봄바람에 몸을 떠는 사시나무처럼 파르르 떨렸다.

항상 귓청에서 맴돌던 목소리, 꿈속에서나 들을 수 있었던 목소리. 소천 오빠의 목소리다.

"허엉!"

끝내 소영령의 입에서 헛기침 소리 같은 울음이 터져 나왔다.

어깨가 떨렸다. 온몸이 떨렸다.

돌아서고 싶은데 두려워 돌아설 수가 없었다.

돌아섰는데 오빠가 보이지 않으면 어떡하지?

내가 환청을 들은 것이 아닐까?

그때 또 좌소천의 목소리가 들렸다.

"생각보다는 괜찮아 보이는데? 누워서 꼼짝도 못하고 있을 줄 알았더니."

홱 몸을 돌린 소영령은 튕기듯이 몸을 날렸다. 눈물이 흘러내리고 있었지만 개의치 않았다.

허약해진 심신으로 인해 환청이 들리고 환영이 보이는 것일지도 모른다.

눈물을 닦을 동안 목소리가 끊기고 사라져 버릴지 모르는 일. 그러면 더 이상 견딜 수 없을 것이었다.

와락!

소영령이, 말괄량이 사매가, 구름덩이가 안겨든다.

좌소천은 품 안으로 안겨드는 소영령을 피하지 않았다.

안긴 채 잘게 떨리는 몸이, 비에 젖은 채 몸을 떠는 한 마리 외기러기 같기만 하다.

그는 손을 뻗어 품 안에 안겨 소리없이 우는 소영령의 어깨를 쓰다듬어 주었다.

지금의 그녀는 냉혹한 신녀도, 복수를 하기 위해 천외천가의 고수들을 암살하던 한에 사무친 여인도 아니었다.

그저 무은도에서 깔깔거리며 말썽 피웠던, 한때 자신의 가슴을 가득 채웠던 영령일 뿐이었다.

소영령이 좌소천의 품에서 떨어진 것은 한참이 지나서였다.

그래 봐야 두 자 앞이다. 게다가 울면서 면사가 떨어져 나간 상태. 좌소천은 그제야 소영령의 얼굴을 자세히 보고 눈을 크게 떴다.

"한 번 보면 세상 남자들이 넋을 잃는다고 하더니, 정말이겠는걸?"

소영령이 소매로 눈물자국을 닦아내며 피식 웃었다.

"오빠는 안 흔들리는 것 같은데요?"

"그거야 당연하지. 영령이가 내 눈에는 인상 바락바락 쓰며 밥에 주먹만 한 돌을 넣겠다고 위협하던 말괄량이 아가씨로밖에 보이지 않거든."

"뭐예요?"

소매를 내린 소영령이 눈을 흘겼다.

순박함과 요염함이 어우러진 얼굴.

그 모습에 좌소천은 가슴이 거세게 뛰었다. 진정시키려 해도 쉽게 진정이 되지 않았다.

급히 눈을 돌리려 했지만 도저히 돌릴 수가 없었다.

한데 그때, 소영령이 장난하듯 좌소천의 눈앞에 얼굴을 바짝 내밀었다.

연한 사향내가 확 밀려든다.

항거할 수 없는 유혹!

"봐요. 어디가 말괄량이 같은…… 읍!"

그녀가 입을 연 순간, 좌소천의 두터운 입술이 소영령의 붉은 입술을 덮었다.

미처 피할 틈이 없었다. 아니, 어쩌면 피할 수 있었는데도 피하지 않았는지 몰랐다.

두 눈을 꼭 감은 소영령은 손을 뻗어 좌소천의 목을 감싸 안았다.

머릿속에서 하얀 폭죽이 터지는 듯했다.

아득해진 정신은 이성을 찾을 여유를 주지 않았다.

서로의 몸을 부둥켜안은 두 사람 사이에 시간이 멈춰 버렸다.

한참을 지나서야 두 사람의 몸이 떨어졌다.

소영령은 복사꽃처럼 붉게 물든 얼굴을 푹 숙인 채 좌소천의 가슴만 바라보고, 좌소천은 고개를 쳐든 채 멍한 눈으로 천장만 올려다보았다.

"오, 오빠, 손 좀……."

"어? 어……. 너도……."

"어머……."

좌소천은 허리를 감은 손을 풀고, 소영령은 목을 감은 손을 풀었다. 그러고도 두 사람은 한동안 서로를 바라보지 못했다.

좌소천이 용기를 내 물었다.

"저기, 영령아, 네 몸속에 깃든 마기를 몰아낼까 하는데, 괜찮겠어?"

소영령이 복사꽃처럼 달아오른 얼굴을 발딱 치켜들었다.

"정말요? 할 수 있어요?"

"내 몸속의 마기도 몰아냈으니 네 몸속의 마기도 몰아낼 수 있을 거다. 성공할지는 해봐야 알겠지만."

백옥을 깎아 만든 것 같은 몸에서 아지랑이가 피어오른다.

붉은 아지랑이다.

그 사이로 은은히 비치는 묵빛 금광이 신비스럽기만 하다.

좌소천이 소영령의 명문혈을 통해 묵천금황기를 주입한 지 두 시진, 마침내 혈천마마공의 마기가 체외로 배출되기 시작한 것이다.

"영령아, 한천빙백공을 조금씩 운기해 봐라."

좌소천의 심어가 머릿속에 울려 퍼지자 소영령은 조심스럽게 한천빙백공을 끌어올렸다.

단전과 심장 근처에 안개처럼 끼어 있던 마기가 서서히 걷히자 맑은 기운이 흐르기 시작한다.

얼마 만일까.

기분 좋은 청아함에 온몸이 활짝 열리는 기분이다.

그녀는 그 기분을 이기지 못하고 한천빙백공을 더 강하게 끌어올렸다.

"너무 급하게 생각하지는 마라. 어차피 한 번에 다 제거되지는 않을 테니까."

좌소천이 급히 그녀를 말렸다.

욕심을 낸다고 해결될 일이 아니었다. 오랫동안 몸 안에 자리 잡은 기운이 쉽게 밀려날 리 없었다.

소영령은 좌소천의 목소리가 들리고 나서야 끌어올리던 기운을 누그러뜨렸다.

그렇게 얼마나 지났을까. 좌소천이 소영령의 명문혈에서 손을 떼고 뒤로 물러났다.

잠시 시간을 두고 소영령이 돌아앉았다.

눈을 내리깐 그녀의 입에서 나지막한 목소리가 흘러나왔다.

"그때… 미안했어요, 오빠."

수주에서의 일을 말하는 듯하다.

"미안하기는 오히려 내가 미안했지. 영령이야 기억을 잃어서 그랬다지만, 나는 멀쩡한데도 알아보지 못했는데. 더구나 내 칼이 너를 다치게 했고……."

"얼굴을 가렸잖아요."

"그냥 보고 알았어야지. 나는 그럴 줄 알았거든. 아무리 멀리 떨어져 있어도 보이기만 하면 언제든 알아볼 수 있을 거라고 말이야."

"피이, 엉터리……."

소영령은 쓴웃음을 지으며 고개를 숙였다.

신녀가 되며 얼어붙었던 그녀의 마음은 이제 봄날처럼 풀어진 상태였다. 그런데 너무 풀어졌는지 자꾸 눈물이 맺히려고 한다.

하긴 그동안 흘리지 못해 쌓인 눈물이 얼마던가.

그녀가 억지로 눈물을 참으며 말했다.

"몸이 나으면 저도 싸울 거예요. 저를 살리기 위해서 죽어간 사람들을 위해서……."

좌소천은 짐짓 과장된 표정을 지었다.

"당연히 그래야지. 그러라고 내상을 치료해 주는 건데."

그 말에 소영령이 눈을 흘겼다.

그제야 조금 옛날의 말괄량이 소영령처럼 보인다.

그때 좌소천이 물었다.

"호운은 어떻게 되었지? 안 보이던데."

소영령의 얼굴에 그늘이 졌다.

"제천신궁으로 보냈는데, 너무 내상이 심해서 어떻게 될지 모르겠어요. 겨우 숨만 쉬고 있다고 하는데……. 지금까지 살아 있는 게 기적이래요."

미안함인가, 연민인가.

웅얼거리듯 입을 여는 소영령의 눈이 잘게 떨린다.

어느 정도 예상했던 일. 좌소천은 안타까운 마음에 가슴이 아팠다.

그가 그렇게 좋아하는 여인이 자신의 사매인 영령이란 걸 알면 어떤 표정을 지을까?

'호운, 미안하다.'

달려가 혁련호운을 보고 싶었다. 그에게 사정을 이야기하고 미안하다는 마음을 전하고 싶었다.

하지만 그만을 생각하고 있기에는 상황이 허락지 않았다.

'내가 갈 때까지는 견딜 수 있겠지, 호운?'

다행히 제천신궁에는 천하에서 내로라하는 신의 황연송이 있다. 그라면 혁련호운이 죽게 내버려 두지 않을 것이었다.

물론 자신이 간다고 해서 뚜렷한 방법이 있는 것도 아니었다. 그 정도라면 마기를 제거한다고 해서 몸이 낫기에는 너무 늦었다. 몸 자체가 자신의 묵천금황기를 견딜 수 없을 테니까.

그래도 그의 손을 잡고 미안하다는 말 정도는 할 수 있을 것이었다.

좌소천은 고소를 지으며 자리에서 일어났다.

"쉬어라. 사람들을 좀 만나고 다시 오마."

밖으로 나가자 저만치 바위 위에 앉아 있는 소광섭이 보였다.

오래 앉아 있었는지 옷자락이 이슬에 젖어 있었다.

그가 다가가자 소광섭이 자리에서 일어났다.

"오랜만입니다, 소 대협."

검인보에서 슬그머니 고개를 돌린 이후 눈을 마주치지 않던 소광섭이 오늘은 고개를 들어 좌소천을 똑바로 쳐다보았다.

격동을 참는 듯 잘게 떨리는 눈빛이었다.

"고맙다는 말을 꼭 하고 싶었소. 못 만나고 죽을지 모른다 생각했는데, 다행이오."

좌소천은 소광섭의 마음을 알고 조용히 웃음을 지었다.

"령 매를 위해서라도 건강하게 오래 사십시오."

"나도 그러고 싶은데 세상이 허락할지 모르겠소."

"그런 말씀 마십시오. 오래 사셔서 손자를 안아보셔야지요."

손자? 뜬금없는 말이다.

순간 소광섭의 눈에 묘한 빛이 반짝였다.

항상 차갑게 굳어만 있던 그의 눈에 가벼운 열기가 번졌다.

"그것도 그렇구려. 내가 잘못 생각했소. 무슨 수를 써서라도 오래 살아야 할 것 같소."

"당연히 그러셔야 합니다."

소광섭과 헤어진 좌소천은 일단 공손양을 찾아갔다.

그리고 일각, 공손양과 이런저런 이야기를 나누고 있을 즈음, 문이 거세게 열리더니, 동천옹을 선두로 네 노인이 우르르 들어왔다.

"왔다고?!"

좌소천은 조용히 웃으며 자리에서 일어났다.

"그간 별고없으셨습니까?"

"별고없냐고? 지금 그런 말이 나오나? 홀쭉해진 내 얼굴을 보게나. 여령에게 말해야 하나 말아야 하나, 얼마나 고민했으면 얼굴이 반쪽이 되었겠나?!"

동천옹이 바락바락 소리치자 무영자가 고개를 갸웃거렸다.

"그대론데? 살은 더 찐 것 같고 말이지."

"검둥이, 너는 빠져!"

무영자가 슬그머니 고개를 돌렸다.

'괜히 나한테만 지랄이야. 사실대로 말했을 뿐인데.'

좌소천은 두 노인의 말다툼을 들으며 고개를 숙였다.

"죄송합니다. 어쩔 수 없었음이니 이해해 주시기 바랍니다."

씩씩거리던 동천옹이 좌소천을 흘겨보았다.

"그런데 말이야……. 설마, 소가 아이 때문에 여령이를 박대하는 건 아니겠지?"

반가워서 눈물 흘리며 얼싸안지는 못할망정, 동천옹이 불만 가득한 얼굴로 바락바락 툴툴거린 진짜 이유는 그것 때문이었다.

오래전부터 간절히 찾던 소영령을 찾았으니, 벽여령이 밀려날지 모른다는 불안감.

하지만 그런 우려는 좌소천의 한마디에 씻은 듯이 사라졌다.

"제가 부인을 박대하면 하늘에 계신 부모님께서 용서치 않으실 겁니다."

부인!

비록 혼례를 올리지는 않았지만 벽여령을 부인으로 여긴다는 뜻. 한순간에 동천옹의 표정이 급변하고 입가에 웃음이 걸렸다.

"하긴 궁주가 그렇게 매몰찬 사람은 못되지, 아암! 흘흘흘."

그걸 보고 무영자가 혀를 찼다.

"쯔쯔쯔, 애늙은이도 늙긴 늙었군."

동천옹은 무영자를 한 번 째려보고는 좌소천의 맞은편 자리
에 앉았다.

"그래, 어떻게 된 건가? 어떻게 지냈어?"

무영자와 염불곡, 죽귀도 후닥닥 자리에 앉아 좌소천을 뚫
어지게 쳐다보았다.

네 노인은 물론이고 공손양마저 귀를 쫑긋 세운다.

말해주지 않으면, 말해줄 때까지 졸졸 따라다니고도 남을
것 같은 분위기. 좌소천은 자신이 겪은 일을 간략하게 말해주
기로 했다. 중요한 것은 빼고.

"하마터면 죽을 뻔했지요. 아마 천운이 없었다면 이 자리에
오지도 못하고 태백산에 묻혔을 겁니다. ……제가 잠력을 이
끌어낸 바람에 위기에 처했을 때……. 결국 그분이 저를 촉산
으로……."

좌소천의 이야기가 대충 끝나자, 그간 가슴 졸인 것에 대해
복수라도 하겠다는 듯, 동천옹과 무영자가 좌소천에게 쉬지
않고 질문을 퍼부어댔다.

그 와중에 사도철군과 호법들과 제천신궁의 간부들이 들어
왔다.

"왔구먼! 왜 이리 늦었나?"

"궁주! 마침내 오셨구려! 하하하!"

"이제야 걱정을 덜었군! 궁주가 왔는데 무서울 게 뭐 있나? 안 그런가?"

한바탕 시끌벅적한 인사가 오갔다.

그 바람에 이야기가 끊기자 동천옹이 빽 소리쳤다.

"조용해! 궁주에게 이야기 듣는 중이잖아!"

사도철군을 비롯해 모든 사람들이 재빨리 자리를 하나씩 차지하고 좌소천을 바라보았다.

세상에서 가장 신비한 이야기를 듣는 아이 같은 표정들이었다.

좌소천은 피식 웃음을 짓고 마저 이야기했다.

그렇게 이각이 지나고, 동천옹과 무영자의 질문이 어느 정도 끝나자, 다른 사람들의 질문이 이어졌다.

좌소천은 태양이 중천에 떠오를 때까지 질문에 답해주었다. 반복된 질문도 마다하지 않고 재차 이야기해 주었다. 그렇게라도 해야 자신 때문에 죽어간 사람들과 마음 고생한 사람들에게 조금이나마 미안함이 덜할 것 같았다.

그렇게 계속된 이야기는 태양이 중천에 떠오를 즈음이 되어서야 끝이 났다.

더 이상 질문이 없자, 좌소천이 조용히 웃으며 말했다.

"식사하고 회의를 하겠습니다. 자세한 상황은 그때 가서 나누지요."

사람들은 아쉬운 표정을 지으며 밖으로 나갔다. 마음 같아서는 하루 종일 이야기를 나누고 싶었지만, 할 일이 태산처럼 밀려 있었다.

"좌우간, 궁으로 돌아가면 각오 좀 해야 할 거야."

동천옹이 좌소천의 머리 위에 묵직한 바위를 얹어놓고 나간 후에야, 좌소천은 쓴웃음을 지으며 공손양을 바라보았다.

"낙남에 소식은 전했소?"

"서신은 작성했습니다만, 아직 보내지는 않았습니다."

"그 안에 나에 대한 것도 적혀 있소?"

공손양이 고개를 저었다.

"만약을 생각해서 적지 않았습니다."

천천히 고개를 끄덕이는 좌소천의 눈빛이 깊어졌다.

3

태양이 중천으로 떠오르는 사시 무렵. 낙남에 핏빛 광풍이 밀어닥쳤다.

거센 폭풍을 타고 들불이 밀려오는 듯했다.

소리없이 검은 구름이 뒤덮어오는 듯했다.

천해와 천외천가는 굳이 포위 공격을 하지 않았다. 그저 무식할 정도로 단순하게 남쪽 한 곳만을 집중적으로 쳤다.

대신 집중된 힘이 한 곳을 치는 만큼 그 위력은 더욱 강력했다.

무림맹은 위가장 남쪽 백 장 밖의 송림에 팔백의 무사를 매복시키고 활과 암기를 이용해 적의 진격을 막았다.

화살이 소나기처럼 퍼부어지고, 암기가 우박처럼 적들을 향해 쏟아졌다.

쉑쉑쉑쉑!!!!

휙! 휘익! 따당! 따다당!

쏟아지는 화살과 암기가 워낙 많다 보니 막고 쳐내는 것도 한계가 있을 수밖에 없었다.

"윽!"

"커억!"

짧은 단말마와 함께 적들이 쓰러진다.

쓰러지는 적들 몸 위로 쉴 새 없이 쏟아진다.

숨을 몇 번 쉬기도 전에 쓰러진 자가 수십 명에 달했다.

하지만 적은 걸음을 멈추지 않고, 불을 보고 달려드는 불나방처럼 쉬지 않고 달렸다.

심지어 쓰러진 자들도 일어나서, 몸에 꽂힌 화살과 암기는 그대로 둔 채 무림맹도들이 매복해 있는 곳을 향해 달려들었다.

그래도 처음에는 그럭저럭 진격 속도를 줄일 수 있었다. 짧은 시간에 백여 명의 적이 쓰러지자 사기도 충천했다.

하지만 천해의 삼혼대가 앞으로 튀어나오면서부터는 화살과 암기가 별다른 효과를 보지 못했다.

그들은 당문의 고수들이 모조리 달려온다 해도 상대할 수 있을 만큼 독과 암기에 정통한 자들. 어설픈 암기술로는 그들의 앞을 가로막지 못했다.

더 이상 화살과 암기가 통하지 않자, 백호당과 현무당의 이백 무사, 그리고 천무단의 고수 삼십 인이 직접 나서서 그들을 저지했다.

그렇게 팽팽한 접전이 반 각가량 지속될 때다.

유사가 적암, 마암과 함께 이백의 무정귀를 이끌고 나타났다. 그들이 격전장에 뛰어들자 형세가 급변했다.

천무단의 누구도 단독으로는 유사와 적암, 마암을 막을 수 있는 사람이 없다. 서너 명이 함께 손을 써야 겨우 앞을 막을 수 있을 뿐이다. 그나마도 한 사람 한 사람 그들의 손에 피를 뿌리며 쓰러진다.

어디 그뿐인가?

무정귀의 무위도 결코 천무단에 비해 약하지 않았다.

죽음을 각오한 비장함만으로 막기에는 밀려오는 적이 너무 강한 상황.

결국 이각이 채 지나기도 전에 일차 저지선이 무너지기 시작했다.

"후퇴하라!"

"후퇴해서 이차 저지선에 합류하라!"

후퇴 명령이 떨어지자 무림맹의 군웅들은 분루를 삼키고 뒤로 물러났다.

이차 저지선의 무사들 수는 일천이백이었다. 개중에는 육부경과 전호가 이끄는 일백오십의 오행대도 포함되어 있었다.

거기에 일차 저지선에서 살아남은 무사들이 합쳐지자 일천팔백에 이르렀다.

하지만 천해와 천외천가의 무사들 수도 일천이 넘었다. 산양과 상주에서 많은 피해를 입었을 텐데도 숫자의 변동이 거의 없었다.

아니, 오히려 더 많아졌다. 지부의 무사들과 천외천가에 고개 숙인 문파의 무사들이 보강되었기 때문이다.

들불처럼 밀려드는 그들을 보고 누군가가 소리쳤다.

"죽음을 각오하고 막아라!"

화산과 상주에서 격전을 겪은 사람들은 적이 얼마나 강하고 잔혹한지 잘 알고 있었다.

하나같이 지독할 정도로 강한 자들!

사람 죽이는 것을 당연시하는 악마들이다!

물러설 길이 없었다.

"놈들을 쳐라!"

"이곳이 뚫리면 끝장이다! 목숨을 걸고 막아!"

위가장이 무너지면 화산도 위험하다. 그리고 화산이 무너지면 섬서가 넘어가고, 무림맹의 존재 자체가 위협을 받는다.

사문이, 사형제들이, 무림의 협의가 무너질지 모르는 것이다!

그들은 뼈를 묻을 각오로 밀려드는 적들을 향해 마주쳐 갔다.

급박한 상황!

바로 그때였다. 장원의 정문 앞에서 상황을 지켜보던 우경진인이, 마침내 지검자 제갈진유를 비롯한 일곱 명의 노고수를 이끌고 전면에 나섰다. 송림을 나온 공야황과 은사가 허공을 밟으며 날아오름과 동시였다.

공야황과 은사, 단둘뿐이다. 한데 그 두 사람의 기운에 전장에서 솟구치던 기운이 짓눌린다.

우경 진인은 한눈에 공야황과 은사의 몸에서 뿜어지는 가공할 기운을 알아보고 얼굴이 딱딱하게 굳어졌다.

'저자가 천혈마신 공야황인가?!'

바로 그 순간이었다. 삼십여 장의 거리를 두고 공야황과 눈이 마주쳤다.

순간 우경 진인은 숨이 턱 막히는 기분이 들었다.

하늘이 깨지는 것 같은 병장기 부딪치는 소리도, 지옥에서 울릴 법한 비명과 신음 소리도 들리지 않았다.

오직 공야황의 눈만이 보였다.

"그대가 무림맹주인가?!"

그때 고막을 터뜨릴 듯이 울리는 공야황의 목소리!

우경 진인은 악다문 입에 힘을 주고는, 혼신을 다해 자하신공을 끌어올리고 소리쳤다.

"공야황! 정의의 이름으로 그대의 목숨을 거둘 것이니라!"

"정의? 우하하하하! 그거 오랜만에 들어보는 재미있는 농담이구나!"

"이놈! 농담인지 아닌지는 두고 보면 알 것이다!"

우경 진인은 불문의 사자후처럼 내력을 실어 한 소리 외치고는, 자하검을 뽑아 들고 허공으로 솟구쳤다.

동시에 그의 좌우에 있던 일곱 명의 노고수가 그의 뒤를 좇아 몸을 날렸다.

우경 진인은 남궁세가의 장로 남궁환, 지검자 제갈진유와 함께 공야황을 상대했다.

자존심이 상했지만, 자신의 자존심 때문에 맹도들을 위험에 빠뜨릴 수는 없었다.

일 대 삼의 대결. 그것도 검제 우경 진인이 함께한 합공이다.

무림맹의 군웅 모두가 당연히 우경 진인과 두 사람의 승리를 점쳤다.

그러나 승부는 쉽게 나지 않았다. 아니, 승부가 나기는커녕 격전은 점점 더 치열해지고, 우경 진인과 남궁환의 입가에 핏자국마저 보이기 시작했다.

그사이 전체적인 상황은 한 치 앞도 볼 수 없는 안개 속으로 빠져 버렸다.

병장기 부딪치는 소리, 비명과 신음, 강기와 강기가 부딪치며 울리는 벼락 치는 소리만이 먹먹한 귀청을 울릴 뿐이다.

그렇게 팽팽한 접전이 계속될 때였다.

"으하하하하! 생각보다 제법이구나!"

공야황이 광소를 터뜨리더니 신형을 뽑아 올렸다.

그가 갑작스럽게 물러서자, 우경 진인 등은 좇을 생각도 못하고 허공에 뜬 공야황을 노려보기만 했다.

그때 허공에 뜬 공야황이 뜻밖의 명을 내렸다.

"은사! 무사들을 뒤로 물려라! 돌아간다!"

공야황은 아쉬웠지만 냉정한 결단을 내리지 않을 수 없었다.

풍성보를 치며 약간의 내력을 손해 보긴 했어도 어렵지 않게 낙남을 무너뜨릴 수 있을 거라 생각했다.

한데 생각보다 저항이 만만치 않다. 끝까지 공격한다면 무너뜨릴 수 있을 듯하지만, 천해 역시 엄청난 손해를 감수해야만 할 듯하다.

그것은 자신이 원하는 바가 아니었다.

낙남을 무너뜨린다고 전쟁이 끝나는 것은 아니니까.

"다시 올 때는 각오해야 할 것이다, 무림맹이여! 가자, 은사!"

그 말과 동시, 허공에 떠 있던 공야황의 신형이 뒤로 훌훌 날아가고, 곧이어 천해와 천외천가의 무사들이 썰물처럼 빠져나갔다.

싸움이 시작된 지 반 시진.

그들이 왔다 간 자리에는, 시뻘건 핏물과 그 위에 누워 있는 시신들, 그리고 분노만이 남았을 뿐이었다.

우경 진인은 까마득히 멀어지는 공야황을 바라보며 이를 악물었다.

'공야황! 네놈 뜻대로 되지는 않을 것이다!'

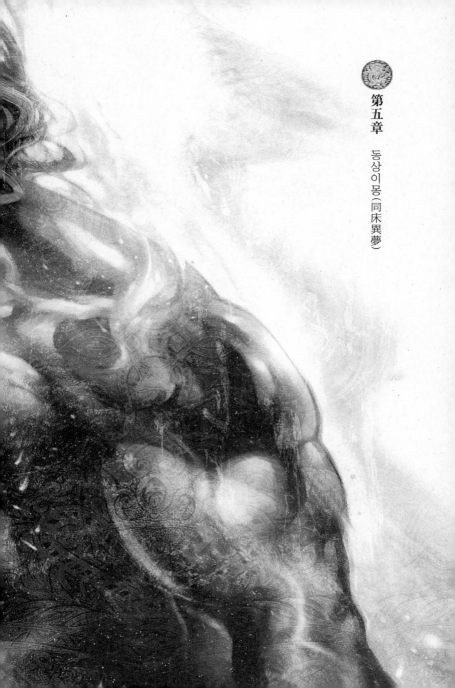

第五章

동상이몽(同床異夢)

絶對天王

점심을 먹고 난 후 사람들이 영풍전으로 모여들었다.

스무 쌍의 눈이 일제히 상석의 좌소천을 향했다.

오전에 봤을 때만 해도 들뜬 기분에 미처 알지 못했다. 한데 그가 자리에 앉자 그에게서 흘러나오는 기운이 전각 안의 모든 것을 지배한다.

전과 또 달라진 모습.

사도철군은 속으로 한숨을 내쉬며 탄식했다.

'에혀, 진무가 쫓아갈 사이도 없이 더 멀어졌군.'

큰아들인 사도진무도 뛰어난 기재다. 하지만 좌소천과 비교하니 그 차이가 너무나 컸다.

그것은 한 가지를 의미했다. 이대로 시간이 흐르면, 결국 전마성이 좌소천 아래로 들어갈지 모른다는 것.

'그래도 명색이 사패 중 하난데, 순순히 고개 숙일 수는 없지. 흥! 좌소천, 본 성을 발밑에 둘 생각이라면 포기하는 게 나을 것이다. 동반자라면 몰라도⋯⋯.'

그때 좌소천이 사도철군을 바라보며 입을 열었다.

"성주님, 그동안 애쓰셨습니다."

"응? 음하, 하, 하! 애쓰기는. 그냥 좌 궁주가 없는 동안 시늉만 한 거지."

원래 하려던 말은 그게 아니다.

―내가 누군가? 까짓 거 그 정도야 뭐!

그렇게 말하려 했다. 한데 막상 입을 비집고 흘러나온 말은 그게 아니다.

'젠장!'

그가 속으로 투덜거리는 사이 좌소천은 무심한 눈으로 사람들을 둘러보았다.

몇 사람이 보이지 않는다. 다른 곳으로 파견 나간 사람도 있지만, 영원히 볼 수 없는 사람도 있다. 악청백처럼.

"군사에게 상황을 모두 들었습니다. 제가 자리를 비움으로 인해 많은 분들이 고생한 것에 대해서도 잘 압니다. 하지만 당장 잘잘못에 대해서 이러쿵저러쿵 말하지 않겠습니다. 지금은 뒤를 돌아볼 때가 아니라, 앞으로 나아가야 할 때이니까 말입니다."

좌중이 고요히 가라앉았다.

"군사."

좌소천이 부르자 공손양이 일어섰다. 이미 나눈 이야기가 있기에, 그는 좌소천의 다른 명이 떨어지지 않았는데도 말문을 열었다.

"주군께서 돌아오신 만큼 지금까지 세운 모든 계획이 수정될 것입니다."

당연히 그럴 줄 알았다는 듯 좌중의 모든 사람들이 고개를 끄덕였다. 이전처럼 무거운 표정이 아닌 밝은 표정으로.

한데 사도철군이 급히 나섰다.

"군사, 그전에 부탁이 하나 있네."

"말씀하시지요."

"내가 먼저 공야황과 한번 싸워봤으면 싶네. 그걸 염두에 두고 계획을 세웠으면 하네만."

사도진무가 홱 고개를 돌리고 다급히 말했다.

"아버님! 그것은……!"

하지만 사도철군이 척 손을 들어 사도진무의 입을 막았다.

"그만! 됐다, 진무. 네 생각을 모르는 건 아니지만, 내가 누구냐? 철혈마제 사도철군이 바로 나다! 너는 설마 이 아비를 싸워보지도 않고 꼬리를 마는 사람으로 아는 건 아니겠지?"

"하지만 아버님!"

사도진무의 목소리가 높아지자 사도철군이 고리눈을 떴다.

"이것만은 알아라! 진다는 것은 부끄러운 게 아니다. 진짜 부끄러운 것은, 당당치 못한 행동을 했을 때다. 남아대장부답지 못하게 미리 겁먹고 등을 보였을 때다! 나 사도철군이 비록 '마(魔)'라 불리지만, 지금껏 한 번도 부끄러워한 적이 없다. 왜인 줄 아느냐? 당당하게 행동했기 때문이다. 배신과 불의를 행하지 않았기 때문이다. 그리고 상대의 힘에 겁먹고 도망치지 않았기 때문이다!"

말을 잇는 사도철군의 눈에서 강렬한 눈빛이 쏟아졌다.

"공야황이 아무리 강하다 해도 나는 그와 싸워볼 것이다, 진무. 하지만 걱정 마라. 그렇다고 해서 어리석은 행동은 하지 않을 테니까."

그는 말을 맺고 좌소천을 직시했다.

"말릴 생각은 말게, 좌 궁주."

불길이 이는 눈빛이다. 말린다고 들을 것 같지도 않다.

자신이 없었을 때는 모든 걸 지휘하는 수장의 위치이니만큼 하고 싶어도 할 수가 없었을 터. 아마 자신이 돌아왔기에 그런 생각을 했을 것이다.

좌소천은 조용히 웃으며 조건을 걸었다.

"대신 조건이 있습니다, 성주."

"말해보게."

"사양에서의 일을 잊지 않으셨으면 합니다."

사도철군이 움찔하며 어색한 표정을 지었다.

사양에서 처음 만난 그날, 물러서야 할 때를 놓쳐 하마터면 쌍방이 깊은 내상을 입을 뻔하지 않았던가.

그러니 좌소천의 말인즉, 때를 놓쳐 크게 다치는 일이 없도록 하라는 말이다. 모두를 위해서.

"알겠네. 걱정 말게. 하, 하, 하!"

사도철군이 별걱정 다한다는 듯 호탕한 웃음을 터뜨렸다. 한참 멋지게 말할 때 제동을 거는 좌소천이 속으로야 얄밉지만 사실이니 어쩌겠는가.

'하여간 눈치하고는……'

하지만 눈치가 없는 사람은 좌소천만이 아니었다.

"그때 이판사판으로 궁주와 붙으려고 했다던데, 정말 그랬나? 내상을 입었다는 말도 있고 말이지."

동천옹이 고개를 쑥 내밀고 묻는다.

사도철군은 대답 대신 공손양을 다그쳤다.

"군사! 회의하지 않을 건가?!"

좌소천은 회의가 끝나자 자신의 방으로 갔다. 한 사람이 방에서 자신을 기다리고 있었다. 백룡이었다.

"이제야 미안하다는 말을 하는군요."

백룡이 고개를 숙였다.

"아닙니다, 주군. 저승에서라도 형님과 아우들은 임무를 완수한 것에 대해 자랑스럽게 생각하고 있을 것입니다."

그리 생각한다는데 무슨 말을 할 건가. 백 마디 말로 미안하다고 더 해봐야 그들의 숭고한 마음만 희석될 뿐이다.

좌소천은 착잡한 마음에 백룡에게 물었다.

"혹시라도 원하는 게 있으면 말해보시오."

백룡이 고개를 들고 말했다.

"비록 형님과 아우들이 없지만, 임무를 계속 수행할 생각입니다. 주군께서 허락하신다면, 호법 중 세 사람을 뽑아 비천사무를 전하고 빈자리를 메울 생각입니다."

비천사무(秘天四武).

대대로 비천사룡을 이어온 사람들이 익히는 무공인 듯하다.

절대경지에 이르는 무공. 그것이 이어진다면 그것으로서 좋은 일이다.

"생각해 둔 사람은 있소?"

"예, 주군."

"누구요?"

"도유관과 종리명한, 그리고 홍려운입니다."

2

광운장에 북망산처럼 암울한 침묵이 흘렀다.

머리 위를 짓누르는 불길한 느낌에 모두가 말을 잊었다.

어제에 이어 작수, 종남, 광운장이 차례대로 당했다. 도합 일천의 무사가 단 이틀 만에 줄어든 것이다.

사람들은 도무지 믿을 수 없는 상황에 반쯤 넋을 잃고 말을 조심했다.

불길한 침묵!

며칠을 갈 것 같던 침묵이 깨진 것은 그날 오후였다.

쾅!

순우연은 분노에 치를 떨며 탁자를 내려쳤다.

"그냥 놈들을 쓸어버렸어야 했거늘, 괜히 돌아왔어!"

설마 광운장까지 당했을 줄은 생각도 못했다. 그걸 미리 알았다면 돌아오지 않고 영풍산장을 쳤을 터였다.

아무리 참고 이성적으로 계획을 추진하려 해도 돌아가는 상황이 그를 가만 놔두지 않는다.

대체 어디서부터 꼬인 것일까? 어쩌다 이 지경이 된 걸까?

이틀 전만 해도 모든 것이 생각대로 돌아가는 듯했다. 한데 단 이틀 만에 모든 것이 꼬이고 위신은 땅에 떨어질 만큼 떨어져 버렸다.

스스로 완벽하다 생각했던 자부심에 쩍쩍 금 가는 소리가 들리는 듯하다.

그는 그러한 자신을 견딜 수가 없었다.

"노야, 해주께 연락해 주시오. 조금 무리를 해서라도 놈들을 쓸어버려야겠소이다."

"음, 알겠소."

순우기정이 넌지시 자신의 의견을 말했다.

"가주, 그리하면 피해가 너무 많아집니다."

하지만 순우연은 자신의 생각을 굽히지 않았다.

"그래도 할 수 없다. 시간이 지날수록 더 많은 사람들이 화산으로 몰려들 것이다. 방법은 하나뿐이야."

작수와 종남의 함락.

그 일은 그곳이 무너진 것만으로 그치지 않았다. 자신들이 장악했던 문파들은 물론이고, 겁에 질려 묵묵히 길을 내주었던 곳조차 슬그머니 고개를 돌리고 있다는 소식이다.

문제는 되돌아가서 그들을 다그칠 시간이 없다는 것이다.

그렇다면 피해가 많아져 하남을 치지 못하는 한이 있더라도, 화산을 쳐서 섬서라도 완벽히 장악해야 한다.

당장은 그것만이 방법이다.

하남이야 시간을 두고 세력을 정리한 다음에 진격하면 될 것이 아닌가.

이마를 구긴 순우연은 이를 으드득 갈며 중얼거렸다.

"차라리 처음부터 그랬어야 했어. 피해를 보더라도 놈들을 쓸어버렸으면 이런 일은 없었을 것이 아닌가?"

은근한 질책이 담긴 중얼거림이다.

고개를 숙인 순우기정은 가슴이 서늘해짐을 느꼈다.

그는 누구보다 순우연을 잘 안다. 겉모습과 달리 속에 뱀처럼 차가운 마음을 지닌 사람. 그게 순우연이다.

전체적인 계획을 세운 것은 자신과 천유각의 모사들. 그러니 잘못되면 자신 역시 그 책임을 면할 수 없을 터. 자신이 아무리 사촌 아우라 해도 순우연은 조금도 망설이지 않고 자신을 단죄할 것이다.

그걸 알기에 순우기정의 자신의 생각을 순순히 굽혔다.

"가주, 하오면 일단 지부에 남은 무사들이라도 이곳으로 집결시키겠습니다."

"놈들이 또 허튼짓하기 전에 화산을 치려면 서둘러야 할 것이다."

"예, 가주."

3

광풍이 휩쓸고 간 무림맹은 충격에 빠져 입을 굳게 다물었다.

천혈마신 공야황이 강하다는 것을 몰랐던 것은 아니었다. 육기에 속한 팽철과 악청백이 속수무책으로 당했다 하거늘, 누가 그를 무시할 수 있단 말인가.

그러나 설마하니 검제인 우경 진인과 우경 진인에 비해 크게 뒤지지 않는 고수인 남궁세가의 장로 남궁환과 지겸자 제갈진유가 합공을 했는데도 평수를 이룰 줄은 생각도 하지 못했다.

어디 그뿐인가?

그와 함께 움직이던 여덟 사람, 은사와 유사를 비롯한 육암 역시 천무단의 고수 서너 사람이 함께 손을 써야만 겨우 상대할 수 있을 정도였다.

이미 한 번 겪어봤기에 처음부터 합공을 했기에 망정이지, 그러지 않았다면 엄청난 피해를 입었을 것이 분명했다.

자존심?

웃기는 소리였다. 그들은 자존심만으로 상대할 수 있는 자들이 아니었다.

자존심만 생각하고 단신으로 그들을 상대했던 사람들은 지금 이 자리에 있지 않았다. 그들은 나중에 와서 화산의 혈전을 겪지 않은 사람들로, 죽거나 중상을 입고 겨우 숨만 헐떡이고 있는 상태였다.

혈전이 끝나고, 시간이 지나면서 정신을 차린 사람들은 왜 산양과 상주가 그렇게 힘없이 무너졌는지 이해할 수 있었다.

해가 질 무렵, 우경 진인의 명이 떨어졌다.

무림맹의 간부들과 장로들이 모두 모였다. 상대의 강함을 안 이상 이해한 걸로 끝낼 수는 없는 일이었다.

—무림맹의 조직이 지금처럼 운영되어선 안 된다.

—저들을 상대하려면 뭔가 특단의 조치를 취해야 한다.

모두가 그런 생각으로 이마를 맞댔다.

우경 진인은 상당한 내상을 입은 상태였다.

화산파 비전의 요상영단인 옥진단을 복용하고, 세 시진에 걸쳐 운기요상을 한 덕에 내상은 어느 정도 가라앉았지만, 창백한 안색만은 여전했다.

"천혈마신의 무공이 그 정도인 줄은 꿈에도 몰랐소. 내 미리 적절히 대처했다면 산양이나 상주에서 그 많은 사람들이 죽지 않아도 되었을 것을……. 허어……."

"그게 어찌 맹주님의 잘못이겠습니까? 그가 그렇게 강할 줄 누가 상상이나 할 수 있었겠습니까?"

남궁세가의 장로 남궁환이 질렸다는 표정을 지으며 한숨 쉬듯 말했다.

창룡신검으로 불리는 그는 남궁세가의 가주인 남궁정의 사촌 형으로, 안휘제일검이라 불리는 사람이었다. 강호 활동을 많이 하지 않아서 지검자 등과 사은자(四隱者)라 불리기도 하는 자. 육기라 해도 함부로 할 수 없는 고수가 바로 그였다.

그의 말에 우경 진인은 쓴웃음을 지으며 제갈진문을 바라보았다.

"저들이 지금은 물러갔지만, 곧 또 공격해 올 것이오. 대비책은 세워두었소?"

"화산에 남은 사람들마저 이곳으로 부를 생각입니다."

"그래도 괜찮겠나?"

육부경과 전호를 비롯한 제천신궁의 간부들이 있기에 직접 표현하지는 않았지만, 영풍산장이 뚫릴 경우 화산이 걱정되어 하는 말이었다.

"위남의 천외천가는 공손 군사의 계략에 크게 당한 상태입니다. 쉽게 움직이지 못할 테니 당분간은 안전할 것입니다, 맹주."

"흠, 그들이 모두 오면 해볼 만하겠군."

우경 진인은 나름 자신을 가진 듯했다. 하긴 현재의 전력만으로도 팽팽한 접전을 벌이고 적을 후퇴하게 만들었다. 충분히 그런 생각을 가질 만도 했다.

그러나 제갈진문의 생각은 조금 달랐다.

적들은 상주에서 싸운 지 하루밖에 되지 않았다. 많은 사람이 부상을 입거나 지친 자들인 것이다. 반면에 자신들은 대부분이 온전한 상태였다.

만일 그들이 며칠간의 휴식으로 몸을 회복한다면, 나중에 쳐들어올 적은 오늘의 적과 또 다를 터였다.

설령 화산에 남은 무림맹의 무사들이 모두 온다고 해도 승패의 향방을 알 수가 없다는 말이다.

'후우… 천혈마신과 사사, 십암. 그들이 문제다. 그들 몇 명을 막기 위해 본 맹에서 가장 강한 고수들이 모조리 매달려야 할 판이니…….'

그들뿐만이 아니다. 삼사십대의 나이로 보이는 냉혈의 무사들. 그들의 무위는 천무단에 비해 조금도 밀리지 않았다. 거기에 더해 그들에게는 천무단의 장로들에게 없는 것이 있었다.

죽음을 두려워하지 않는 투기!

일말의 망설임도 없는 잔혹한 손속!

그것은 무림맹에 진정으로 커다란 위협이었다.

'좌 궁주만 돌아오면 뭔가 해결책이 보일 법도 한데……. 대체 언제 돌아오려는지…….'

한데 그렇게 제갈진문이 고심을 하고 있을 때다. 남궁환이 이대로 당하고만 있을 수는 없다는 듯 입을 열었다.

"화산에서 맹도들이 오면, 이번에는 우리가 먼저 놈들을 공격하는 게 어떻겠습니까?"

무림맹의 고수들이 화산에 온 건 천외천가의 공격으로부터 화산을 지키기 위한 것만이 아니다. 그들을 물리치고 섬서를 되찾아, 마(魔)는 결코 정(正)을 이기지 못한다는 사실을 보여주기 위해서다.

그리고 제천신궁과 전마성의 연합이 섬서에 들어온 것은 천외천가와 천해, 그 자체를 멸하고자 함이다.

그런데 지금 돌아가는 상황을 보면 답답하기만 했다. 단순히 방어에 급급한 형세. 적의 공격을 걱정하고만 있을 뿐이었다.

언제까지 그러고 있을 수만은 없는 일. 천무단의 제이부단주 공동의 종환 진인이 찬성하며 한마디 했다.

"그렇게 합시다, 맹주!"

종남의 송양자는 한 서린 표정으로 우경 진인을 바라보았다.

"모두 모이면 놈들에게 뒤질 게 뭐 있겠습니까, 맹주? 종남으로 달려갈 수 없다면 저놈들이라고 쳐야 되지 않겠소이까?!"

"아미타불. 저들은 수라와 같은 자들이오. 살계를 어겨 부처께서 벌을 받는다 해도 빈승은 저들을 용서치 않을 것이외다."

장로들이 너도나도 나서서 천해와 천외천가를 질타하며 공격에 찬동했다.

제천신궁의 대표로서 회의에 참석한 육부경과 전호도 마다하지 않았다. 산양과 상주, 낙남에서 죽거나 다친 제천신궁 일백 수십 무사의 복수를 해주어야 했다.

"저희도 찬성입니다."

제갈진문은 그런 분위기를 우려의 눈으로 바라보았다.

그들의 마음을 모르는 바는 아니었다. 하지만 그 이전에 상대에 대한 분석을 철저히 해야만 한다. 그러지 않고 적을 상대했다가는 땅을 치고 후회할 일만 남을 뿐이다.

"여러분들의 생각은 잘 알겠습니다만, 성급한 공격은 자칫 큰 피해를 가져올 수 있습니다. 공격은 일단 적에 대한 분석이 끝난 다음에 해야 할 것입니다."

남궁환이 눈살을 찌푸렸다.

"그걸 모르는 바는 아니오. 하지만 하염없이 기다릴 수도 없는 일이 아니오?"

"그리 오래 걸리지는 않을 것입니다. 놈들이 모습을 드러낸 이상 이삼 일이면 어느 정도 자세한 상황이 밝혀질 것입니다."

조용히 듣고만 있던 우경 진인이 천천히 고개를 끄덕였다.

"으음, 이삼 일이라……. 그 정도면 큰 문제는 없을 것 같구려."

그러고는 넌지시 물었다.

"아직 좌 궁주에 대한 소식은 없소?"

전에는 좌소천이 있으나 없으나 크게 신경을 쓰지 않던 우경 진인이다. 아예 나타나지 않았으면, 하는 마음이 아닐까 의문을 품게 만들 정도였다.

한데 공야황과 대결을 벌인 이후로 생각이 많이 변한 듯하다.

제갈진문은 그 이유를 알기에, 다행이라는 생각이 드는 한편으로 마음이 무거워졌다.

"아직은……."

그때였다. 밖에서 급한 목소리가 들렸다.

"군사께 아룁니다! 영풍산장에서 서신이 왔사옵니다!"

"영풍산장? 안으로 들어오게."

제갈진문의 명에 정첩당의 무사 하나가 안으로 들어와 제갈
진문에게 서신을 전했다.

제갈진문은 사람들이 보는 앞에서 서신을 개봉했다.

잠시 후, 서신을 다 읽은 제갈진문이 굳은 표정으로 입을 열
었다.

"새벽에 천외천가의 대대적인 습격이 있었다 합니다.

"습격?! 어떻게 되었다 합니까?'

대경한 육부경이 다급히 물었다.

"상당한 피해가 있었다고 합니다만, 다행히 물리친 것 같습
니다."

제갈진문은 일단 그렇게 말문을 열고 서신에 적힌 내용을
알려주었다.

무림맹의 사람들이 앞 다투어 연합세력의 대처를 칭찬했다.

"오! 그거 반가운 소식이구려!"

"그 정도면 대승은 아니어도 놈들에게 상당한 타격을 주었
을 터, 충분히 승리했다고 볼 수 있겠소이다그려."

"사도철군이나 공손양이라는 젊은 친구나, 참으로 대단하
외다."

하지만 칭찬의 말속에는 뼈가 들어 있었다.

곧 그 진심이 드러나기 시작했다.

"그렇다면 너무 걱정할 것 없겠소이다. 화산에서 사람들이 오면 우리도 놈들을 칩시다!"

"저들도 놈들을 물리쳤는데 우리가 가만히 있어서야 되겠소이까?"

너도나도 소리치는 장로들의 목소리에서 열기가 피어올랐다.

영풍산장의 승리가 그들의 가슴에 호승심의 불꽃을 당겨놓은 것이다.

무림맹이 연합세력에게 뒤질 순 없지! 그런 마음이었다.

그때 제갈진문이 뒤쪽에 적힌 내용을 마저 말했다.

"그리고, 놈들의 작수 지부와 종남에 있는 자들이 신비의 고수에게 전멸에 가까운 피해를 입었다 합니다."

"뭐요?! 그게 사실이오?!"

종남의 송양자가 제일 반가워했다.

물론 다른 사람들도 반갑기는 마찬가지였다. 신비의 고수가 누군지 궁금했지만, 당장은 적 세력의 일각이 무너졌다는 게 더 중요했다.

"그럼 진짜 해볼 만하겠구려!"

하지만 그들은, 자신들이 아직 모르는 사실이 있다는 것은 꿈에도 생각지 못했다.

*　　　　*　　　　*

혈풍이 지나간 자리에도 태양은 떴다.

위가장의 아침은 혈전이 벌어진 지 하룻밤에 지나지 않았다는 게 믿어지지 않을 만큼 평온했다.

정은은 기둥에 등을 기댄 채 물끄러미 오가는 사람들을 바라보았다.

입을 열면 억누른 슬픔이 목구멍으로 터져 나올 것 같은 표정들이다. 하루사이에 수백 명의 동료가 보이지 않는데도, 약속이라도 한 듯 아무도 그들을 위해 눈물을 흘리지 않는다.

하긴 무당의 제자들이 이십여 명이나 죽었는데 자신 역시 가슴으로만 슬퍼하고 있다.

냉정해서가 아니다. 슬픔이 전염되는 게 무서운 것이다. 슬픔을 억누르고 있는 건 누구나 마찬가지가 아닌가 말이다.

'제길, 얼마나 많은 사람이 죽어야 이 싸움이 끝날까?'

문득 소식이 끊긴 좌소천이 보고 싶어졌다.

'쳇, 무진만 있으면 천혈마신쯤은 단칼에 없앨 수 있을 텐데……'

바로 그때였다. 저만치 헐레벌떡 뛰어오는 두 사람이 보였다. 오룡 중 둘, 철군영과 진현이었다.

'얼래? 어제 그렇게 죽기 살기로 싸우고도 힘이 넘치나 보군. 누구는 뼈마디 쑤셔서 죽겠는데.'

정은이 기둥에서 등을 떼고 다가오는 두 사람을 흘겨볼 때다. 코앞까지 다가온 철군영이 버럭 소리쳐 물었다.

"정은! 들었나?"

"뭘?"

"사신당을 재편한다고 하지 않았는가?"

"그래? 그런데 그게 왜?"

철군영은 정은의 시큰둥한 반응에 혀를 찼다.

"쯔쯔, 백호당의 대주 될 사람이 저래서야 원."

정은의 눈이 동그래졌다.

"무슨 말인가? 백호당의 대주라니, 누가?"

"누구긴! 자네 말이지!"

"내가? 하하하! 철 도우도 원. 백호당은 서른 이상 되어야 들어갈 수 있는데 무슨 소린가?"

"이제 아니야."

"아니라니?"

"나이 상관없이 뽑는다고 하네. 실력 위주로!"

정은은 눈만 멀뚱거리며 철군영을 바라보았다.

철군영이 한숨을 쉬며 설명해 주었다.

"맹주께서 명을 내리셨네. 나이에 상관없이 실력 위주로 청룡과 백호당을 새로이 조직하라고 말이야."

"그래?"

"그래. 해서 자네와 나, 공오, 진현이 모두 백호당에 편입되었네. 그리고 특히 자네는 대주가 되었네. 알겠나? 무당의 정은이 스물넷의 나이에 난다 긴다 하는 사람들을 거느리는 백호당 대주가 되었단 말일세. 하하하!"

"말도 안 돼!"

벌떡 일어선 정은이 빽 소리를 질렀다.

하지만 이번에는 철군영에 이어 진현마저 정은의 어깨를 탁
치며 말했다.

"말이 안 되긴? 이번 싸움에서 자네가 보여준 실력은 기존
대주들을 압도하는 것이었네. 솔직히 우리도 자네가 그 정도
실력을 감추고 있을 줄은 생각도 못했지. 대주로 뽑힌 건 당연
한 일이야!"

"그래도 싫네. 그럼 내가 사형들보다 위라는 말인데, 나더러
어떻게 하라고? 절대 안 되네!"

하지만 그가 방방 뜬다고 해서 한 번 결정된 일이 뒤집어질
리 없었다.

"잔소리 말고 하라는 대로 하게. 우리도 친구 덕 좀 보자고."

"글쎄, 나는……."

"백호당 역사상 최연소 대주가 되는 것이네. 무당의 이름을
날리는 일인데, 자네가 하지 않겠다면 장로님들이 가만있지
않을걸?"

철군영과 진현의 계속된 압박에 정은의 얼굴이 울상이 되었
다.

그도 모르지 않았다. 사문의 어른들은 무당에 검성의 후예
가 나왔다며 좋아할 게 분명하다. 그러니 하기 싫다고 하면 어
떤 결과가 나올지 보지 않아도 뻔했다.

그래도! 싫은 건 싫은 거였다.

'제길, 제기랄! 내가 언제 대주시켜 달라고 했냐고!'

그즈음, 그들과 이십여 장 떨어진 건물의 구석에서 한 사람이 그들을 노려보고 있었다.

'저런 어수룩한 놈이 대주가 되다니! 말도 안 돼!'

정수였다. 그는 그 소식을 듣고 부글부글 끓어오르는 화를 참을 수가 없었다.

새파란 놈이 대주가 되다니! 그것도 꼴 보기 싫은 놈이!

좌소천이야 어쩔 수 없다지만, 정은마저 자신보다 앞서 간다.

천천히 몸을 돌리는 정수의 눈에서 새파란 빛이 번뜩였다.

'개새끼들, 어디 두고 보자!'

*   *   *

연일 계속되던 싸움이 멈춘 지 이틀째.

적막감이 화산 일대를 내리눌렀다. 그러나 어느 누구도 그것이 오래갈 것이라고는 생각지 않았다.

폭풍전야!

피바람이 몰아치기 시작하면 그 어느 때보다 더 강한 피의 폭풍이 몰아칠 것이었다. 그 때문인지 사람들은 피 마르는 긴장 속에 신경을 곤두세우고 하루하루를 보냈다.

그렇게 나흘째 되던 날. 화산에 머물고 있던 군웅들이 위가장으로 모여들었다.

"이걸 즉시 영풍산장의 공손양에게 전해라."

제갈진문은 정첩당의 전령에게 서신 하나를 건넸다.

만약을 위한 대처였다.

천외천가와의 전쟁은 무림맹만 하는 것이 아니었다. 하기에 서로 손발이 맞아야 했다. 한데 낙남 공격은 너무 서두르는 감이 없지 않았다. 심지어 영풍산장에 알리지도 않았잖은가 말이다.

영풍산장이 위남의 천외천가를 치고, 천외천가가 쳐들어온 것을 막아냈다는 것에 고무된 서두름이었다.

그는 그것이 불안했다.

'공손양, 그 젊은 친구라면 뭔가 적절한 대처를 취하겠지.'

4

상주 풍성보에 머물고 있는 공야황에게 무림맹의 움직임이 전해진 것은 그날 오후였다.

"훗, 화산에 있던 놈들이 내려왔단 말이지?"

"예, 해주. 위가장에 모인 숫자가 이천이 넘는다 합니다."

"놈들이 위가장을 떠나면 이곳에 도착할 때까지 그대로 놔두어라."

뜻밖이라 생각했는지 은사와 유사가 고개를 쳐들었다.

공야황이 이유를 짧게 말했다.

"일일이 쫓아다니는 것도 귀찮아."

처음으로 나온 세상은 넓었다. 며칠을 이동한 곳이 기껏해야 섬서의 일부라는 것에 새삼 놀라지 않을 수 없었다.

그런 한편으로는, 천하지존이 될 자신이 일일이 적을 쫓아다니며 싸운다는 것이 영 마음에 들지 않았다. 그것은 자신이 할일이 아니었다. 하인이나 다름없는 천외천가가 할 일이었다.

"안으로 불러들여서 한 번에 끝내 버려야겠다. 그리고 나머지는 순우연에게 맡겨야겠어. 자잘한 일은 하인이 처리하는게 당연한 일이 아닌가?"

깊숙이 고개를 숙이는 은사의 입가로 차가운 미소가 번졌다.

"알겠습니다, 해주."

그때 공야황이 술잔을 잡아가며 물었다.

"그런데 종남에 있던 마사와 우암을 죽였다는 놈에 대해선 밝혀진 것이 있는가?"

"아직 확실한 신원이 밝혀지지 않고 있습니다, 해주."

"작수를 친 놈은 도를 썼다던데?"

은사의 표정이 살짝 굳어졌다.

공야황이 묻는 이유를 아는 까닭이다.

"정확하지는 않습니다만, 정보대로라면 놈일 가능성도 배제할 수가 없습니다."

"흐음, 그놈이 천소일 수도 있단 말이지?"

나직이 되묻는 공야황의 눈에서 붉은 기운이 일렁였다.

자신에게 처음으로 두려움이라는 생경함을 안겨주었던 자. 천소의 이름을 내뱉는 것만으로도 그의 가슴에 열기가 일었다.

"예, 해주."

"그런데 말이야. 순우연이 놈의 정체를 알아내지 못했다고 했는데, 그걸 믿나?"

"예?"

은사가 고개를 치켜들며 반문했다. 유사도 어리둥절한 표정을 지었다.

공야황은 차가운 조소를 지은 채 술잔을 입가로 가져갔다.

"천하에 그런 정도의 고수가 몇이나 될 거라 생각하는가? 셋? 넷? 순우연이 알아내지 못했다는 것 자체가 웃기는 일이지."

"그럼 왜 순우연을 질책하지 않으신 겁니까?"

"나중을 위해서지. 결정적일 때 그의 목에 올가미를 걸기 위해서 말이야. 부지런히 뛰어다녀야 할 하인의 기를 미리 꺾을 수는 없는 일이 아닌가? 후후후후."

강하기만 하고 단순한 사람.

많은 사람들이 공야황을 그렇게 알고 있다. 심지어 순우연조차 그렇게 생각하며 공야황을 대한다.

하지만 그건 공야황을 몰라도 너무 모르는 소리였다.

천 년 만에 혈천마마공을 대성한 유일인이 바로 공야황이다. 그걸 조금이라도 생각했다면, 순우연이 공야황을 잘못 보는 우를 범하지는 않았을 터였다.

"짐작 가는 자라도 있습니까?"

유사의 물음에 공야황이 술잔을 내려놓고 입꼬리를 미미하게 비틀었다.

"잘 생각해 봐. 현재 강호에서 가장 중요한 사람 중 하나가 보이지 않는데, 그게 누군지."

유사와 은사의 눈이 점점 커졌다.

"그럼……?"

공야황은 짧게 고개를 끄덕이고는 시비가 다시 채워놓은 술잔을 집어 들었다.

"그런데 신녀에 대한 것은 정말 모르는 것 같더군."

흠칫한 은사가 공야황을 곁눈질했다.

다행히 신녀에 대한 말을 하면서도 바늘 끝만 한 흔들림도 없다.

'신녀에 대해선 미련을 버리신 건가?'

아니라면 눈빛이 저렇듯 고요할 리가 없다.

그때 공야황이 술잔을 집어 들며 명을 내렸다.

"척발조에게 전해. 순우연의 계획을 승인한다고."

"알겠습니다, 해주."

고개를 숙이는 은사의 눈에 안도의 빛이 어렸다.

하지만 그는 알지 못했다. 공야황이 무슨 생각을 하는지.

'놈이 나타나면 신녀가 어디 있는지 알 수 있겠지. 천하를 차지하고 그 계집도 차지한다. 나 공야황 곁에 어울리는 여자는 그 계집뿐이야.'

공야황은 붉어진 눈으로 술잔을 목구멍 안에 털어 넣었다.

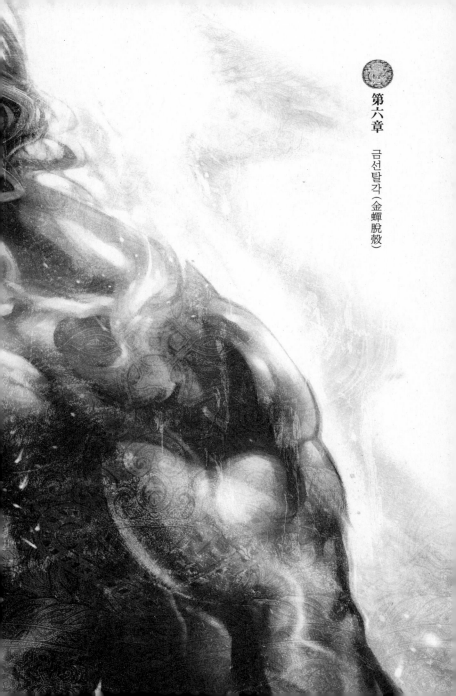

第六章

금선탈각(金蟬脫殼)

영풍산장도 서서히 이전의 활력을 되찾아갔다. 죽은 사람들을 생각하면 안타깝고 슬프지만, 슬퍼하고만 있을 수는 없었다.

위남으로 천외천가 지부의 무사들이 속속 합류하고 있는 것이다. 그 수가 사흘 사이 일천에 이른다. 기존에 있던 사람들까지 합해 모두 이천에 달하는 숫자다.

목적은 분명했다.

"놈들이 뭘 노리는 거라 생각하는가?"

사도철군의 질문에 공손양이 답했다.

"힘이 모아지면 놈들이 공격을 감행할 것입니다."

"대책은 있나?"

공손양이 대답 대신 좌소천을 바라보았다.

묵묵히 앉아 있던 좌소천이 입을 열었다.

"한 가지 생각해 놓은 게 있습니다만, 저희들만 움직여서는 별 효과가 없습니다. 일단 무림맹 측의 의견을 들어보고 말씀 드리도록 하지요."

사도철군이 코웃음을 치며 못마땅한 표정을 지었다.

"훙! 도무지 무림맹 놈들을 믿을 수가 있어야지. 저번 일만 해도 그렇지, 하다못해 지원무사를 보내는 시늉이라도 했어야 하지 않은가?"

모두가 그 생각을 했었다.

그토록 큰 싸움이 벌어졌는데도, 그들은 기껏 어떤 상황이 벌어졌는지 그것만 조사해 갔다.

물론 낙남의 일로 인해 쉽게 움직일 수 없다는 것을 모르는 바는 아니었다. 하지만 이삼백의 인원이라도 보냈어야 했다.

좌소천도 그 사실을 모르지 않았다. 그러나 지금은 감정에 치우쳐 움직일 때가 아니었다.

"너무 신경 쓰지 마십시오. 어차피 어설픈 무사 이삼백이 와 봐야 작전에 혼란만 올 뿐이니까요."

그때 밖에서 사인학의 목소리가 들렸다.

"군사, 무림맹의 제갈 군사께서 서신을 보내왔습니다."

공손양이 밖을 향해 말했다.

"가지고 들어오게."

사인학이 방 안으로 들어와 공손양에게 서신을 건넸다.

공손양은 서신을 펼쳐 보고는, 곧 굳은 표정으로 좌소천을 바라보았다.

"화산에 있던 무림맹의 무사들이 위가장으로 집결 중이라 합니다. 제갈 군사의 말로는 상주를 치기 위해서랍니다, 주군."

사도철군이 탕! 탁자를 치고 허리를 꼿꼿이 세웠다.

"뭐야?! 우리와 상의도 없이 상주을 친다고?!"

"지금까지 낙남에 총 이천오백의 무사가 모였다 합니다."

사람들의 눈이 좌소천을 향했다.

공손양이 심각한 표정으로 입을 열었다.

"이천오백의 무사가 모였다 해도 당장 상주를 치는 것은 아주 위험한 일입니다. 한데 내일 오전 중에 칠 생각인가 봅니다."

사도철군이 와락 일그러진 얼굴로 짜증내듯이 툭툭 말을 뱉어냈다.

"맹주 이 양반, 대체 무슨 생각을 하고 있는 거지?"

"우리가 움직이면 위남의 천외천가가 기회를 놓치지 않고 움직일 텐데……. 좋지 않을 때 무림맹이 움직였습니다."

"그래서 문제네! 도와주러 갈 수도 없으니……."

그때 조용히 듣고만 있던 좌소천이 무심한 목소리로 입을 열었다.

"방법이 아주 없는 것도 아니지요."

*　　　*　　　*

마기가 제거된 소영령은 단 사흘 만에 팔성의 내력을 되찾았다. 이대로라면 곧 십성의 내력을 모두 되찾을 수 있을 것이었다.

신녀가 힘을 되찾는다는 것. 그것은 비단 소영령 개인의 문제만이 아니었다.

그간 알게 모르게 그녀를 달갑지 않게 생각했던 사람들조차 그녀의 회복을 반겼다. 벽여령에게 막강한 적이 나타났다며 은근히 눈치를 주었던 동천옹조차 그녀가 언제 완벽히 회복되는지 궁금해할 정도였다.

한 사람의 고수가 아쉬운 시기. 연합세력에게는 천군만마였다.

그리고 천외천가에게는 영원히 잠든 줄 알았던 지옥사신이 잠에서 깨어났다는 것이나 다름없었다.

하지만 아직 그녀의 존재가 알려져서는 안 되었다.

"이걸 써봐."

좌소천이 얇은 뭔가를 내밀자 소영령이 의아한 표정을 지었다.

"그게 뭐예요?"

"인피면구. 면사를 쓰는 것보다 훨씬 자유스러울 거다."

소영령이 장난스럽게 샐쭉한 표정을 지었다.

"제 얼굴이 그렇게 보기 싫어요?"

좌소천이 무뚝뚝하니 대답했다.

"아니, 남이 보면 닳을까 봐 그래."

"……풋."

소영령이 발그레한 얼굴로 실소를 터뜨린다.

좌소천은 멍하니 그 모습을 바라보며 속으로 한숨을 쉬었다.

'후우, 무영자 어르신께 부탁해서 인피면구를 얻었기에 망정이지, 정말 큰일 날 뻔했군. 내가 봐도 이러니…….'

그때 소영령이 손에 들린 인피면구를 만지작거리며 물었다.

"근데 이걸 어떻게 쓰는 거예요?"

"내가 도와줄게."

철저하게 변신하려는 게 목적이 아니다. 남이 알아보지 못하는 정도면 충분하다. 그러다 보니 강력한 접착 물질을 이용해 붙일 필요도 없었다. 그저 얼굴에서 떨어지지만 않으면 되었다. 그러한 약물은 얼마든지 있었다.

좌소천은 면구에 꼼꼼히 약물을 바르고 소영령의 얼굴에 붙였다. 조금 주름진 곳은 삼매진화를 약하게 끌어올린 손바닥으로 쓸어내리자 판판하게 펴졌다.

진짜 살가죽으로 만들어진 것은 아니지만, 그렇게 붙여놓으니 언뜻 봐선 알아보기 힘들 정도였다. 이제 분만 칠하면, 어색한 부분은 물론 눈과 입과 코 등 구멍 난 부분의 경계마저 완벽히 가려지고 더욱 완벽해질 것이었다.

좌소천은 인피면구와 함께 가져온 분통을 그녀 앞에 내려놓왔다.

"분은 네가 칠해라."

"오빠가 해줘요."

"내가 하면 못난이처럼 될지도 모른다. 그래도 상관없다면 해주겠다만."

소영령이 입을 삐죽였다.

좌소천 앞에서만큼은 자신의 얼굴을 가리는 게 싫은 그녀다. 면구를 쓰는 것도 조금은 불만이었다. 하물며 분을 잘못 칠해서 이상하게 보인다면 더 큰일이었다.

사랑하는 사람 앞에서 못난이처럼 보이고 싶은 여인이 누가 있을까?

"됐어요. 그냥 내가 할게요."

좌소천은 조용히 웃으며 소영령을 바라보았다.

주근깨가 많고 약간 누렇게 보이는 시골 처녀의 얼굴이 눈앞에 있었다.

차양이 넓은 모자를 쓸 터. 이 정도면 누구도 소영령이 신녀라는 것을 눈치 채지 못할 것이었다. 그거면 되었다. 하지만 소영령은 마음에 들지 않는 듯 동경을 보더니 툴툴거렸다.

"쳇, 이게 뭐예요? 주근깨가 너무 많잖아요?"

누가 저 여인을 보고 신녀라 볼 수 있을까?

좌소천은 웃음을 참고 몸을 돌렸다.

"잠시 후에 다시 오마. 아, 그리고 너무 분을 진하게 칠하지 마라. 점이나 주근깨가 가려지면 인피면구를 쓴 이유가 없어

지니까."

입이 한 자는 튀어나온 소영령이 붓끝에 가득 묻혔던 분을 분통에 슬그머니 반 이상 털어 넣었다.

소영령의 방을 나온 좌소천은 이자광, 홍려운과 함께 곧바로 후원의 구석진 곳을 찾아갔다.

"저깁니다, 주군."

앞장서 걷던 홍려운이 작은 건물을 가리키는 사이, 성큼성큼 걸어간 이자광이 경비무사들에게 문을 열도록 했다.

문이 열리자 안쪽의 광경이 보였다.

창고를 개조한 건물 안은 허벅지만 한 통나무로 만든 임시 뇌옥이었다.

좌소천은 안으로 들어가 뇌옥 안쪽을 바라보았다.

순우무종이 죽은 듯 누워 있었다. 얼굴이 반쪽으로 변한 그는 더 이상 오만함이 하늘을 찌를 것 같던 예전의 그가 아니었다.

"말을 못합니다, 주군. 식사도 죽밖에 못 먹고 그나마 반은 토해냅니다. 의원은 살아 있는 것이 다행이라고 합니다."

이자광이 넌지시 순우무종의 상태를 알려주었다.

좌소천은 묵묵히 순우무종을 바라보다 담담히 말했다.

"순우연이 포기할 만하군. 저렇게 의지가 약하니 구해봐야 쓸모도 없다 생각했겠지."

이자광이 의아한 표정을 지으며 좌소천을 돌아다보았다.

"예? 순우연이 저자를 포기했단 말씀입니까?"

"아니라면 아비 된 자가 어찌 아들을 놔두고 유리한 싸움에서 되돌아섰겠소? 보나마나 아들을 구하는 것보다 피해를 줄이는 게 더 낫겠다 싶었겠지요. 아니면 둘째 아들이 있으니 죽어도 상관없다 생각했든지 말이오."

"음, 그렇군요."

한데 그때였다.

뇌옥 안의 순우무종이 꿈틀거렸다.

"으음……."

"어? 저자가 정신을 차리나 본데요?"

홍려운이 눈을 크게 뜨고 뇌옥 앞으로 다가갔다.

좌소천의 말을 들은 것일까?

하지만 지금까지 남의 말을 알아듣지 못하던 순우무종이다. 거짓이 아닐까 싶어 염불곡의 귀령으로 시험까지 해보지 않았던가.

어쩌면 단순히 누군가가 옆에 있다는 것에 반응했을지도 모르는 일. 좌소천은 물끄러미 순우무종을 바라보고는 몸을 돌렸다.

"갑시다. 이제 소용도 없는 자이니 너무 신경 쓰지 않아도 됩니다."

"예? 예, 주군."

그가 이자광, 홍려운과 함께 막 건물을 나설 때였다.

"으으음…… 으……."

순우무종이 또 신음을 흘렸다. 몸도 덜덜 떨렸다.

좌소천은 보지도 듣지도 못한 것마냥 그대로 밖으로 나갔다.

끼이익!

문이 닫힘과 동시 좌소천의 입가에 가느다란 미소가 그어졌다.

'순우무종, 너의 인내력만큼은 인정해 주지. 하지만 더는 견딜 수 없을 것이다.'

2

"수락하셨단 말이지요?"

순우연의 눈이 차갑게 빛났다.

척발조가 공야황의 뜻을 전했다.

"그렇다네. 무림맹 놈들이 낙남에 집결한다는 말을 듣고, 해주께서도 이번 기회에 무림맹의 세력을 무너뜨릴 생각이신 것 같네."

순우연이 자리에서 벌떡 일어나 차가운 미소를 지었다.

"잘됐군요. 놈들이 낙남으로 갔다면, 화산에도 영풍산장을 지원할 여력이 남지 않았을 것입니다."

순우기정이 자신의 생각을 덧붙였다.

"저번의 일로 봐도, 화산에선 영풍산장에 있는 자들을 도울 생각이 별로 없어 보였습니다. 더구나 낙남으로 이동했다면 더 그렇겠지요."

"맞다. 아주 좋은 기회야. 기정, 가서 간부들을 소집하게."

"예, 가주!"

*　　　*　　　*

좌소천은 영풍산장의 장주 화운정을 은밀히 만났다.

그와 이야기를 나누지 않고 작전을 시행해도 상관이 없었다. 아니, 어쩌면 그렇게 해야 더 확실할지도 몰랐다.

하지만 영풍산장의 식솔 이백여 명의 목숨은 누구도 장담할 수 없게 될 터, 양심이 허락지 않았다.

영풍산장을 통째로 내놓고 자신들을 도와준 화운정이 아닌가. 그렇게 한다는 것은 믿음에 대한 배신이었다.

"꼭 그 방법밖에 없습니까?"

"무림맹이 움직였으니, 위남의 적들이 오늘내일 사이에 공격해 올 것입니다. 지금으로선 그게 저희 쪽 희생을 줄이고, 적에게 타격을 줄 수 있는 가장 좋은 방법입니다."

"후우, 정 그렇다면 어쩔 수 없겠지요."

화운정은 고심 끝에 좌소천의 의견을 받아들였다.

제천신궁이 모든 걸 책임진다는 조건도 조건이지만, 어차피 연합세력이 떠나면 영풍산장도 끝장이다. 이판사판인 상황. 사실 선택의 여지가 없었다.

화운정을 만나고 온 좌소천은 곧바로 공손양과 사도철군을 비롯해 장로들과 주요 간부들을 불러들였다.

이제 자신과 공손양이 세운 작전을 알리고 실행에 옮겨야 할 때인 것이다.

일각이 지나기 전에 대부분의 사람들이 모였다.

마지막으로 들어온 사람은 역시나 북리환이었다. 그가 앉자 좌소천의 눈이 공손양을 향했다.

"군사, 구체적인 계획은 세웠소?"

"예, 주군!"

"말해보시오."

자리에서 일어난 공손양이 사람들을 둘러보았다. 모두가 숨을 죽인 채 바라보자 그가 입을 열었다.

"우리는 영풍산장을 떠나 상주의 적을 칠 것입니다."

갑작스런 말에 사도철군의 눈이 커졌다.

"상주의 적을 친다고?"

"갑자기 그게 무슨 말인가?"

여기저기서 웅성거림이 일었다.

하지만 공손양은 멈추지 않고 말을 이었다.

"둘로 나뉘어서 싸우게 되면 희생만 커집니다. 그럴 바에는 한쪽을 먼저 쳐서 힘을 줄이고, 그 여세를 몰아 나머지 한 곳마저 치는 것이 더 효과적이라는 게 저와 주군의 생각입니다."

사람들이 입만 벙긋거리며 공손양을 쳐다보았다.

공손양은 조금도 흔들리지 않고 마저 계획을 설명했다.

"그 모두가 주군께서 돌아오셨기에 가능한 계획입니다. 천혈마신 공야황, 그를 단독으로 상대할 수 있는 주군께서 계시는 한, 상주의 적은 그리 두려운 상대가 아니니까 말입니다."

동천옹이 공손양의 말이 끊긴 틈을 타 물었다.

"그럼 이곳을 완전히 비울 생각인가?"

"그렇습니다."

"남은 사람들이 위험하지 않겠나? 적들이 언제 쳐들어올지 모르는데?"

좌소천이 간단하게 대답했다.

"이미 장주와 이곳을 비우기로 이야기가 끝났습니다, 어르신."

단목연호가 이마를 찡그린 채 물었다.

"그럼 화산파가 위험하지 않겠소, 궁주?"

좌소천이 잠시 뜸을 들이고 무심한 표정으로 입을 열었다.

"먼저 이것을 아셔야 합니다. 우리는 천외천가와 천해를 멸하기 위해 왔지, 화산을 지키기 위해 온 것이 아니라는 걸 말입니다."

듣는 게 무서울 정도로 냉정하다.

화산파가 무너지는 것은 개의치 않겠다!

그런 뜻이 아닌가 말이다.

무림맹에서 들었으면 펄쩍 뛸 말이었다. 하지만 방 안의 누구도 그 말에 이의를 제기하지 않았다. 사실이 그랬으니까.

좌소천은 입이 얼어붙은 좌중을 쓸어보았다.

"그렇다고 해서 손 놓고 있지는 않을 것입니다. 어차피 우리 모두가 상주로 갈 수는 없으니까요."

병 주고 약 주고, 사람들의 마음을 이리저리 휘돌린 좌소천이 말을 이었다.

"작전이 시작되면 시간이 성패를 좌우하는 만큼, 숨 돌릴 틈도 없이 몰아쳐야 합니다. 잊지 마십시오. 멈칫하는 순간 동료들이 죽어간다는 것을."

무심한 좌소천의 목소리가 이어질수록 사람들의 표정도 굳어졌다.

"저는, 최소한의 희생으로 적을 멸하고 신양으로 돌아갈 것입니다. 그리고 천하에 절대천성의 탄생을 알릴 것입니다. 부디 이곳에 있는 분 모두가 함께 돌아가서 그날의 주역이 될 수 있기를 바랍니다."

침 삼키는 소리조차 들리지 않았다.

쿵! 쿵! 쿵!

가슴이 뛰어 입을 열 수조차 없었다.

사도철군도 분위기에 휩쓸려 입도 벙긋하지 않았다.

그러는 동안 좌소천의 목소리만 방 안을 나직이 울렸다.

"지금은 전쟁 중입니다. 살아난 사람만이 정의를 말할 수 있다는 점을 명심하시기 바랍니다."

그제야 사람들은 한동안 자신들이 한 가지 사실을 잊고 지냈다는 것을 깨달았다.

눈앞에 있는 사람이 바로, 단 수개월 만에 제천신궁을 삼켜

버린 하늘, 절대공자 좌소천이라는 것을!

그날 밤.
해가 지자 영풍산장에서 사람들이 쏟아져 나왔다.
연합세력의 무사들만이 아니었다. 영풍산장의 가솔들도 모두 산장을 빠져나와 화음으로 몸을 피했다.
구석진 곳에서 사랑놀이를 하던 똥개 두 마리가 밥을 얻어먹기 위해 촐랑거리며 나왔을 때, 근 일천오백에 달하던 사람은 하나도 보이지 않았다.

3

영풍산장을 떠난 연합세력은 전력을 둘로 나누었다.
어차피 전체가 움직인다는 것은 무리일 수밖에 없는 일. 하기에 상주로는 최정예 오백만 가고, 나머지는 공손양의 지휘 아래 화산의 연화봉으로 향하기로 했다.
공손양이 무사들을 이끌고 연화봉 아래에 도착했을 때, 화산에는 화산파의 제자 팔백 명만이 남아 있는 상황이었다.
공손양은 연화봉 아래에 도착하자마자 화산의 장문인 허운자와 만났다.
그러고는 적의 공격에 대비해서 진세를 이룬 채 계곡 입구에 주둔했다. 아마 적이 본다면, 영풍산장의 인원 모두가 화산으로 이동한 것처럼 보일 터였다.

다음날 새벽녘, 천외천가의 무사들이 기세등등하게 영풍산장의 담을 넘었다.

　하지만 빈 밥그릇에 고개를 처박고 낑낑대던 똥개 두 마리만이 죽어라고 개구멍을 통해 도망쳤을 뿐, 영풍산장은 텅 비어 있었다.

　순우연과 순우기정, 척발조가 뒤늦게 소식을 듣고 부리나케 장원 안으로 들어왔다

　"도대체 어떻게 된 것이냐?!"

　"한 사람도 보이지 않습니다, 가주!"

　가은의 보고에 순우연의 미간이 확 찌푸려졌다.

　"무슨 말이야? 어제만 해도 일천이 넘던 인원이 어디로 갔단 말인가?"

　아무도 그에 대한 대답을 하지 못했다.

　답답한지 척발조가 물었다.

　"이들을 감시하고 있지 않았소, 가주?"

　그에 대해서 가은이 대답했다.

　"장원 주위에서 다섯 구의 시신을 발견했습니다. 아마 이곳을 감시하던 본 가의 무사들 같았습니다."

　"허허! 이거야 원!"

　어이가 없는지 척발조가 헛웃음을 흘렸다.

　순우연이 순우기정을 바라보았다.

　"어떻게 생각하느냐, 기정? 이들이 왜 영풍산장을 비운 것

같으냐? 우리가 오는 걸 알고 화산으로 도망쳤을까?"

"도망칠 자들이 아닙니다. 그럴 것 같았으면 일전에 도망쳤을 것입니다."

"그럼 이곳을 비운 목적이 뭐라 보느냐?"

잠시 생각에 잠긴 것 같던 순우기정이 눈살을 찌푸렸다.

"아무래도 수상한 점이 하나둘이 아닙니다. 그렇게 강하게 대항하다가 갑자기 본거지를 비웠으니……."

문득 한 가지 가능성이 떠올랐다.

'혹시… 상주를 치려고……?'

하지만 화산의 뒤를 비우고 상주로 간다는 것이 말도 되지 않는 일이었다.

척발조도 그런 생각을 했는지 짜증내는 투로 말했다.

"화산의 뒤를 비우고 어디로 갔을 리도 없잖은가?"

순우기정이 한 가지 가능성을 내놓았다.

"화산을 포기한다면 충분히 가능한 일입니다."

"저들이 화산을 포기할 거라고 보는가? 말이 안 되는 소리네. 그럼 여태 화산을 지킨 이유가 없잖은가?"

"무림맹이라면 몰라도, 제천신궁과 전마성에게 화산의 흥망이 무슨 상관이겠습니까?"

"그럼 공조가 깨질 텐데? 그건 저들도 바라는 바가 아닐 것이네. 그리고 그렇게 하려 했다면 진작 그렇게 했겠지."

순우기정의 입이 다물어졌다.

척발조의 말도 완전히 틀린 것이 아닌데다가, 순우연이 싸

늘한 눈으로 바라본다. 척발조의 감정을 건드리지 말라는 것
처럼.

"기정, 어차피 이렇게 된 거, 지금 화산을 치면 어떻겠느
냐?"

순우연의 말에 순우기정이 잠시 생각하더니 묵묵히 고개를
저었다.

"만약에라도 놈들이 화산으로 가서 우리를 기다리고 있다
면, 뭔가 수작을 부려놓았을 것입니다. 당장 화산을 공격하는
것은 무리가 있습니다."

그 말도 일리가 있었다. 이미 두어 번 공손양의 계책에 당해
서 수백의 피해를 보지 않았던가.

"그럼 네 생각은 뭐냐?"

"일단 사람을 보내서 화산의 상황을 살펴보는 게 어떻겠습
니까?"

연화봉이 지척이다. 사람을 보내서 정황을 살펴보는 것이야
어려울 것도 없었다.

"좋다. 그럼 최대한 빨리 알아보도록 해라."

"예, 가주."

4

순우연이 어둠에 잠긴 화산을 노려보며 이를 갈던 그 시각.
오백의 최정예는 상주로 치달렸다.

이백 리가 넘는 거리를 쉬지 않고 달린다는 것은 뛰어난 말이라 해도 쉽지 않은 일이었다. 하물며 사람이야 더 말할 것도 없었다.

하지만 목적이 있는 절정고수들에게는 속도에서 조금 차이가 있을 뿐, 그리 어려운 일도 아니었다.

게다가 금퇴성을 지나면서부터는 평탄한 내리막길이 계속되었다.

그렇게 좌소천이 이끄는 오백의 고수가 상주를 오십여 리 남겨놓았을 무렵, 낙남을 떠난 무림맹의 이천오백 무사가 풍성보를 에워싸고 접근했다.

그와 함께 동산 위로 떠오른 주홍빛 태양이 찬란한 금빛으로 물들어가기 시작했다.

"놈들에게 강호의 정의가 살아 있음을 보여줘라!"

"죽음을 두려워하지 마라! 우리가 죽음으로써 사형제들이 안전해진다는 점을 명심해라!"

여기저기서 사기를 북돋는 외침이 터져 나왔다.

숫자는 적의 세 배에 달한다. 하지만 산양과 상주와 낙남에서 적을 맞이해 본 사람들은, 그러한 숫자가 압도적인 우세를 뜻하지 않는다는 것을 잘 알고 있었다.

"종남과 화산에서 죽어간 사형제들의 복수를 하자!"

"악을 제거하고 정의를 수호하자!"

이천오백의 무사에게서 뿜어지는 열기가 풍성보 일대를 뒤덮고, 우경 진인의 도호가 아침 하늘을 흔들었다.

"원시천존! 하늘의 뜻이 본 맹과 함께할 것이오! 역사에 죄인이 되지 않도록 우리 모두 힘을 합쳐 오늘 저들을 제거합시다!"

동시에 무림맹 맹도들의 함성 소리도 커졌다. 기세만으로 적을 물리칠 수 있다면 단숨에 물리치고도 남을 듯했다.

하지만 제갈진문만은 상황이 결코 낙관적인 것이 아니라는 걸 잘 알고 있었다.

'영풍산장에서 도움을 주겠다고 했는데 얼마나 올지 모르겠군. 그들이라도 제때에 오면 좋으련만…….'

위가장을 출발하기 직전 한 장의 서신이 전해졌다.

지원무사를 보내겠다는 것이었다. 위남의 적과 대치하고 있는 중에 사람을 보낸다는 게 의외였지만, 제갈진문은 그것조차도 반가웠다.

한데 과연 어떤 자들이 올까?

'육부경이 이끌고 있는 자들만큼이나 강한 자들이면 좋겠는데…….'

그때 우경 진인의 목소리가 들렸다.

"군사, 공격을 시작하세!"

무림맹의 공격이 시작된 것은, 좌소천 일행이 삼십 리까지 다가왔을 무렵이었다.

＊　　　　＊　　　　＊

격전이 벌어진 지 얼마나 지났을까?

어느 쪽이 유리한 걸까?

좌소천은 소영령과 나란히 달려가며 풍성보 쪽을 바라보았다.

병장기 부딪치는 소리, 고함 소리, 비명이 십 리 밖까지 울린다.

풍성보에서 뻗치는 기운이 하늘을 뒤흔든다.

격전이 최고조에 오른 듯하다.

"성주, 서둘러야 할 것 같습니다."

우측으로 삼 장 정도 떨어져서 몸을 날리던 사도철군이 심각한 표정으로 고개를 끄덕였다.

이미 오면서 작전에 대한 이야기는 끝났다. 이제 행동만이 남았을 뿐.

"먼저 가겠네."

"그러시죠."

빠른 시간 안에 최대한의 타격을 줘야 한다.

그것이 작전의 성공을 좌우하는 열쇠다.

"가자!"

사도철군이 일갈을 내지르고 앞으로 나아가자, 좌우호법과 사도진무를 비롯한 전마성의 일백오십 무사가 일제히 그 뒤를 따랐다.

풍성보가 넓다 해도 수천의 군웅이 일시에 들어선 터다.

좁게만 느껴지는 곳에서 혼전이 벌어지자, 싸움이 벌어진 지 이각 만에 수백의 생명이 이슬처럼 떨어지고 아비규환의 장이 펼쳐졌다.

보보마다 고여 있는 시뻘건 핏물!

사방에서 울리는 신음과 비명!

이곳이 사람 사는 곳인지, 아니면 지옥인지 분간을 할 수가 없을 지경이었다.

하지만 그런 와중에도 후원만큼은 누구도 접근하지 못했다.

그곳에선 직경 이십 장의 넓이를 다섯 사람이 차지한 채 싸우고 있었다.

우르릉!

쩌저저적!

벽력음이 울리는 후원 일대는 대기를 찢어발기는 기운의 폭풍으로 인해 모든 것이 부서져 평지가 되어버린 지 오래다.

"후후후후! 제법이구나!"

공야황의 음악한 웃음소리가 벼락조차 밀어내고 울린다.

"정의의 이름으로 그대를 심판하리라!"

뒤질세라 우경 진인의 창노한 목소리가 터져 나온다.

한데 자신도 모르게 떨려나오는 목소리다.

소림의 법종 대사, 창룡신검 남궁환, 지검자 제갈진유와 함께 공야황을 합공한 지 일각. 우경 진인은 넷이 합공하고도 우세를 점하지 못하자 새삼 공야황의 강함에 질리지 않을 수가 없었다.

낙남에서 셋이 달려들어 비등했기에 넷이면 해볼 수 있을 거라 생각했다.

하지만 그것이 아니었다.

공야황은 그때와 또 달랐다. 중첩된 피로가 사라진 그였다. 그때보다 강한 것이 어쩌면 당연할지도 몰랐다.

쾅! 콰과광!

단숨에 오 초의 검공을 펼친 제갈진유가 비틀거리며 물러섰다. 뒤이어 남궁환도 해쓱해진 얼굴로 이를 악물었다.

폭풍 같은 검강도, 그물 같은 검강도 공야황의 몸을 둘러싼 혈기에 부딪쳐 산산이 부서진다.

도대체가 방법이 없다.

공격하는 사람으로선 맥이 빠질 지경이다.

"아미타불!"

몸을 날린 법종 대사가 쌍장을 내밀며 반야금강장을 펼쳤다.

나한전주로 소림제일무승이라 불리는 법종 대사다. 하지만 그의 반야금강장도 공야황의 혈천마마기를 뚫지 못했다.

콰앙!

만근 화약이 터진 듯 굉음이 일며 뒤로 튕겨지는 법종 대사다.

"조심하시오!"

우경 진인이 공야황을 향해 자하신검을 뺐었다.

일순간 자색 검강이 일 장의 길이로 쭉 뻗어나간다.

그의 자하신검에서 뻗치는 자색 검강은 남궁환이나 제갈진유의 검강과 또 달랐다.

공야황조차 우경 진인의 검강은 몸으로 막으려 하지 않았다.

"과연 무림맹을 이끄는 자답구나!"

그는 혈성마조를 펼쳐 우경 진인의 자하검공을 일일이 튕겨냈다.

띵! 떠덩!

자색 검강이 하나하나 부서질 때마다 우경 진인의 몸이 잘게 떨렸다. 그러더니 십여 초의 연속된 공격이 막히자 낯빛마저 창백하게 굳어진 채 뒤로 밀렸다.

찰나였다!

우르르릉!

우렛소리가 일며 선홍빛 혈광이 우경 진인을 덮쳤다.

동시에 뒤로 물러섰던 남궁환과 제갈진유가 전신공력을 끌어올려 공야황의 좌우를 쳤다.

"너무 무리하지 마시오, 맹주!"

혈천마마기를 뚫지 못했다 하나, 두 사람의 검은 결코 무시할 수 없는 것이었다.

공야황은 결정적일 때 방해를 받자 뒤로 스르르 물러나며 냉랭히 코웃음을 쳤다.

"흥! 그대들의 실력으로는 본좌를 막을 수 없다!"

말이 끝남과 동시, 공야황이 쌍장을 들어 올려 커다란 원을 그렸다.

순간 석 자 크기의 핏빛 구가 허공에 매달려 휘돌고, 그의 전신에서 흘러나오는 혈기가 더욱 짙어졌다.

"이제 끝낼 때가 된 것 같구나!"

눈 깜짝할 사이 핏빛 구가 다섯 자 크기로 커졌다.

혈천마마공이 뭉쳐 형성된 혈천마혼구(血天魔魂球)였다.

우경 진인과 남궁환, 제갈진유, 법종 대사는 전 공력을 끌어 올린 채 공야황의 공격에 대비했다.

바로 그때였다.

"여기도 있다, 공야황!"

허공에서 일갈이 터져 나오고, 웅혼한 검강이 하늘을 가르며 떨어져 내렸다.

사도철군! 그가 마침내 풍성보에 도착한 것이다.

작심하고 펼쳐진 철혈무혼검이다. 더구나 공야황은 아직 자신의 존재를 알지 못하고 있는 상황이다.

공야황의 머리 위로 떨어져 내리는 사도철군의 입가에 회심의 미소가 드리워졌다.

하지만 그의 입가에 드리워진 웃음이 사라지는 것은 순식간이었다.

공야황이 두 손으로 돌리던 핏빛 구를 자연스럽게 허공으로 띄운 순간, 눈앞이 온통 붉어지고 숨 막히는 압력이 지상에서 솟구쳤다.

"헛!"

그러나 놀랄 사이도 없이 철혈무혼검의 강기와 혈천마혼구가 정면으로 부딪쳤다.

쩌저저적! 쾅!

핏빛 구가 터져 나가며, 떨어져 내리던 사도철군의 몸도 다시 허공으로 튕겨졌다.

찰나간 공야황의 방어에 틈이 생겼다.

우경 진인은 때를 놓치지 않고 공야황을 향해 자하검공을 펼쳤다. 남궁환과 제갈진유, 법종 대사도 일제히 공야황을 향해 달려들었다.

"지옥으로 가라!"

"공야황! 끝을 내자!"

절대지경의 고수와 그에 근접한 고수 세 사람의 합공이다.

도저히 피할 곳이 없을 듯했다.

한데 바로 그때, 공야황의 몸에서 핏빛 광채가 확 퍼지는가 싶더니 회오리처럼 휘돌았다.

콰르르릉!

동시에 우경 진인과 세 사람의 합공이 핏빛 회오리에 휘말렸다.

콰과과과광!

벼락이 연달아 터지는 소리와 함께 네 사람의 몸이 사방으로 날아가고, 공야황의 몸도 삼 장 밖으로 밀려났다.

"버러지 같은 놈들이 감히!"

공야황의 입에서 처음으로 분노에 찬 노성이 터져 나왔다.

그는 분노하는 것으로 그치지 않았다.

고오오오오오!

그가 두 손을 들어 올려 신경질적으로 휘두르자, 핏빛 구름이 전면의 법종 대사와 남궁환을 향해 밀려갔다.

자세를 잡기도 전에 펼쳐진 공격!

피할 틈이 없다는 것을 안 법종 대사와 남궁환은 피하는 대신 공격을 택했다. 공야황도 상당한 충격을 받았을 거라 예상한 것이다.

그러나 핏빛 구름에 뒤덮이고 나서야 두 사람은 뭔가가 잘못되었다는 걸 깨달았다.

공야황은 자신들이 생각했던 것만큼 충격을 받지도 않았고, 그의 분노에 찬 공격은 오히려 조금 전보다도 더 강했던 것이다.

"조심! 허억!"

"크으윽!"

태산이 짓누르는 충격에 숨이 먼저 막혔다.

뒤이어 항거할 수 없는 거력이 두 사람의 전신을 두들겼다.

콰과광!

"법종 도우!"

"남궁 형!"

우경 진인과 제갈진유가 대경해 외치며 공야황을 공격했다.

십 장 밖으로 날아 내린 사도철군도 숨을 고르고 공세에 가

담했다.

소문은 조금도 과장되지 않았다. 공야황은 진정 혼자서 상대할 수 있는 자가 아니었다. 사도철군은 좌우호법을 떨치고 혼자 달려든 것이 은근히 후회되었다.

'제길! 뭐 이런 놈이 다 있어!'

그렇다고 이제 와서 그들을 부를 수도 없는 일. 이를 악문 사도철군은 철혈마공을 십성까지 끌어올린 채 철혈무혼검을 펼쳤다.

좌측은 사도철군이, 우측은 제갈진유, 정면은 우경 진인이 맡았다.

시뻘건 혈광을 가운데 두고 자광과 청광이 한여름 광란하는 먹구름에서 번쩍이는 번갯불처럼 쏟아졌다.

콰르릉! 쩌저저적!

거기에 더해 사도철군의 악쓰는 소리가 또 하나의 검이 되어 공야황을 공격했다.

"공야황! 도망갈 생각 마라! 이곳에 네놈의 무덤을 만들어주마!"

하지만 그러한 공세 속에서도 공야황은 당황하지 않았다. 차디찬 살소를 배어 문 그는, 혈광이 번뜩이는 눈으로 세 사람의 공격을 하나하나 파악하고 도리어 역공을 가했다.

자색 번개가 꺾이고, 시퍼런 번개도 방향을 틀어 허공만 찌른다. 절대경지에 이른 고수들의 공세가 혈광을 뚫지 못하고 곁만 맴돈다.

공야황도 세 사람의 공세에 함부로 움직이지 못하고 방어에만 집중했다.

그러길 십여 초.

우경 진인과 사도철군에 비해 무공이 약한 제갈진유가 미미하게 흔들렸다.

그 자신도 의식하지 못하는 사이, 그의 검에서 뻗어난 검강이 한 자가량 줄어들고 검첨이 두 치 정도 밑으로 내려갔다.

순간이었다.

두 줄기 번개를 옆으로 쳐낸 공야황이 우측으로 벼락같이 손을 뻗어 주먹만 한 혈구를 쏘아냈다.

찰나의 틈을 놓치지 않고 펼친 단호한 일수!

눈을 부릅뜨고 정신을 차린 제갈진유가 다급히 검을 갈지자로 휘둘러 혈구를 내쳤다.

그러나 작정하고 펼친 혈천마혼구에 담긴 거력은 그가 대충 방어해서 막을 수 있는 것이 아니었다.

쾅!

"크윽!"

제갈진유가 억눌린 신음을 흘리며 삼 장 밖으로 나가떨어졌다.

갑자기 한 곳이 비자 공야황의 몸놀림이 훨씬 자유로워졌다.

"우하하하! 누구의 무덤이 만들어질지 어디 해보자, 사도철군!"

"이런 제기랄!"

사도철군의 얼굴이 와락 일그러졌다.

우경 진인의 표정도 침중하게 굳어졌다.

실오라기 같은 우세조차 이제 사라졌다. 평수나 이루면 다행이었다.

얼마 동안이나 공야황을 막을 수 있을까?

자신들이 공야황을 막을 동안 다른 사람들이 적을 물리칠 수 있을까?

바로 그때였다. 밖에서 함성과 고함이 뒤섞여 들려왔다.

"천해의 쥐새끼들을 쳐라!"

"천외천가의 똥강아지들을 쓸어버려라!"

"영풍산장에서 지원무사들이 왔다!"

"모두 힘을 내 놈들을 쳐라!"

"와와와와!!"

연합세력의 지원무사들이 당도한 듯하다. 적지 않은 숫자에 상당한 고수들인 듯 함성이 갈수록 커진다.

우경 진인은 자하신검을 거머쥔 손에 내력을 쏟아 넣으며 공야황을 뚫어지게 응시했다.

"하늘은 결코 그대의 편이 아닌 것 같군."

"후후후후, 글쎄… 말코, 그대는 너무 본 해를 모르는 것 같구나."

공야황이 비웃음을 흘리며 두 손을 들어 허공에 휘저었다.

순간 시뻘건 혈기가 일어나며 그의 몸을 감쌌다.

그때 사도철군이 뒤로 냉랭히 코웃음 치며 몸을 날렸다.

"흥! 공야황! 뭘 모르는 것은 네놈이다!"

동시에 우경 진인도 검과 하나가 되어 공야황을 공격했다.

절대고수 두 사람의 전력을 다한 합공!

제아무리 공야황이라 해도 그들의 합공을 무시할 수는 없었다.

"좋아! 내 그대들에게 하늘을 보여주마!"

일갈을 내지른 공야황은 시뻘겋게 변한 두 손을 휘둘렀다.

공야황의 붉은 머리가 하늘로 솟구치며 붉은 폭풍이 일었다.

"이게 바로 하늘의 힘이니라!"

콰과과과과!!

세 사람의 기운이 정면으로 충돌한 순간!

번천지복의 굉음이 일며 강기의 회오리가 십여 장 높이로 말아 올라갔다.

"크홉!"

"으음……!"

가공할 강기의 충돌에 우경 진인과 사도철군의 몸이 오 장 밖으로 밀려났다.

답답한 신음, 일그러진 얼굴.

단 일수에 상당한 충격을 받은 두 사람은 다급히 공력을 끌어올리며 공야황의 다음 공격에 대비했다.

여전히 붉은 폭풍이 몰아치는 후원의 중앙.

붉은 머리가 하늘 높이 솟구친 공야황이 시뻘건 두 손을 높이 들고 광소를 터뜨린다.

"우하하하하하! 누가 감히 내 앞을 막을 수 있단 말이냐?!"

그러고는 하늘 높이 쳐든 시뻘건 손을 내려친다.

내려치는 그의 두 손에서 좀 전에 비해 조금도 못하지 않은 가공할 기운이 밀려온다.

우경 진인이 자하신검에 혼신의 공력을 쏟아 넣으며 쳐들었다.

"무량수불! 내 죽더라도 그대만은 지옥으로 함께 데려갈 것이니라!"

사도철군이 와락 얼굴을 일그러뜨리며 버럭 소리쳤다.

"제기랄! 이 인간은 뭐 하는 거야! 빨리 와서 저놈이나 처리하지!"

이해할 수 없는 말에 우경 진인이 멈칫하고, 공야황이 묘한 표정을 지으며 주춤했다.

바로 그때였다!

"공! 야! 황!"

단절된 외침이 하늘을 울리고,

쒜에에에엑! 쩌저저적!

한줄기 금빛 묵광이 시뻘건 회오리를 가르며 벼락처럼 떨어졌다.

꿈에도 생각지 못한 상황!

공야황은 광소를 멈추고는, 내려치던 손을 다시 쳐들어 크게 원을 그렸다.

두 자 크기의 혈천마혼구가 그의 두 손에서 떠오르고, 찰나의 순간 금빛 묵광과 충돌했다.

우우우우웅!

소리는 크지 않았다.

그럼에도 칠팔 장 정도 떨어져 있던 사도철군과 우경 진인은 고막이 먹먹하고 숨이 막혔다.

두 사람은 참담하게 일그러진 표정으로 다급히 물러섰다.

"비, 빌어먹을!"

"어찌 이런……. 무량수불……."

하지만 두 사람의 경악에 상관없이 두 번째, 세 번째 충돌이 일고 그 여파가 일파만파로 번졌다.

사도철군이 다급히 소리쳤다.

"뒤, 뒤로 물러섭시다, 맹주!"

이미 공야황을 상대하고 있는 사람이 누군지 알아본 우경 진인이다.

다급히 오륙 장 더 물러서는 그의 입에서 떨리는 목소리가 흘러나왔다.

"오오, 그가… 그가 왔구나!"

그랬다. 공야황을 공격하는 사람은 다름 아닌 좌소천이었다. 머리와 옷이 전과 달라졌지만, 좌소천을 못 알아볼 우경 진인이 아니었다.

그가 나타날 줄은 꿈에도 몰랐던 우경 진인은 들끓어오르는 마음을 도호로 터뜨렸다.

"원시천존! 원시천존!"

한편, 좌소천은 다섯 번의 공격으로 공야황의 혈천마마기를 흐트러뜨리고 십여 장 밖에 내려섰다.

그는 아연한 표정을 짓고 있는 공야황을 바라보면서 사도철군과 우경 진인에게 말했다.

"이곳은 제가 맡지요. 여러분들은 저분들을 안전한 곳으로 옮기고 밖을 도와주십시오."

법종 대사와 남궁환은 스스로 몸을 가누기 힘든 상태다. 그나마 비틀거리며 일어난 제갈진유만이 나무에 몸을 기댄 채 거친 숨을 몰아쉬고 있다.

좌소천의 무심한 목소리가 울린 뒤에야 사도철군과 우경 진인이 번쩍 정신을 차렸다.

강력한 적은 공야황만이 아니다.

삼사와 구암만 해도 일대일로 맡을 사람이 없어 서너 사람이 합공을 하고 있는 형편이다.

자신들이 나가 그들을 맡으면 형세가 변하는 것은 순식간일 터였다.

사도철군이 두말할 것 없다는 듯 남궁환을 향해 몸을 날리며 소리쳤다.

"맹주! 일단 저 사람들부터 옮깁시다!"

우경 진인도 상황을 알고 급히 법종 대사를 안아 든 채 몸을 날렸다. 그 뒤를 따라 제갈진유가 비틀거리며 후원을 벗어났다.

공야황의 입이 열린 것은 그때였다.

"역시 네놈이 살아 있었구나."

으르렁거리는 목소리에 분노와 당혹감이 섞여 나온다.

도무지 믿을 수 없다는 눈빛.

"내가 살았다는 게 믿어지지 않는가?"

"잠력을 모조리 끌어쓰고도 죽지 않았다니, 더구나 본좌의 마기에 침습당했거늘."

"물론 그대 덕분에 죽을 뻔했지. 하지만 하늘이 아직 나의 목숨을 원치 않는 것 같더군."

공야황은 이가 갈렸다.

처음 만난 날도 그랬다. 좌소천은 끈질기게 자신의 공격을 막아내고 천해를 탈출했다.

어디 그뿐인가?

천선곡에서 잡을 수 있을 거라 여겼는데도 거머리처럼 질긴 생명력으로 도망쳤다. 그리고 잠력마저 끌어내 마지막 공격마저 막아내고 태백산을 벗어났다.

게다가 운도 좋았다. 날도 새지 않았는데 첩첩산중에 들어와서 놈을 구하는 미친놈이 있을 줄이야.

그래서인지도 몰랐다. 공야황은 이를 가는 한편으로 왠지 모르게 불안했다. 전보다 더 강해 보이는 무위는 둘째 문제였다.

그때 좌소천이 무진도를 사선으로 들어 올리며 말했다.

"결국은 칼이 모든 것을 결정할 터, 시작하지!"

후우웅!

좌소천의 전신에서 대기를 짓누르는 기운이 흘러나온다. 지금까지 누구에게서도 느껴보지 못했던 강력한 기운!

공야황은 흔들리는 마음을 다잡기 위해 혈천마마공을 극성까지 끌어올렸다.

천하의 누구도 자신을 막을 수 없을 거라 생각했다.

한데 그게 아니다. 자신을 막을 수 있을 뿐만 아니라 마음 한구석에 불안감까지 심어주는 놈이다.

그 생각을 하자 그의 가슴 깊숙한 곳에서 서서히 분노가 피어올랐다.

'괘씸한 놈! 네놈 따위가 감히 내 앞길을 막다니!'

죽여 버리겠다!

네놈을 단숨에 죽여 천하제일지존임을 명백히 하리라!

화아악!

공야황의 몸에서 인 혈광이 그의 몸을 뒤덮고 좌소천을 향해 밀려갔다.

순간 중단으로 올려진 좌소천의 무진도가 삼 장의 거리를 둔 채 허공을 종횡으로 갈랐다.

쩌적!

종잇장 찢겨지는 소리와 함께 혈광이 열십자로 찢겨져 나가며 묵빛 도강이 공야황을 향해 쇄도했다.

단순한 일도다. 그러나 단순하기에 더 강한 힘이 배어 있다.

공야황은 좌소천의 일도에 숨겨진 힘을 알고 흠칫 뒤로 한 걸음 물러섰다.

쾅!

벼락 치는 소리가 나며 공야황의 붉은 머리가 출렁였다.

"놈! 정말 전보다 더 강해졌구나!"

"그걸 이제야 알았나?!"

좌소천이 일갈을 내지르며 한 걸음 앞으로 나아갔다.

순식간에 삼 장의 거리가 단축되며 시커먼 묵광이 하늘에서 곧장 떨어져 내렸다.

전처럼 무진칠도의 도식에 얽매이지 않은 일도는 하늘이라도 가를 듯했다.

하지만 상대는 공야황이었다. 천하제일의 마인 말이다.

"어림없는 짓!"

그의 쫙 펴진 쌍장이 허공을 휘젓자, 허공을 두 쪽 내며 떨어지던 묵광이 심해에 빠진 듯 사라졌다.

그때 좌소천의 두 번째 공격이 이어졌다.

무진도의 도첨이 미미하게 떨리는가 싶은 순간, 수십 줄기의 금빛 묵광이 공야황을 향해 밀려갔다.

고오오오오!

눈앞을 가득 메우고 밀려드는 금빛 묵광에 공야황조차 얼굴이 굳어졌다.

좌소천은 우경 진인이나 사도철군과 비교할 수 없는 강자.

그의 도세는 혈천마마기의 방어만으로 막을 수 있는 것이 아니었다.

신중하게 시뻘건 쌍장을 휘두르는 공야황의 두 눈에서 핏빛이 뿜어졌다.

쿠구구구궁!

수십 줄기의 도강이 조각조각 터져 나가며, 수백 명이 한꺼번에 북을 두드리는 소리가 울리고, 자욱하게 피어올랐던 먼지가 사위로 쫙 퍼져 나가며 휘돌았다.

쿵, 쿵, 쿵.

삼 장 뒤로 밀려난 후, 세 걸음을 물러선 공야황이 혈광이 번뜩이는 눈으로 좌소천을 노려보았다.

좌소천도 자신과 비슷하게 물러섰지만, 자신보다 충격이 덜한 듯 느껴진다.

아무리 앞서 격전을 벌여 내력이 소진된 상태라 해도 자존심이 상하는 것은 마찬가지였다.

이를 부드득 간 공야황이 고함치듯 소리쳤다.

"네놈이 비록 강해졌다 하지만 그 정도로는 본좌를 이길 수 없을 것이다!"

"두고 보면 알 것이다, 공야황!"

좌소천도 지지 않고 무심한 표정으로 맞받아쳤다.

올 때까지만 해도 확신을 가지지 못했었다.

―내가 공야황을 이길 수 있을까?

―묵천금황기로, 묵령천검으로 혈천마마공을 깰 수 있을까?

그만큼 그는 두려운 상대였다.

한데 쉽지는 않겠지만, 이제 확신을 가져도 될 것 같다.

더구나 자신에게는 아직 꺼내지 않은 비장의 한 수가 있질 않은가!

'묵령천검은 최후의 순간에 쓴다.'

내심 마음을 굳힌 좌소천은 무진도를 움켜쥔 손에 힘을 주었다.

"자신있으면 내 도를 다시 한 번 받아봐라!"

한편, 전체적인 상황은 후원과 달리 급박하게 돌아가고 있었다.

무사의 숫자가 두 배에 달했음에도, 단 이각 만에 무림맹이 밀리기 시작했다. 그러더니 반 시진이 지나자 후퇴를 생각해야 할 지경까지 몰렸다.

그러던 차에 전마성 일백오십 무사에 이어 삼백오십 제천신궁 무사가 격전장에 뛰어들었다.

거칠고, 사납고, 용맹한 오백의 호랑이!

그들이 뛰어들자 상황이 급변했다.

광풍폭우처럼 거침없이 치달리는 그들 앞에 있던 적들은 누구도 성치 못했다.

혁련호정과 사도진무가 경쟁하듯 무지막지한 공세를 펼치며 나아가고, 그 뒤를 헌원신우가 이끄는 묵령천의 형제들과 수룡대, 화정대, 무토대에서 고르고 고른 고수들이 받쳤다.

처음부터 전력을 다한 그들의 공세를 버틸 수 있는 자들은 그리 많지 않았다.

게다가 격전을 거치면서 피를 두려워하지 않는 그들이다.

수라처럼 날뛰던 무정귀조차 서너 번의 연환 공격을 받아내지 못한 채 목이 떨어져 나가고, 심장에 도검이 꽂혀 죽어갔다.

그렇게 지독하던 독혼대, 빙혼대, 마혼대의 무사들조차 그들의 기세에 주춤거리며 뒤로 물러서다 한순간에 수십 명이 쓰러졌다.

우경 진인과 사도철군이 전장에 모습을 드러낸 것은, 광풍으로 일어난 해일이 풍성보를 한차례 휩쓴 직후였다.

"무림맹의 맹도들이여! 천외천가의 수라들을 몰아내라!"

"밀어버려! 태백산의 땅강아지들에게 진정한 강호의 힘을 보여줘라!"

두 사람이 유사와 흑암, 연암을 맡고, 동천옹과 무영자가 전암을 맡았다.

거기다 얼굴을 가린 소영령이 철암을 상대했다. 전력을 다한다면 구암 중 셋을 상대할 수 있는 그녀가 아니던가. 몸이 완전치 않아 한천빙백소수공을 펼치지 않았음에도 그녀의 무력은 철암을 상대하기에 충분했다.

사람들은 말없이 살수를 쓰는 그녀를 경악에 가득 찬 눈으로 바라보았다. 하지만 그도 잠시뿐, 눈앞의 적을 상대하기 바쁜 사람들은 곧 그녀에게서 신경을 껐다.

절대경지에 가까운 사람이 아군이라는 것, 지금은 그것만이 중요할 뿐이었다.

상황이 그리되자 이십여 명의 천무단 고수가 몸을 빼내 천살영과 지살영을 공격하는 데 합류했다.

숨 몇 번 쉬는 사이에 상황이 또 한 번 회오리쳤다.

악에 바친 천무단 이십여 명의 고수에 의해 수십 명의 천살영과 지살영이 힘도 못써보고 쓰러졌다.

그러나 그것은 시작일 뿐이었다.

반 각도 되지 않아 모든 것이 변해 버렸다.

한순간에 천해와 천외천가의 무사들 이백여 명이 쓰러지자 무림맹의 사기가 충천했다.

비명과 신음이 함성으로 바뀌고, 비틀거리며 물러서던 자들도 검을 고쳐 잡고 앞으로 나섰다.

"백호당의 무사들은 저를 따르십시오!"

온통 피로 얼룩진 정은이 외친다.

철군영과 공오가 그 뒤를 따라 조원들을 독려했다.

"갑시다! 가서 저 악귀 같은 자들을 상주에서 몰아냅시다!"

살아남은 백호당 제오대 대원 칠십 명이 일제히 정은의 뒤를 따라 천살영과 지살영을 향해 달려들었다.

그들도 이제 아는 것이다. 자신들이 못마땅해했던 정은의 무위가 장로들에 못지않다는 것을. 정은과 철군영, 공오가 앞장서서 적들을 막지 않았다면, 다른 대처럼 오십 명도 더 죽었을 거라는 것을.

"가자! 정은 대주를 따라 놈들을 치자! 사형제들의 복수를 하자!"

"와아아! 놈들을 쳐라!"

상황이 그쯤 되자 천해와 천외천가의 무사들을 지휘하던 은사의 낯빛이 새파랗게 변했다.

"이게 어찌 된 일이란 말인가? 해주와 싸우던 우경 말코와 사도철군이 왜 여기에 나타났단 말인가?!"

그는 도저히 상황을 더 이끌 수 없음을 알고 뒤쪽으로 신형을 날렸다.

"마암! 일단 방어에 치중하며 내 명을 기다려라! 해주께 다녀오겠다!"

그가 막 후원으로 날아가는 중에 좌소천의 외침이 울렸다.

"자신있으면 내 도를 다시 한 번 받아봐라!"

하지만 그는 그 외침에 신경 쓸 틈이 없었다. 그 외침이 아니어도 사방에서 고막을 먹먹하게 하는 고함 소리가 들려오는 터였다.

은사는 후원으로 날아 내리며, 우뚝 서 있는 공야황을 바라보았다.

"해주! 어찌 된 일입니까? 우경 말코와 사도 애송이가……."

그는 공야황에게 말을 하다 말고 입을 다물었다.

뭔가가 이상하다. 혈천마마공을 끌어올린 채 분노의 표정을 짓고 있는 공야황이다. 난생처음 보는 표정.

'왜 저런 표정을? 대체 적이 누구기에……?'

일순간 휙 고개를 돌린 그의 동공에 한 사람의 옆모습이 가득 찼다.

점점 커진 그의 눈이 파르르 떨렸다. 목소리마저 절로 떨려

나왔다. 인정하기 싫었지만, 그것은 두려움이었다.

"너, 너는… 좌, 좌소천!!"

그제야 모든 상황이 이해되었다.

—좌소천, 그가 살아서 돌아왔다!

은사는 좌소천을 보는 것만으로 소름이 돋았다. 좌소천에게 당한 가슴에서 찢어지는 통증이 느껴지는 듯했다.

그로 인해 마음도 더 다급해졌다.

"해주! 밖의 상황이 좋지 않습니다. 결정을……."

공야황의 송충이처럼 짙은 눈썹이 꿈틀거리고, 두 눈에선 분노의 혈광이 일렁였다.

'저놈 하나 때문에……!'

조금 전만 해도 승리가 눈앞에 있는 듯 보였다. 무림맹의 공격을 막고 거꾸로 놈들에게 치명타를 가할 수 있을 듯했다.

그리되면 여세를 몰아 화산까지 짓밟아 버릴 생각이었다.

무림맹주의 머리를 앞세워서!

한데 좌소천이 나타남으로써 상황이 달라졌다.

그는 혼자 온 것이 아니다. 수백의 고수를 이끌고 왔다. 전세를 뒤집을 수 있을 정도의 고수들을!

굳이 은사에게 듣지 않고도 밖의 상황을 짐작하는 것은 어렵지 않았다.

형세가 뒤집혔다! 자신의 자존심이 산산이 부서졌다!

심장이 벌떡거리며 숨이 거칠어졌다.

분노가 머리끝까지 치밀어 눈앞이 붉게만 보였다.

'좌소천! 좌소천! 네놈이 감히!'

그러나 초마의 경지에 올라 있는 공야황이다. 화산의 불길처럼 일어난 분노도 그의 정신을 지배하지는 못했다.

숨을 두어 번 몰아쉬는 사이, 공야황의 가슴에서 타오르던 천지를 태울 것 같던 불길이 꺼지고 가슴이 싸늘히 식었다.

한편, 좌소천도 마음이 무거워졌다.

공야황만 해도 수백 초를 겨루어야 이길 수 있는 절대강자거늘, 은사마저 왔다.

마음 같아서는 묵령천검으로 승부를 내고 싶지만 상황이 좋지 않다. 마지막 한 수를 쓰고도 이기지 못하면 훗날이 더 어려워진다. 공야황이 그에 대한 대비책을 세울 테니까.

이러나저러나 머뭇거릴 여유가 없다.

최선은 선공을 해서 상대에게 보다 강한 충격을 주는 것뿐!

'은사가 합공하기 전에 놈의 기세를 철저히 꺾어야 한다!'

결정을 내린 좌소천은 무진도를 하늘 높이 치켜들고 묵천금황기를 십성 쏟아 넣었다.

무진도의 도신에서 벌의 날갯짓처럼 웅웅거리는 소리가 들리는가 싶더니, 도첨에서 은은한 금빛이 도는 묵광이 하늘로 쭉 뻗쳤다.

찰나, 좌소천의 무진도가 전면을 향해 그어졌다.

멸악천궁참(滅惡天穹斬)!

도식은 전과 다름없었다. 그러나 그 위력은 결코 전과 같지 않았다.

해일처럼 밀려가는 도세는 하늘조차 찢어발길 듯했다!

좌소천의 마음을 읽었는지, 공야황도 두 손에 응집된 혈천마혼구를 떨쳤다.

전력을 쏟아 넣은 석 자 크기의 혈천마혼구에서 고막이 먹먹한 진동음이 울렸다.

찰나였다!

콰아앙!

귀청을 터뜨릴 듯한 꿍음이 인 순간, 공야황의 신형이 붉은 구름에 휩싸여 뒤로 날아갔다.

그와 동시, 날아가는 공야황의 입에서 짓씹힌 목소리가 흘러나왔다.

"은사! 이곳을 버린다!"

기다렸다는 듯 십 장 밖에 서 있던 은사도 후원을 벗어났다.

곧이어 은사의 목소리가 풍성보 일대를 뒤흔들었다.

"천해의 무사들은 모두 후퇴하라!!"

뒤로 일 장가량 밀려난 좌소천이 몸을 세웠을 때, 공야황과 은사는 이미 후원의 담장을 넘어 이십여 장 밖을 날아가고 있었다.

"좌소천! 물러나는 것은 이번뿐임을 알아라!"

공야황의 싸늘하게 식은 분노의 목소리가 귀청을 울린다.

그런데도 좌소천은 날아가는 두 사람을 바라보기만 했다.

미처 생각지 못했던 일이다. 그토록 자존심 강한 자가 설마 하니 이렇게 쉽게 물러갈 줄이야.

"공야황, 내가 그대에 대해 한 가지만큼은 잘못 생각했구나."

망자존대(妄自尊大)한 그의 성격을 생각하고, 부러질지언정 구부러지지는 않을 줄 알았다.

그런데 그것이 아니다. 이길 수 없다는 생각이 들자 곧바로 몸을 돌리는 공야황이다.

좌소천은 그런 공야황을 보고 마음이 무거워졌다.

공야황은 무공만 초절한 경지에 오른 자가 아니었다. 그는 마음을 다스리는 능력 또한 초절의 경지에 이른 자였다.

그래서인가, 본능 저 밑바닥에서 잠자고 있던 승부욕이 고개를 쳐든다.

좌소천은 무진도를 들어 멀어지는 공야황을 겨누었다.

"물러가는 건 이번뿐이라 했는가?! 좋다! 다음에는 나도 절대로 그냥 보내주지 않을 것이다, 공야황!"

第七章

할 수 없는 것, 하지 않는 것, 그리고 거짓말

絶對天王

피해를 수습하는 일은 결코 간단치가 않았다.

무림맹 이천오백여 무사 중 일천에 가까운 무사가 죽임을 당했다. 지원을 온 제천신궁과 전마성의 무사도 오십여 명이나 목숨을 잃었다.

그뿐이 아니다. 거기에 더해 적의 시신도 오백이나 된다.

적아의 시신이 풍성보의 넓은 연무장은 물론이고, 어지간한 곳은 모두 차지했다. 도대체 어떻게 처리해야 할지 고민일 판이었다.

그러니 부상자는 말할 것도 없었다. 오히려 부상당하지 않은 사람을 세는 게 훨씬 빠를 정도였다.

하지만 상황은 사상자를 처리하는 일로 시간을 보낼 만큼 여유가 없었다.

　좌소천은 천해와 천외천가의 무리가 완전히 물러가자 즉시 우경 진인을 찾아갔다.

　풍성보의 전각 중 그나마 사람이 기거할 수 있을 만큼 멀쩡한 전각은 십여 채뿐이었다. 그중 제일 큰 풍양전에 무림맹과 연합세력의 수장들이 모인 것은 싸움이 끝난 지 반 시진가량이 지나서였다.

　어느 정도 사람들이 모이자, 침묵을 깨고 우경 진인의 목소리가 장내를 울렸다.

　"고맙소, 좌 궁주."

　짧은 두 마디다. 그러나 그 두 마디에는 무수한 감정이 담겨 있었다.

　좌소천은 그걸 알기에 간단하게 답했다.

　"별말씀을. 당연한 일을 했을 뿐입니다."

　"하실 말씀이 있다 하셨는데, 말씀해 보시구려."

　좌소천은 고개를 돌려 대충 자리에 앉아 있는 사람들을 둘러보았다.

　앉아 있는 사람들 중에도 부상을 입은 사람들이 대다수였다. 무림맹의 장로들은 물론이고, 동천옹이나 단목연호, 이광마저 자잘한 상처를 입고 있는 상태였다.

　하지만 그나마도 그들은 나았다. 죽거나 중상을 입은 사람은 이곳에 올 수조차 없었으니까.

예상보다 심각한 상황.

좌소천은 마음이 무거워졌지만, 그렇다고 해서 계획한 일을 취소할 수는 없었다.

"저희는 즉시 이곳을 떠나 화산으로 갈 생각입니다."

"위남의 무리들이 화산을 공격할까 봐 걱정되어서 그러는 것이오?"

"지금 위남에는 적들이 없습니다."

좌소천의 말에 우경 진인은 물론이고 무림맹의 장로들이 일제히 의아한 표정을 지었다.

"무슨 말이오?"

"그들은 지금쯤 영풍산장에 모여 있을 것입니다."

"뭐요?!"

우경 진인이 화들짝 놀라 소리쳤다.

그러다 곧 자신이 너무 경망스럽게 행동했다는 것을 자각했는지 목소리를 낮추고 다시 물었다.

"그게 무슨 말씀이오, 좌 궁주? 그럼 영풍산장이 놈들에게 무너졌다는 말씀이시오?"

"그건 아닙니다."

좌소천은 일단 고개를 젓고 상황을 설명했다.

그의 말이 이어지자 우경 진인과 무림맹 장로들의 눈이 휘둥그레졌다.

"허어, 어찌 그런 생각을……."

"참으로 대담한 발상이구려."

조금은 어이없어하면서도, 그로 인해 자신들이 살았다는 것을 알고 감탄의 목소리가 여기저기서 터져 나왔다.

그러나 그러한 감탄을 듣고 있기에는 시간이 없었다.

"해서 즉시 돌아갈 생각입니다. 놈들이 이곳의 상황을 알고 움직이기 전에 타격을 줘야 하니 말입니다."

그 말에 감탄을 하던 사람들조차 표정이 굳어졌다.

단순히 돌아가는 것으로 알았는데, 그것이 아니라 적을 또 공격하겠다는 말이 아닌가.

"너무 무리하는 것이 아니오?"

우경 진인의 목소리에서 절로 우려가 담겨 나왔다.

좌소천은 무심한 눈으로 우경 진인과 무림맹의 장로들을 돌아보며 입을 열었다.

"심장이 터지기 전까지는 결코 무리하는 것이 아닙니다. 이곳에서 얼마나 많은 사람들이 죽어갔는지를 생각해 보시기 바랍니다. 싸움을 빨리 끝내면 빨리 끝낼수록 동료들의, 형제들의 희생이 적어집니다. 저는 그걸 위해 달리고, 싸우려는 겁니다."

장내가 숙연해졌다. 그럼에도 먼저 나서서 공세에 앞장서겠다는 사람이 나오지 않았다.

고요한 가운데 좌소천이 무심한 목소리로 말을 이었다.

"할 수 없다는 것과 하지 않는다는 것에는 분명한 차이가 있지요. 풍성보에 누워 있는 일천수백의 사람들을 살리는 일은 불가능한 일입니다. 하지만, 동료와 형제들을 더 구할 수 있는

데 힘들다 하여 외면하는 것은 하지 않는 것이지요."

맹자가 한 말을 빗대 한마디 더 한 그는 그 말을 끝으로 입을 닫았다.

한동안 침 넘어가는 소리도 들리지 않았다.

무림맹의 장로들은 좌소천의 말이 옳다는 것을 알면서도 서로를 바라보기만 할 뿐, 쉽게 결정을 내리지 못했다. 영풍산장까지 달려가 싸운다는 것이 쉽지 않음을 알기 때문이었다.

"차라리 화산으로 가서 잠시 몸을 돌본 다음에 놈들을 치는 게 어떻겠는가?"

무당의 장로 현우자가 머뭇거리며 입을 열었다.

장로들 대부분이 그게 낫겠다는 듯 고개를 주억거린다.

그때 사도철군이 콧소리를 내며 일어섰다.

"콩, 놈들에게 질려서 싸울 마음이 없는 모양이군. 시간이 없으니 우리끼리라도 가세."

어깨의 상처를 대충 감싸고 있던 동천옹도 자리에서 일어났다.

"그래, 가자고, 궁주."

그러고는 무림맹의 장로들과 노고수들을 째려보며 혀를 찼다. 그에게는 오륙십대인 무림맹의 장로와 노고수들이 어린아이나 마찬가지였다.

"백 살 넘은 이 늙은이도 오가는데……. 쯔쯔쯔, 젊은 놈들이 어째 영 매가리가 없어. 좌우간 시신의 처리나 부탁하겠네. 설마 그것도 거절하진 않겠지?"

우경 진인이 다급히 입을 열었다.

"그게 아닙니다, 노도우."

무영자가 상처 난 뺨을 만지작거리며 우경 진인을 째려보았다.

"그게 아니면?"

"너무 갑작스러워서 그럴 뿐입니다. 잠시만 기다리십시오. 함께 갈 무사들을 소집하겠습니다."

"괜히 갔다가 힘도 못쓰고 죽을 놈들 말고, 튼실한 놈들로 골라."

2

상주에서 사십 리가량 떨어진 오가산(吳家山) 정상.

휘이잉!

강한 바람이 붉은 머리카락을 한바탕 흩뜨리고 지나간다.

공야황은 흐트러진 머리가 눈앞에서 어지럽게 흩날리는데도 석상처럼 굳은 채 상주가 있는 동쪽만 바라보았다.

그는 풍성보를 떠난 후 곧바로 산양으로 가지 않았다.

반 가까이가 부상자들이었다. 이대로 가다가는 살릴 수 있는 사람도 피를 다 쏟아내고 죽을 판이었다.

그는 하는 수 없이 오가산의 계곡에서 걸음을 멈추었다.

봄비가 내린 지 얼마 되지 않은 탓인지 계곡에는 상당한 양의 물이 흘렀다. 그는 그곳에서 부상자들을 치료하게 하고 산

정상에 올랐다.

한데 상주를 바라보다 보니 다시 분노가 치밀어 심장이 터질 것 같았다.

고금제일이라는 자부심을 가졌던 만큼 분노의 크기도 컸다.

초절한 정신력이 아니었다면 풍성보에서 끝장을 보고 말았을 것이었다.

'차라리 그게 나았을지도……'

부서지도록 이를 악 물어봐도 터질 것 같은 분노가 쉽게 가라앉지 않는다.

'좌소천! 한 번 이기고 한 번 졌을 뿐, 아직 끝난 것이 아니다. 다음에 만날 때는 반드시 네놈의 심장을 꺼내 피를 마시리라!'

그때 뒤따라 올라온 은사가 조심스럽게 물었다.

"해주, 산양으로 가실 것입니까?"

공야황은 한참 동안 대답을 않았다. 은사도 더 묻지 않고 공야황의 입이 열리기만을 기다렸다.

그렇게 한참이 지났을 때다. 공야황이 오가산 정상의 검은 바위처럼 딱딱하게 굳은 목소리로 되물었다.

"은사, 당장 움직일 수 있는 사람이 몇이나 되는가?"

흠칫한 은사가 눈을 들고 대답했다.

"오륙백 정도 됩니다, 해주."

"오륙백이라……. 그중 본 해의 사람들은?"

"사백 정도 됩니다."

공야황의 눈에서 붉은 기운이 일렁였다.

"한 시진 후, 성한 사람만 데리고 먼저 출발한다. 하나 산양으로 가지는 않을 것이다."

"하오면 어디로……?"

동쪽을 바라보고 있던 공야황은 고개를 북쪽으로 돌렸다.

그의 입가에 핏빛 살소가 걸렸다.

"화산에 남은 자들이 얼마나 될 거라 보나?"

화산에 있던 대부분의 고수들이 이번 일에 투입되었다. 당연히 화산에 남은 자들은 얼마 되지 않을 것이었다. 더구나 좌소천이 영풍산장에 있던 고수들 중 최정예를 모조리 끌고 나온 상황이 아닌가.

공야황의 입가에 피어난 살소가 점점 짙어졌다.

"순우연도 지금쯤 움직였을 것이야. 놈들이 상주에 머물며 전력을 정비하는 동안, 우리는 영풍산장과 화산을 쓸어버린다."

3

주인없는 영풍산장을 차지한 천외천가는 날이 샌 후에도 움직일 수가 없었다.

오히려 근거리에 연합세력과 무림맹의 군웅들이 모여 있다는 생각에 신경만 곤두섰다.

그렇게 오시가 넘어갈 무렵, 화산을 염탐하던 자들로부터 자세한 정보가 전해졌다.

"연화봉 아래쪽에 모여 있다 하는데, 철저히 진세를 이루고 있어서 쉽지가 않을 것 같습니다, 가주."

"그럼 이대로 지켜보기만 해야 한다는 말인가?"

묻는 순우연의 얼굴에 언뜻 짜증이 비친다.

순우기정은 곤혹한 표정을 지우지 못한 채 대답했다.

"저들도 움직이지 못하는 것은 마찬가지입니다. 어차피 이렇게 된 것, 차라리 상주의 상황을 봐서 움직이는 게 나을 것 같습니다."

그 말에 조용히 있던 척발조가 별걸 다 걱정한다는 듯 말했다.

"이미 끝났을 거네. 단지 놈들의 피해가 얼마나 되는가 하는 게 문제지."

"그래도 만약의 경우를 생각해야 합니다."

순우기정을 바라보는 척발조의 입가에 조소가 걸렸다.

"훗! 상주에는 해주님과 은사, 유사는 물론이고, 십암 중 다섯에 본 해의 정예 칠백이 모여 있네. 천가의 무사 삼백과 섬서에서 모집한 사람까지 합하면 근 천오백에 가깝지. 저들이 삼천에 이르는 숫자라 해도 상주를 어떻게 해본다는 것은 어림없는 소리야."

순우기정도 그걸 모르지 않았다. 한데도 알 수 없는 불안감이 계속 마음에 걸렸다.

그렇다고 척발조와 말씨름을 해가며 자신의 불안감을 말할
수는 없는 일. 순우기정은 불안감을 속으로만 삭였다.

'곧 소식이 오겠지.'

그때 순우연이 물었다.

"곡에서 나온 사람들은 언제 도착하는가?"

"오늘 내로 도착할 것입니다."

천선곡에 남은 사람은 칠백여 명. 순우연은 그들 중 아녀자
와 노약자와 아이들 이백여 명과 경비를 설 최소한의 사람들
만 남겨놓고 쓸 만한 무사들은 모조리 불러냈다.

개중에는 만약의 경우를 대비해 남겨놓았던 일백의 천가호
령과 스물두 명의 원로도 섞여 있었다.

숫자는 얼마 안 되었다. 그러나 그들은 천외천가의 어떤 무
력보다 강했다. 천해가 뒤통수를 칠 경우를 대비해 남겨놓았
을 정도로.

하지만 이제는 천선곡에 그들을 남겨놓는다는 것이 더 이상
의미가 없었다.

어차피 전쟁에서 지면 모든 게 끝장이었다. 천해와 암중다
툼을 할 일도 없고, 천선곡도 무너질 수밖에 없는 것이다.

"좋아, 그들이 오면… 상주의 일과 상관없이 화산을 친다."

4

화창하던 하늘에 구름이 밀려들더니, 출발할 즈음에는 하늘

이 완전히 회색빛으로 물들었다.

검으로 콕 찌르면 깨진 독에서 물이 쏴아 쏟아지듯 한바탕 소나기라도 내릴 것 같았다.

하지만 날씨가 어떻든 떠나지 않을 수 없었다.

무림맹에서 내놓은 전력은 사신당의 인원 삼백, 천무단원 오십, 그리고 무림맹을 돕기 위해 몰려온 군웅 중 백여 명이었다. 우경 진인은 내상을 입은데다 혹시 모를 습격에 대비해 풍성보에 남기로 했다.

거기에 목령대와 금강대의 인원 중 몸이 성한 사람 팔십 명이 더해졌다.

모두 일천이 조금 못되는 인원.

좌소천은 그들을 다섯으로 나누어 이동시켰다.

무림맹의 군웅들은 앞서 가는 제천신궁과 전마성의 무사들을 따라 연초록 들판을 달렸다.

모두가 무거운 표정들이다.

어찌 그러지 않으랴. 아침에만 해도 마주 보며 웃었던 사람들이 보이지 않았다. 한데 슬퍼할 시간도 없이 또 길을 떠나야만 했다.

"제기랄, 놈들을 다 쳐부수고 나면 사흘 정도 술독에 빠져 지내야겠어."

"지미, 함께 빠지자고. 피 냄새 좀 씻어내게."

비감을 떨치려는 듯 간간이 욕지거리가 섞인 너스레가 흘러나오고, 옆에서 뒤에서 킬킬대며 맞장구를 친다.

"크크크, 사흘 마셔서 되겠어? 한 보름은 줄창 마셔야지."

"낄낄, 기왕이면 계집 있는 술집에서 마시자고."

웃어도 웃는 게 아니다. 그래도 웃는다.

그렇게라도 하지 않으면 견디기가 힘들기 때문이다.

바로 옆에서 친구가, 사형제들이 죽어가는 모습을 지켜보았다. 사지가 잘리고, 목이 잘리고, 심장이 터져 죽어가는 사람들을 바라보면서도, 당시에는 자신의 목숨을 구하기에 급급했다.

자괴감에 목이 메어도 다른 것을 생각할 틈이 없었다.

살기 위해 미친 듯이 적의 목을 치고, 가슴에 검을 꽂았다. 뿜어지는 피를 뒤집어쓰고도 낯빛 하나 변하지 않았다.

그때만큼은 스스로 악마가 되기를 주저치 않았다. 아니, 어쩌면 겁에 질린 것일지도 모르지만, 그조차 자각하지 못했다.

그런데 그게 끝이 아니었다.

피를 머금은 입을 달싹거리며 자신들을 바라보던 그 간절한 눈빛, 눈빛들.

적아가 따로 없었다. 눈을 감으면 그 눈빛이 바로 앞에 떠오를 것 같아 눈을 감는 것조차 두렵기만 했다.

그제야 알았다. 자신들 역시 자신들이 혐오하는 사람들과 별다르지 않은 한 인간이었다는 것을. 마와 협이라는 게 결국 종잇장의 양쪽에 놓여 있었다는 것을.

먹물이 조금만 더 깊게 스며들면, 앞쪽에 쓴 글씨가 뒤쪽에 그대로 드러나는 것처럼 말이다.

그래서인가. 제천신궁과 전마성 무사들의 등을 바라보는 무림맹 군웅들의 눈빛이 달라졌다.

둘인 줄 알았는데, 알고 보니 그것이 아니다.

보라! 이렇게 함께 달리고 있지를 않은가!

무겁게만 보이던 표정도 조금 펴졌다.

앞서 달리는 사람들은 조금도 심각한 표정이 아니다. 어찌보면 정말 목숨을 걸고 적을 치러 가는 사람들인지 의문이 들 정도다.

이유는 하나다.

절대공자 좌소천! 그에 대한 절대적인 믿음!

왠지 모르게 자신들도 물이 들었다. 뒤에서 보는 것만으로도 잔뜩 굳었던 마음이 편안해진다.

─맹주님과 전마성주가 합공을 하고도 이기지 못한 천혈마신을 단신으로 쫓아냈다잖아?

─은사인가 하는 그 늙은이도 혼비백산해서 도망쳤다던데?

─다 생각이 있으니까 이런 계책을 세운 거 아니겠나? 영풍산장을 버리고 단숨에 풍성보로 달려온 걸 봐? 누가 그런 생각을 할 수 있었겠어?

─여러 말 할 것 없어! 어차피 맡겼으니까, 믿자고!

여기저기서 속삭이는 목소리가 흘러온다. 시간이 흐르면서 군웅들의 표정에 잔뜩 끼어 있던 무거움이 사라진다. 몸놀림도 처음보다 부드러워진다.

무림맹의 무사들을 이끌고 있는 백호당주 남궁학은 무림맹 사람들의 변화가 어디서부터 시작된 것인지를 알고는, 다른 사람과 달리 마음이 더 무거워졌다.

'이대로 가면 누가 있어 저자의 앞을 막을 수 있을 것인가?'

5

천이당의 전령이 상주에서 화산까지 쉬지 않고 달려와 승전 보를 전했다.

일각에 걸쳐 자세한 소식을 듣고 난 공손양은 즉시 허운자 를 찾아갔다.

"피해가 많았다고 합니다만, 다행히 상주에서 적을 몰아내 는 데 성공했다고 합니다."

"오오! 정말 다행이네!"

"조금 있으면 더 자세한 소식이 전해질 것입니다."

그동안 피를 말리는 긴장 속에 상주의 소식을 기다렸던 허 운자였다. 피해가 많고 적음을 떠나 허운자의 얼굴에 화색이 짙어졌다.

공손양은 그런 허운자를 향해 담담히 말을 이었다.

"해서 준비를 해야 할 것 같습니다."

"준비?"

"주군께서 곧 오실 것입니다."

허운자가 의아한 표정을 지었다.

좌소천이 돌아왔다는 것은 이미 들은 터다. 그러나 그는 상주를 공격하는 무림맹을 지원하기 위해 갔다고 하지 않았던가?

"무슨 말인가? 좌 궁주는 상주에 갔다고 하지 않았나?"

"가셨지요."

"그런데 어떻게 온단 말인가?"

"싸움이 끝났으니 돌아오는 것이지요. 적은 그곳에만 있는 것이 아니니까 말입니다."

"그럼… 설마?"

허운자가 누군가?

당금 구파오가 중 가장 성세라는 화산을 이끄는 장문인이 아니던가. 그는 단 몇 마디로 공손양의 말뜻을 알아듣고 얼굴이 굳어졌다.

"가능하겠나?"

"장문인께선 어떻게 생각하십니까?"

잠시 생각하던 허운자가 무거운 목소리로 입을 열었다.

"우리가 뭘 도와주면 되겠나?"

오래 생각할 것도 없었다. 계획대로만 된다면 넋을 잃고 있는 적의 뒤통수를 칠 기회였다. 문제는 과연 그만한 여력이 남았느냐 하는 것이었지만, 공손양이 자신에게 계획을 털어놓았을 때는 그만한 자신감이 있기에 한 말일 것이었다.

그때 공손양이 허운자를 똑바로 바라보며 말했다.

"영풍산장의 천외천가마저 큰 타격을 입으면 적은 더 이상 화산을 위협할 수 없습니다. 이제 힘을 아껴둘 이유가 없다고 봅니다만."

순간, 허운자의 기다란 눈썹이 바람도 없는데 잘게 떨렸다. 공손양의 말이 무엇을 뜻하는지 알기 때문이다.

지금까지 화산파에선 힘을 다 드러내지 않았다. 심지어 지난 가을의 대격전 때도 마찬가지였다. 무림맹의 힘으로도 막지 못할 정도면 화산의 모든 힘이 투입된다고 해도 별 차이가 없을 터. 그렇다면 최후의 힘을 남겨놓아야 했다.

최악의 경우가 닥칠 경우 화산을 재건해야 할 사람은 남아야 하지 않겠는가.

하기에 허운자는 화산이 이십 년에 걸쳐 키운 일백의 천매검수와 심처에 은거 중인 일곱 명의 장로를 전쟁에 투입하지 않았다.

그로 인해 더 많은 사람들이 목숨을 잃었을지도 몰랐다. 그래도 당시의 허운자로선 그 길을 선택할 수밖에 없었다.

소림의 장문 법요 대사가 백팔철나한을 파견하지 않고 소림에 남겨둔 것이나, 무당의 장문 현고자가 일곱 조의 무량칠성검진을 본산에서 내려보내지 않은 것도 그와 같은 마음이기 때문일 것이었다.

그는 변명보다 솔직한 마음을 내보였다.

"구차하게 이런저런 말을 하지는 않겠네. 화산을 지켜야 하기에 어쩔 수 없었다 말해봐야 변명으로 들리기밖에 더 하겠는가? 하나 좋네, 이제 화산의 힘을 다 내놓지."

"고맙습니다, 장문인."

허운자가 쓴웃음을 매단 채 고개를 저었다.

"그런 인사는 군사가 아니라 내가 해야 할 것 같군."

공손양이 보일락 말락 미소를 지으며 자리에서 일어났다.

"그럼 시간이 없으니 이만 일어나겠습니다."

6

공야황은 육백오십 명의 무사를 이끌고 오가산을 출발했다.

한데 빠르게 북상한 지 한 시진이 지날 무렵. 그들은 홍문하(紅門河)를 지나던 중에 북쪽에서 내려오던 표행 한 무리와 마주쳤다.

모두 열세 명으로 이루어진 표행은 장안 최대 표국인 장안표국의 표행이었다.

표사라면 강호 정세에 대해 잘 알고 있을 터. 유사는 그들을 붙잡아 북쪽의 상황을 물었다.

사실 크게 기대하고 물은 것은 아니었다. 하루하루 급변하는 인근의 형세에 대해서는, 제아무리 정보에 밝은 표사들이라 해도 자신들만큼은 모를 거라 생각한 것이다.

그러나 표사의 입에서 나온 한 가지 소식만큼은 유사와 은사는 물론 공야황마저 놀라게 하기에 충분했다.

"영풍산장이 어제저녁에 천외천가의 손에 들어갔습니다, 어르신!"

유사는 즉시 공야황에게 달려가 그 소식을 전했다.

뜻밖의 소식에 공야황의 미간에 주름이 졌다.

"그러니까, 영풍산장에 있던 자들이, 장원을 비우고 화산으로 이동했다? 현재 영풍산장은 순우연이 차지한 상태고 말이지?"

"그렇다 합니다, 해주. 그리고 좌소천이 그중 일부를 이끌고 상주로 온 듯합니다."

"그럼 순우연은? 그가 화산을 쳤나?"

"그런 것은 아닌 것 같습니다."

"뭐야? 그럼 도대체 뭐 하고 있었단 말인가?! 좌소천과 사도철군이 정예들을 데리고 남하한 상태면, 그들 힘만으로도 충분히 칠 수 있었을 것이 아닌가?!"

"제 생각으로는, 아무래도 좌소천과 공손양이라는 애송이가 잔꾀를 부린 것 같습니다."

공야황이 주먹을 쥐었다 폈다 반복하며 노기를 드러냈다.

"이런이런! 놈들을 치겠다고 허락까지 구할 때는 언제고 미리부터 겁을 집어먹었단 말인가?! 좌소천과 사도철군이 없을 때 쳤어야지!"

"아무래도 좌소천이 돌아온 것을 모르고 있었나 봅니다."

순우연뿐이 아니었다. 자신들 역시 작수에 나타난 것이 좌소천일지 모른다는 짐작만 했을 뿐, 그가 돌아와 있는 줄은 미처 알지 못했다. 그래도 순우연과 자신들과는 분명한 차이가 있었다.

"빌어먹을! 코앞에 있으면서도 그걸 모르고 있었다니! 순우연이나 순우기정이나, 제 딴에는 머리 좀 굴린다는 것들이 어째 그리 둔하단 말인가?"

유사가 나직한 목소리로 끼어들었다.

"차라리 더 좋은 기회가 될 수도 있습니다, 해주."

공야황과 은사의 고개가 유사를 향해 돌아갔다.

유사가 눈을 빛내며 말을 이었다.

"상주의 좌소천이 움직이기 전에 화산을 접수하고 나서, 순우연을 앞장 세워 거꾸로 낙남과 상주를 치면 되지 않겠습니까?"

영풍산장을 먼저 치고 나서 화산을 무너뜨리려 했다. 한데 지금은 그럴 필요가 없이 화산만 무너뜨리면 되었다.

공야황의 두 눈에서 서서히 혈광이 피어올랐다. 희열에 찬 혈광이었다.

"흠, 좋아, 놈들의 피로 화산을 씻어버리고 곧바로 낙남으로 내려가자."

하지만 그로부터 일각.

한껏 고조되었던 기분이 싸늘히 식었다.

풍성보가 무너졌다지만, 천외천가의 천유각이 상주에서 화산까지 펼쳐 놓았던 감시망은 아직도 남아 있었다. 한데 운 좋게도 그들의 눈에 좌소천 일행의 움직임이 포착된 것이다.

"놈들이 북상한다고?"

공야황의 표정이 이지러졌다.

항상 바위 같던 그의 표정이 언제부턴가 자주 감정을 드러낸다. 좌소천을 만난 작년 가을부터다.

그가 없는 동안 모든 것이 제자리로 돌아왔다 생각했는데 그게 아니었던 듯하다.

은사는 저 밑바닥에서 스멀거리는 기이한 감정을 억누르고 천유각의 무사가 전해온 소식을 전했다.

"행여나 화산이 공격당할까 봐 급히 돌아가는 것 같습니다."

"여우 같은 놈!"

"그래도 천유각의 아이가 우리를 제때 만난 게 천만다행입니다. 이번에는 하늘이 저희를 돕는 것 같습니다."

공야황의 일그러진 얼굴이 서서히 펴졌다. 그러더니 시간이 지나면서 입가에 싸늘한 냉소가 걸렸다.

"그건 그렇군."

은사의 표정도 오랜만에 밝아졌다.

"우리는 놈의 움직임을 아는데 놈은 우리의 움직임을 모릅니다. 좌가 애송이에게 치명타를 가할 절호의 기회입니다, 해주."

공야황의 냉소가 짙어졌다.

"치명타 정도로는 안 돼. 영풍산장에 갈 때까지 놈을 완벽하게 제거할 수 있는 방법을 생각해 봐."

"예, 해주."

7

정첩당 제오향주 임사당은 황사바람에 눈을 가늘게 떴다.

저만치 십여 리 떨어진 곳의 산등성이를 타고 검은 구름이 은밀하게 밀려가는 게 보였다.

황사로 인해 희미했지만 수백 명은 되어 보였다. 눈에 눈곱이 겹겹이 끼어서 한 사람이 열 사람으로 보이는 것은 아닐 터였다.

그의 지난 십 년 정첩당 향주 경험으로 판단할 때, 사람들이 개미 떼처럼 몰려갈 때는 분명한 이유가 있기 때문이었다.

대체 어떤 자들이, 왜 저렇게 몰려가는 걸까?

근처에서 수백의 인원을 움직일 만한 곳은 단 네 곳뿐. 무림맹, 제천신궁과 전마성의 연합세력, 천해와 천외천가의 마귀들, 그리고 군병뿐이었다.

일단 군병은 아니었다. 군병이 저렇게 산등성이를 펄펄 날아다닌다면 무림인들은 숨 죽이고 살아야 할 것이었다.

그렇다고 무림맹의 무사들도 아니었다. 상주에서 한바탕 전쟁을 치른 것이 조금 전이다. 무슨 힘이 남아돌아서 수백 명이 하릴없이 산을 탄단 말인가.

그리고 제천신궁과 전마성의 연합세력이라고 볼 수도 없었다. 그들은 조금 전에 동쪽 길로 북상해서 지금쯤 이삼십 리 밖을 달리고 있을 것이었다.

답은 하나였다.

천해와 천외천가의 마귀들!

한데 그것도 조금 이상했다. 서남쪽으로 도주했다는 자들이 어떻게 여기에 나타난 것일까? 그것도 수백 명이나.

쫓아가서 확인하면 저들의 정체를 조금 더 정확히 알지 몰랐다. 하지만 상대의 속도로 봐서는 뭐 빠지게 쫓아가 봐야 꼬리도 잡기 힘들 게 뻔한 상황. 차라리 조금이라도 빨리 정보를 전하는 것이 나을 듯했다.

"제길, 그거야 내가 알 바 아니지. 나야 내가 본 것만 전하면 되니까."

임사당이 정첩당의 향주로 지낸 지 십 년. 그는 그동안 비록 큰상을 받지는 못했지만, 큰 부상 한 번 당하지 않고 욕을 얻어먹지도 않았다. 거기에는 그만한 이유가 있었다.

정보를 있는 그대로, 더하지도 않고 덜하지도 않고 전한다는, 자신이 세운 철칙을 지켰기 때문이다.

오늘도 그럴 것이었다.

"조항!"

"예, 향주."

"상주에 전해라. 시커먼 놈 오백 정도가 북쪽으로 올라가고 있다고."

임사당의 단 셋뿐인 수하 중 하나인 조항은 삼 년을 함께 지낸 만큼 임사당의 성격을 그의 부인보다 더 잘 알았다. 하기에 말꼬리를 잡고 얻어맞느니 즉시 대답하고 돌아서는 쪽을 택했다.

"예, 향주!"

꽁지에 불붙은 멧돼지처럼 달려간 조항이 그를 만난 것은 풍성보의 담장이 띠처럼 보일 즈음이었다.

'저게 누구야? 무당의 오소리, 정수잖아?'

조항이 정수를 알아본 것처럼 정수도 조항을 알아보았다.

"이게 누군가? 조항 아닌가? 어딜 그리 급하게 가는 건가?"

평소 거들먹거리기 좋아하는 정수다. 수하들이 자신의 말에 토를 달면 맹규를 핑계 대고 어떻게든 해코지를 하는 것으로 유명한 자.

그런 그가 앞을 가로막고 생긴 것만큼이나 재수없는 목소리로 묻는다.

'제길, 똥 밟았군. 저 작자는 어떻게 다치지도 않았어?'

그래도 자신은 말단 정첩단원, 상대는 청룡당의 조장이 아닌가. 조항은 불퉁거리는 목소리로 대답했다.

"보고할 것이 있어 군사께 가는 길입니다, 정수 도장님."

"보고할 것?"

"예, 적으로 보이는 자들이 북상하고 있는 것 같아서……."

찰나간 정수의 눈 깊은 곳에서 이채가 번뜩였다.

"어디 자세히 말해보게. 힘들게 달려온 것 같은데 내가 전해

주겠네."

오 리 정도만 더 가면 된다. 지금까지 달려온 거리에 비하면 아무것도 아니다. 하지만 걸음을 멈추고 몸이 식자, 오 리가 지나온 거리보다도 멀게 느껴진다.

더구나 정수의 성격을 생각하면, 말해주지 않을 경우 시달림을 당할 게 분명한 터. 조항은 간단하게 상황을 설명해 주었다.

조항의 말을 다 들은 정수의 눈빛이 반짝였다.

"흠, 그래? 알았네. 내가 직접 가서 말씀드릴 테니, 걱정 말고 천천히 오게나. 식사라도 하고 가야지?'

정수는 여기저기서 들리는 신음이 듣기 싫었다. 그들을 치료하기 위해 자신의 내력을 써야 한다는 것이 짜증났다.

결국 그는 순찰을 돈다는 핑계를 대고 풍성보를 나왔다. 그리고 언젠가 한 번 본 적이 있는 조항을 만났다.

그에게 들은 소식은 언뜻 보면 크게 중요하지 않은 것처럼 보였다. 오백여 명이라 했다. 적인지 아닌지도 확실치 않았다. 풍성보를 공격하기 위해 오는 것도 아니었고, 뚜렷한 목적지를 아는 것도 것이었다.

한데 묘한 느낌이 들었다. 오백여 명의 적으로 추정되는 자들이 몰래 북상할 이유가 뭘까?

뒷골이 짜릿했다. 남보다 유난히 예민한 감각이 소리친다.

'생각보다 큰 건이야!'

정수는 자신의 느낌을 믿고 어떻게 할 것인지 머리를 굴렸다. 그리고 결론을 내렸을 즈음, 처마가 불길에 그슬려 시커멓게 변한 건물 앞에 도착했다. 군사인 제갈진문이 머무르는 곳이었다.

"무슨 일이십니까?

군사의 호위대인 호정단 제이대가 그의 앞을 막았다.

정수는 목에 힘을 주고 안에서 들으라는 듯 말했다.

"정첩당의 오향주 임사당에게서 전령이 왔소. 전령의 말을 군사께 전하기 위함이니 속히 보고를 해주시오."

"전령은 어디 가고 도장이 온 것입니까?"

"순찰 도중에 만났는데, 조항은 워낙 지쳐서 쉬라고 했소."

그때 안에서 제갈진문의 목소리가 들렸다.

"들여보내게."

정수는 거보라는 듯 어깨를 펴고 거만하게 호성단을 흘겨보았다. 호정단 이 대주 송문각은 정수가 마음에 들지 않았지만, 군사의 명이 떨어진 이상 할 수 없었다.

그는 옆으로 비켜서며 고개를 슬쩍 까딱거렸다.

"들어가시지요."

정수는 차가운 눈으로 그를 노려보고는 방문을 열고 안으로 들어갔다.

'건방진 놈들.'

"북상하는 자들이 있다고?"

"예, 군사. 워낙 거리가 멀고 황사 때문에 뿌옇게 보여서 어떤 자들인지는 정확히 알아보지 못했다 합니다."

"얼마나 된다고 하던가?"

"오륙십 정도라 했습니다."

굳었던 제갈진문의 표정이 펴졌다.

산속에서 움직이는 정체도 명확치 않은 자들 오륙십이라면, 단순히 산적 무리일 가능성도 다분했다. 최근 무림맹과 천외천가와의 전쟁으로 인해 인근의 산적들 다수가 산채를 버리고 이동한다는 소문이 있었으니까.

설령 그들이 천해와 천외천가의 무리라 해도 그 정도 숫자는 그리 염려할 것이 없어 보였다.

"알겠네. 가서 쉬도록 하게."

"예, 군사."

"빌어먹을 인간."

네 시진의 호위를 마치고 들어온 송문각이 짜증을 낸다.

평소 무뚝뚝한 그답지 않게 감정이 그대로 드러나는 말투. 황보석이 의아한 표정을 지었다.

"무슨 일인데 그러나?"

"무당의 오소리 도장 있잖은가?"

황보석은 송문각이 누구를 말하는지 알고 피식 웃음을 흘렸다.

"정수 도장 말인가?"

아랫사람을 함부로 다루고 도사답지 않게 남을 헐뜯기 좋아하는 정수였다. 게다가 격전이 벌어지면 눈치를 봐서 위험하지 않은 곳만 골라 다녔다. 사람들이 그를 좋아할 리가 없었다.

"그가 자네에게 뭐라 하던가?"

"그게 아니라……."

송문각은 짧게 반 시진 전의 일을 이야기했다.

이야기가 끝나자 피식거리던 황보석의 표정이 굳어졌다.

"정첩당의 전령이 가져온 소식을 그가 전했단 말인가?"

"그렇다네. 자기 말로는 전령이 워낙 지쳐서 대신 왔다더군. 흥! 웃기지 않은가? 그가 남의 일을 대신해 주다니. 비가 오려고 그런 것인지……."

굳은 눈으로 허공을 응시하던 황보석은 반도 더 남은 차를 그대로 둔 채 자리에서 일어났다.

"왜 그러는가?"

송문각이 의아해하며 물었다.

황보석은 당장 말해줄 만한 사안이 아니기에 대충 얼버무렸다.

"별거 아니네. 뭐 좀 알아봐야 할 것이 있어서 그러네."

그러고는 곧장 방을 나와 동료들의 상처를 돌보고 있는 하복양을 찾아갔다.

하복양은 오전의 싸움에서 어깨에 제법 깊은 상처를 입은 상태였다. 하지만 은밀하게 알아보려면 믿을 만한 사람에게 일을 맡겨야 하는데, 워낙 큰 부상을 당한 사람이 많아 당장 사람이 없었다. 남궁호는 허벅지를 깊게 베이고, 팽교는 옆구리가 뚫려 걷지도 못하고 있었으니까.

"복양, 잠시 나 좀 보세."

"무슨 일입니까, 대주?"

하복양이 밖으로 나오자 황보석이 나직이 말했다.

"정첩당의 조항이 아직도 장원에 있는지 알아보게."

"흑저 조항 말입니까?"

"그래. 나는 저쪽으로 가볼 테니, 자넨 임시 천막으로 가봐. 찾으면 즉시 이곳으로 데려오고."

"알겠습니다, 대주."

"단, 정수 도장의 눈에 안 뜨이게 데려오게."

정수 도장이 이름이 나오고서야, 단순한 일이 아님을 알고 하복양의 표정도 무거워졌다.

하복양이 임시로 쳐놓은 천막에 찾아갔지만 조항은 보이지 않았다.

그는 조항이 보이지 않자 친분이 있는 청성의 제자 진영에게 물었다.

"혹시 조항을 보지 못했나? 이곳에 왔을 텐데?"

진영이 고개를 갸웃거리더니 생각났다는 듯 눈을 크게 떴다.

"조항? 아! 정첩당의 흑저? 조금 전에 나갔는데. 아마 임지로 돌아간다고 하는 것 같지?"

"그래?"

하복양은 즉시 천막을 나서 정문으로 달려갔다. 조항은 어디에도 보이지 않았다.

'제길, 벌써 떠났나?'

그때였다. 돌아서는 그의 눈에 저만치, 막 식당의 문을 나서는 사람의 뒷모습이 들어왔다. 넓은 등, 구부정한 어깨. 조항이 분명해 보였다.

이를 쑤시며 쩝쩝대는 것이 식사를 하고 나오는 것 같았다.

하복양은 그가 삼 년 만에 만난 친구처럼 반가웠다.

"어이, 조 형!"

하복양이 조항을 데려오자, 황보석은 하복양에게 밖을 지키라 하고는 아무도 들여보내지 못하게 했다.

그리고 어리둥절해 있는 조항에게 물었다.

"정수 도장에게 전한 소식을 다시 말해보게."

조항이 의아한 표정으로 황보석을 바라보더니 순순히 입을 열었다.

하지만 그도 잠시, 이야기 도중에 황보석이 급히 그의 입을 막았다.

"잠깐! 방금 뭐라고 했나? 오백이 넘는다고?"

"예, 대주. 왜 그러십니까?"

"분명 오백이라 했나?"

"그렇다니까요?"

송문각은 오륙십이라고 했다. 밖에서 들었다지만, 잘못 듣지는 않았을 것이었다.

열 배의 차이. 그것은 하늘과 땅만큼이나 컸다.

단순히 숫자의 차이 때문이 아니다. 그 정도의 숫자라면 적들 중 온전한 자는 모두 움직였다는 말. 그렇다면 그도 움직였을 가능성이 컸다. 천혈마신 공야황이!

"잠깐만 여기서 기다려 주겠나?"

"예? 예. 그러죠 뭐."

황보석은 급히 뛰어서 제갈진문을 찾아갔다.

"무슨 일이오?"

호위를 맡고 있던 오대주 당석종이 앞을 가로막았다. 황보석은 걸음을 멈추지 않고 소리치듯 말했다.

"촌각을 다투는 일이네. 군사를 즉시 뵈어야 하니 비켜주게."

당석종은 당가에서도 손꼽히는 기재로 송문각과 달리 황보석과 그리 좋은 사이가 아니었다. 그는 자신보다 무위에서 떨어지는 황보석이 일대주라는 것이 늘 불만이었다.

그러던 차에 황보석이 명령조로 말하자, 그는 딱딱하게 굳은 황보석의 얼굴을 보고 눈살을 찌푸렸다.

"아무리 급하다 해도 지켜야 할 것은 지켜야 하지 않겠소, 황보 대주?"

"급한 일이라 하지 않았는가?"

"글쎄, 무슨 일인지 알아야 군사께 아뢰던가 하지 않겠소?"

말하지 못할 것은 없었다. 그러나 확실하지 않은 일을 밖에서 떠벌리면 정수의 귀에 들어갈지도 모르는 일. 그것은 현명한 처신이 아니었다.

황보석은 정색하고 당석종을 노려보았다.

"이러고 있을 시간이 없네. 내가 할 일 없어 달려온 줄 아나?"

마침 안에서 제갈진문의 목소리가 들렸다.

"무슨 일인데 소란인가?"

황보석이 급히 안을 향해 말했다.

"군사, 황보석입니다. 급히 드릴 말씀이 있어 찾아뵈었습니다."

"들어오게나."

황보석은 넌지시 고개를 돌리는 당석종을 차가운 눈으로 쏘아보고는 방문을 열고 안으로 들어갔다.

제갈진문은 읽고 있던 책을 덮고 옆에 놓인 찻잔을 들어 입술을 축였다.

"그래, 말해보게. 무슨 일인데 그리 급하게 찾아온 건가?"

황보석은 탁자 바로 앞에서 걸음을 멈추고 나직이 입을 열었다.

"다름이 아니라, 아까 정수 도장이 들렀다는 말을 들었습니다만."

"그랬지. 정첩당의 전령이 가져온 소식을 대신 전하기 위해 왔더군."

"한데 그가 혹시……."

황보석의 말이 이어지자 제갈진문이 찻잔을 내려놓고 황보석을 똑바로 바라보았다.

"뭐야? 오륙십이 아니라 오륙백이라고? 그게 정말인가?"

"조항이 제 거처에 있습니다. 확인을 원하신다면 그를 데려오겠습니다."

"그럼 정수가 조항의 말을 잘못 알아들었단 말인가?"

단순히 잘못 알아듣고 그리 보고했을지도 몰랐다. 그러나 그것이 아닐 수도 있었다.

짐작 가는 바가 없지는 않았다. 하지만 추측만으로 대답할 수는 없었다. 자칫하면 정수의 사문인 무당을 모욕하는 것처럼 비칠지도 모르는 것이다.

"저도 그건 모르겠습니다."

"으음, 좌우간 그게 사실이라면 보통 문제가 아니군."

어영부영 조항이 도착한 지 한 시진이라는 시간이 흘렀다. 그가 달려온 시간까지 합하면 두 시진. 그 시간이면 적은 이미 화산의 지척까지 갔을 터였다.

이미 상당수의 무사들을 좌소천과 함께 보낸 상황. 하지만 이대로 앉아서 구경만 하고 있을 수는 없었다. 자신의 생각이 잘못되지 않았다면 그들은 천해와 천외천가의 무사들이 거의 확실했다.

'그 숫자라면 주력이 움직였다는 뜻. 큰일이군!'

제갈진문의 생각에 황보석이 자신의 생각을 덧붙였다.

"공야황이 직접 움직였을지도 모릅니다, 군사."

제갈진문의 생각도 황보석과 다르지 않았다.

공야황! 그 이름만으로도 제갈진문의 표정이 다급해졌다.

"자네가 수고 좀 해야겠네. 급히 전서구를 날려 화산에 소식을 전하고, 맹주님께 급히 장로와 간부들을 소집해야 한다고 전해주게나."

"예, 군사!"

第八章

미안하다, 무진

어둠이 지려면 한 시진 정도는 더 남은 상태였다. 하지만 회색빛으로 물든 하늘 때문인지 생각보다 빨리 어스름이 몰려오기 시작했다.

　그즈음, 좌소천을 비롯한 일천의 군웅들은 영풍산장 남쪽 십 리 떨어진 송림에서 걸음을 멈추었다.

　휴식을 취할 겸 공격에 대한 마지막 작전을 짜기 위해서였다.

　"저와 사도 성주가 이쪽을 칠 것입니다."

　좌소천이 막대기 하나로 땅에 장원의 모습을 그리고 한곳을 가리켰다.

주위에 둘러선 사람들의 눈이 일제히 그곳을 향했다. 건물들이 늘어선 곳. 장원의 서쪽이었다.

좌소천이 막대기의 방향을 바꾸며 말을 이었다.

"소란이 일면서 주력이 저희 쪽으로 달려가면, 그 즉시 여러분들은 이곳을 공격하십시오."

장원의 남쪽. 그곳은 객당과 주방 등 서너 채의 건물을 제외하면 대부분 정원과 연무장으로 이루어져 있었다.

주력이 서쪽으로 몰려가면 적을 상대하는 데 훨씬 부담이 없을 터였다.

무림맹의 간부들이 고개를 끄덕이는 사이 막대기가 나머지 두 곳을 가리켰다.

"화산에 있던 사람들이 동쪽과 북쪽을 칠 것입니다."

그걸 끝으로 막대기를 거둔 좌소천이 늘어선 사람들을 둘러보았다.

"잊지 마십시오. 짧은 시간에 최대한의 피해를 줘야 합니다. 적은 상주를 쳤던 자들에 비해 약하지 않습니다. 적이 혼란을 겪을 때 피해를 주지 않으면 그만큼 우리 쪽의 피해가 커집니다."

모두가 주먹을 움켜쥐고 말없이 고개를 끄덕인다.

결의에 찬 차갑고도 무거운 눈빛!

그때 문득, 무림맹의 군웅을 이끄는 천무단의 제이부단주 종환 진인의 눈빛이 찰나간 흔들렸다.

좌소천은 못 본 척 마지막으로 한마디 덧붙였다.

"내가 한발 늦으면, 그만큼 동료의 몸에서 흘러나오는 피가 많아진다는 걸 명심하시기 바랍니다."

천천히 고개를 끄덕이는 종환 진인의 눈빛이 깊게 침잠되었다.

"내 어찌 그걸 모르겠나?"

"출발은 이각 후에 하겠습니다. 그때까지 몸을 최상의 상태로 끌어올리시기 바랍니다."

이각의 시간은 그리 길지 않았다.

어스름이 밀려들 즈음, 숲을 나선 사람들은 영풍산장을 향해 소리없이 전진했다.

시간이 흐를수록 지상의 모든 것이 하늘의 회색빛보다 더 짙은 어둠으로 물들기 시작한다.

어둠에 잠겨 검게 변해가는 영풍산장의 담장이 저만치 보이자, 그때부터 연합세력의 고수 중 일부가 앞서 나갔다. 묵령천의 사람들과 사도진무가 이끄는 이십팔전마 중 일곱, 그리고 소광섭이었다.

지난 칠 개월, 영풍산장에 머물렀던 사람들이다. 천외천가의 공격에 대비해 주위 지형을 자세하게 파악해 놓은 상황. 당연히 누구보다 영풍산장 일대의 지리를 잘 알았다.

어디에 초병이 있을지, 어디에 매복이 있을지 짐작하는 것은 그리 어렵지 않았다.

오십여 장의 거리를 순식간에 좁히고, 사람 키 높이의 수풀이 나타나자 소광섭이 먼저 앞으로 튀어나갔다.

수풀 속에서 뭔가가 움직인 순간, 소광섭의 탈혼시가 바람을 갈랐다.

쉬쉬쉬쉭!

비명을 지를 새도 없이 세 개의 그림자가 수풀 속에서 무너져 내렸다.

그게 시작이었다. 이십여 발의 탈혼시가 바람 소리에 섞여 차례대로 탈혼궁을 떠났다.

탈혼시는 빠르고도 정확했다.

희미한 어스름은 결코 장애가 되지 않았다.

눈 깜짝할 사이, 낫에 베인 갈대처럼 십여 명의 경비무사가 쓰러졌다.

동시에 횡으로 늘어선 묵령천의 형제들과 칠전마가 몸을 낮춘 채 소리없이 바람에 묻혀 달렸다.

스스스스……

그들이 지나가는 곳에서 짓눌린 신음이 줄지어 터져 나왔다.

"웬 놈……. 컥!"

"적……!"

뒤늦게 단말마와 경고가 터져 나왔다. 그러나 그때는 이미 삼십여 명의 경비무사가 목을 부여잡고, 뚫린 심장을 틀어막은 채 썩은 나뭇가지처럼 바닥을 뒹군 후였다.

오백의 무사는 그들의 시신을 타넘어 담장 위로 날아올랐다.

장원 안에서 고함이 터져 나오며 소란이 인다.

백호당의 오대주 정은이 제일 먼저 매복해 있던 곳에서 몸을 일으켰다.

"당주님, 저쪽이 공격을 시작했습니다. 저희도……."

백호당주 남궁학이 미간을 좁히며 고개를 저었다.

"잠깐 기다리게. 아직 명이 떨어지지 않았네."

"왜 명을 내리지 않으시는 것이죠? 좌 궁주는 바로 공격하라 하지 않았습니까?"

남궁학의 시선이 흔들렸다. 그 이유를 알기 때문이었다. 그는 이를 지그시 악문 채 고개를 저었다.

"적을 치는 것도 중요하지만, 본 맹의 맹도들을 지키는 것도 중요하네. 조금 늦는다고 해서 설마 큰일이 벌어지기야 하겠는가?"

"당주님, 그러다 저쪽의 피해가 커지면……?"

"정은, 자넨 무림맹의 사람인가, 아니면 제천신궁의 사람인가? 우리가 왜 공격을 늦추는지 정말 모르는 건가?"

어리둥절하던 정은의 얼굴이 서서히 굳어졌다.

"서, 설마……?"

"이미 간부들끼리 합의가 된 일이네. 명에 따르도록."

'말도 안 돼! 어떻게 이런 일이!'

정은은 고개를 저으며 다급히 말했다.

"당주님, 그건 안 됩니다. 절대로!"

"명에 따르지 않을 것이면 이번 작전에서 빠지게."

말을 내뱉는 남궁학의 눈빛이 차가워졌다. 이제 흔들림은 보이지 않았다. 어차피 한둘이 나선다 해서 바뀔 계획이 아니라는 것을 알기 때문이었다.

정은은 남궁학의, 아니, 무림맹의 확고한 의지를 읽고, 떨리는 몸을 가라앉히기 위해 입술을 깨물었다.

십여 장 떨어져 있는 청룡당의 무사들을 바라보았다. 그들도 알고 있는지 명이 떨어지기만을 기다리고 있다. 한데 너무도 담담하다. 당연히 그래야 한다는 듯.

비릿한 맛이 혀를 타고 목구멍으로 넘어간다.

가슴에 커다란 고드름 하나가 송곳이 되어 박힌 기분이다.

'이건 아닌데. 정말 이건 아닌데…….'

혼자라도 나서고 싶었다. 하지만 그리하면 무당이 욕을 먹을지 모른다. 사형제들이 손가락질을 당할지 모른다.

사부님이라면 어떤 결정을 내렸을까?

'나쁜 놈! 정은, 너는 나쁜 놈이다! 친구가 저 안에 있는데 뭘 망설이는 것이냐!'

와중에도 시간은 흘렀다.

안에서 들리는 격전음도 점점 커져 갔다.

그렇게 잠시의 시간이 흐르고, 마침내 동쪽과 북쪽에서 싸우는 소리가 들렸다. 공손양이 이끄는 사람들과 화산의 제자들이 공격을 시작한 듯했다.

"공격!"

그제야 무림맹의 수장인 종환 진인의 명이 떨어지고, 천무단이 영풍산장을 향해 몸을 날렸다.

남궁학도 검을 뽑아 들고 앞으로 나섰다.

"가세!"

멍하니 서 있던 정은은 떨리는 손으로 검을 쥐고 걸음을 옮겼다.

딱딱하게 굳은 얼굴, 참담함에 젖은 눈빛.

반의반 각도 안 되는 사이, 정은의 순수함이 어둠에 물들고, 항상 고요를 유지했던 마음이 폭풍을 만난 난파선처럼 조각조각 부서졌다.

'이럴 수는 없어! 이건 내가 바라는 협의가 아니야!'

하지만 당장 그가 할 수 있는 일은 하나뿐이었다.

'가자! 가서 죽든지 살든지 싸워보자! 그리한다 해서 내 안의 더러움을 씻을 수 없겠지만, 내가 할 수 있는 것은 고작 그것뿐이라네, 무진!'

연합세력의 공격은 거침이 없었다.

담장을 넘은 그들을 가로막은 자들은 삼십여 명의 경비무사였다. 그들이 연합세력의 앞을 막는다는 것은 한줌 모래로 무너진 둑에서 쏟아지는 폭류를 막는 거와도 같았다.

"컥!"

"허억!"

"적이다! 적이 쳐들어왔다!"

그들이 할 수 있는 일이란 마지막 발악을 하며 적의 침입을 알리는 정도.

갑작스런 소란에 십여 채의 전각에서 무사들이 쏟아져 나왔다.

개중에는 식사를 하다 말고 뛰어나온 자들도 있었고, 운기행공을 하며 수련 중이던 자들도 있었다. 하지만 싸울 준비가 되지 않은 것은 마찬가지였다.

반면에 연합세력의 무사들은 극도의 긴장감이 살기로 승화된 상태. 애초에 기세에서 상대가 되지 않았다.

더구나 영풍산장의 내부에 대해 머물고 있는 자들보다 더 잘 알고 있는 그들이 아닌가.

폭풍이 담장을 넘은 지 얼마 되지 않아 천지사방에서 비명이 터져 나왔다.

어둠 속에서 솟구치는 수십 줄기의 검붉은 피분수!

그 선두에 두 사람이 있었다.

천외천가의 무사들은 폭풍을 이끌며 미친 듯이 검을 휘두르는 두 명의 살귀를 보고 떨리는 목소리로 소리쳤다.

"쌍마검이다!"

혁련호정과 사도진무!

초절정에 달한 무위로 항상 경쟁하듯 선두에서 적을 죽음으로 이끄는 두 사람이다. 천외천가의 사람들에겐 두 사람의 광기 어린 검이 공포의 대상이 될 수밖에 없었다.

오죽하면 '쌍마검(雙魔劍)'이라 부르며 두려워할까!

하지만 진정한 폭풍은 따로 있었다.

묵령천의 형제들!

그들에게 천외천가는 철천지원수. 그들은 누구보다도 지독하게 천외천가의 무사들을 몰아붙였다.

질풍노도가 따로 없었다.

"한 놈도 남기지 말고 모두 죽여라!"

"형제들의 원수를 갚아라!"

상대의 심장을 가른 검이 그대로 옆을 그으며 빠져나와 또 다른 자의 목을 가른다.

허공 높이 뻗치는 핏줄기!

피를 뒤집어쓴 채 눈 한 번 깜박이지 않고 또 다른 먹이를 찾아 달려드는 묵령천의 형제들이다.

지난 수십 년간 쫓기며 죽어간 수천의 형제들의 원혼이 쳐다보고 있다.

죽여라! 놈들을 죽여 원혼을 위로하라!

그들을 이끄는 목화인도, 헌원신우도, 증모당과 기령산도 광기가 도는 눈빛으로 적의 심장과 목을 가른다.

그들의 기세가 어찌 사나운지 전마성의 싸움꾼이라는 이십팔전마조차 기가 질릴 정도였다.

삽시간에 오십여 명이 피분수를 뿌리며 무너지고, 처절한 비명이 꼬리를 물고 이어지며 영풍산장의 서쪽 정원이 붉게 물들었다.

그럼에도 피의 폭풍은 멈출 줄 모르고 더욱 세차게 불어대

순식간에 영풍산장을 뒤덮었다.

한편, 좌소천은 그들의 싸움에 끼어들지 않고 내원의 전각을 향해 날아갔다.

일반 무사들은 걱정될 것이 없었다. 절정의 고수들이 쏟아져 나오지만, 그 역시도 문제가 아니었다. 접전이 길어질지는 몰라도 밀리지는 않을 것이었다.

정작 문제는 절대지경의 고수인 순우연과 척발조. 그리고 십여 명의 초절정 이상의 고수와 열넷의 사령이었다.

그들이 아직 나타나지 않았다. 그들이 난전에 끼어들면 피해가 커질 터. 따로 처리하지 않으면 안 되었다.

그가 날아가자 네 명의 장로를 비롯해 소영령과 사도철군이 뒤를 따르고, 백룡과 도유관 등 호법들과 전마성의 좌우호법, 귀검잔도가 좌우를 호위했다.

그때 수십 명이 안쪽에서 뛰어나왔다.

"저놈들을 막아라!"

"감히 여기가 어딘 줄 알고 쳐들어온 것이냐!"

멋모르고 앞을 막는 자들을 향해 좌소천의 무진도가 허공을 횡으로 갈랐다.

쉬이익!

허공에 그어진 묵선의 동선에 걸린 자는 누구도 무사하지 못했다. 무기는 부러지고 몸은 갈라져 달려들던 그대로 무너져 내린다.

우르릉!

뒤이어 사도철군의 철혈마검이 대기를 터뜨리며 떨어져 내렸다.

철혈의 패검은 그 기세만큼이나 위력적이었다.

콰광! 쾅! 콰광!

일검 일검에 서너 명의 무사가 피를 토하며 튕겨진다.

그래도 남은 자들에겐 소영령의 하얀 손이 소리없이 뻗어나 갔다.

이십여 명이 무너지는 것은 한순간이었다.

생각지도 못한 상황!

공포가 천외천가 무사들을 집어삼켰다.

"무, 물러서라!"

"뒤로 물러서서 침착하게 대응해라!"

그때 동천옹이 호법들을 향해 소리쳤다.

"뭐 하냐?! 너희들이 나가서 쓸어내 버려라!"

백룡과 도유관과 능야산 등 호법들이 앞으로 튀어나갔다.

"저자들은 저희에게 맡기십시오, 주군!"

예전의 그들이 아니다. 동천옹과 무영자에 의해 지독한 단련을 받은 그들이다.

백룡의 검을 시작으로 도유관의 은백색 쌍부가 허공을 쪼개고, 능야산의 비도가 어둠을 뚫었다.

이자광의 주먹은 대기를 터뜨리고, 전하련의 채찍은 어둠 속에서 살아 있는 용이 되어 상대를 휘감는다.

홍려운의 대도는 쉼없이 허공을 난자하고, 종리명한의 필살검이 한 번 뻗을 때마다 상대의 몸에서 핏줄기가 뿜어진다.

거기에 더해 사도철군의 좌우호법 귀검과 잔도가 표정 변화 하나 없이 상대의 몸을 갈랐다.

억눌린 신음과 비명이 줄지어 터져 나온다.

무인지경의 기세!

백 명이 넘는 적을 상대하면서도 여유가 있다.

그때 문득 뭔가 이상함을 느낀 듯 사도철군이 좌소천을 향해 고개를 돌렸다.

"좌 궁주! 왜 무림맹이 공격을 하지 않지? 벌써 들어왔어야 하는 것 아닌가?"

동천옹과 무영자도 고개를 돌려 좌소천을 바라보았다.

"그 자식들, 엉뚱한 생각하는 것 아니야?"

동천옹의 말에 무영자가 스산한 눈빛을 빛냈다.

"잠자다 뒈지고 싶으면 뭔 짓을 못해?"

입을 굳게 닫은 좌소천의 눈빛이 밀려드는 어둠보다 더 깊어졌다.

사방에서 점점 더 많은 사람들이 몰려나온다. 지금쯤 그들이 들어와 몰려드는 천외천가의 무사들을 분산시켜야 했다. 당장은 위협이 되지 않는다지만, 숫자에서 워낙 차이가 나면 그러한 상황도 오래가지 못할 것이었다.

소리를 듣지 못했을 리가 없다. 적에게 막힌 것도 아닐 것이었다. 그렇다면 사도철군의 말대로 지금쯤 들어왔어야 한다.

한데 들어오지 않고 있다.

'해서는 안 될 생각을 하고 있는가 보구나, 종환!'

자신이 작전을 설명할 때였다. 천무단의 제이부단주인 공동의 종환 진인, 그의 가라앉은 눈빛이 흔들렸었다.

그때만 해도 긴장이 되어서 그런가 보다 했었다. 하지만 그것이 아닌 듯하다.

'나를 분노케 하지 마라, 무림맹이여!'

바로 그때였다.

"네놈들이 죽을 자리를 찾아왔구나!"

"당황하지 마라! 그놈들은 우리에게 맡기고 외곽 쪽을 지원해 줘라!"

내원의 안쪽에서 노성이 터져 나오고, 순우연과 순우기정이 천외천가의 고수들을 이끌고 나왔다.

천앙동의 괴인들과 열넷의 사령, 그리고 정체 모를 고수들까지 그 숫자가 삼십여 명에 달했다.

그뿐이 아니었다. 척발조가 혈암과 적암을 비롯해 오십의 무정귀를 끌고 뒤쪽에서 나타났다.

"이곳도 무덤 자리로 쓰기에 나쁘지 않은 자리지. 클클클!"

그들이 나타나자 백여 명에 이르는 무사가 일제히 내원의 담장을 넘어 밖으로 나갔다.

"겁도 없이 이곳으로 들어오다니, 죽지 못해 환장한 놈들이로구나. 킬킬킬."

척발조가 살소를 흘리며 좌소천 일행을 쓸어보았다.

머리 모양이 바뀌고 흑의장포를 걸친 좌소천이다. 게다가 비스듬히 몸을 돌리고 있는 상태. 척발조와 혈암, 적암은 미처 좌소천을 알아보지 못했다.

순우연이나 순우기정도 마찬가지였다. 자신들 앞에 서 있는 사람이 누군지 알았다면, 그렇게 분노를 앞세우지도, 태연하게 웃지도 않았을 것이었다.

어찌 되었든 앞뒤가 막힌 상황. 그들은 득의의 웃음을 흘리며 좌소천 일행을 압박했다.

"사도철군, 설마 도망갈 생각을 하는 것은 아니겠지?"

순우연이 냉소를 지으며 사도철군을 노려보았다. 그를 일행의 수장으로 여긴 듯했다.

그때 좌소천의 입에서 나직한 목소리가 흘러나왔다.

"잘됐군. 한꺼번에 이곳으로 다 몰려오다니. 쫓아다닐 필요 없이 이곳에서 모조리 제거하면 되겠어."

그리 크지 않은 목소리. 그러나 장원을 들썩이는 소란 속에서도 사람들의 귀청을 또렷하게 울렸다.

그 말이 묘하게 듣는 이의 감정을 자극했다.

"미친놈!"

"우리가 먼저 저놈들의 피로 목을 축여야겠소, 가주!"

"크크크, 저 미친놈들의 목을 누가 많이 따는지 내기를 하자구!"

천앙동의 괴인들이 참지 못하고 앞 다투어 나섰다. 그러더니 마침 앞으로 나와 있는 백룡과 도유관 등을 덮쳤다.

도유관이 은빛 쌍부를 교차시키며 냉랭히 소리쳤다.

"흥! 길고 짧은 건 대봐야 아는 법! 누가 누구의 피를 보는지 어디 해보자!"

그러고는 홍당무 대가리처럼 얼굴이 묘하게 생긴 자를 향해 쌍부를 휘둘렀다.

그사이 백룡은 삐삐 마른 백면괴를 향해 검을 날리고, 능야산은 두꺼비처럼 뚱뚱한 자를 향해 두 자루의 비도를 날렸다.

"헛!"

두꺼비처럼 뚱뚱한 반괴(胖怪)의 입에서 헛바람 빠지는 소리가 났다.

번개가 따로 없었다. 능야산의 비도가 바로 번개였다.

반괴는 두툼한 손을 휘두르며 황급히 옆으로 미끄러졌다. 생김새에 비해 믿을 수 없는 빠름이었다. 그러나 그의 신법보다 비도가 간발의 차이로 빨랐다.

퍽!

하나는 피했지만, 하나가 그의 어깨를 뚫었다.

"이런 젠장!"

반괴가 욕지거리를 내뱉으며 어깨를 털었다.

비도가 그의 두툼한 살에서 빠져나오며 바닥으로 떨어졌다.

어깨에 남은 것은 희미한 핏자국뿐. 하지만 비도에 실린 기운이 내부를 파고들었을 테니 실질적인 고통은 상당할 터였다.

"빌어먹을 놈! 네놈의 몸을 터뜨려 버리겠다!"

반괴가 악을 쓰며 몸을 날렸다.

그때 동천옹이 눈을 가늘게 뜨고 소리쳤다.

"그 자식, 하마공(蝦蟆功)을 익힌 놈이다! 미간을 뚫어!"

찰나! 능야산의 손에서 두 자루의 비도가 반괴의 미간을 향해 번개처럼 쏘아졌다.

"저 개 같은 늙은이가!"

자신의 약점이 단번에 알려지자, 대경한 반괴는 한마디 욕을 내뱉고 몸을 굴렸다.

그사이 백룡은 빼빼 마른 백면괴를 향해 줄기줄기 검강을 뿜어내고, 도유관은 홍당무 대가리를 쪼개 버릴 듯이 은빛 도끼를 휘둘렀다.

귀검과 잔도도 두 사람을 상대로 조금도 밀리지 않았다.

박빙의 승부!

앞서 나간 다섯 사람이 의외로 승기를 잡지 못하자 나머지 괴인들도 일제히 몸을 날렸다.

"그런 놈들도 처리 못하다니! 병신 같은 놈들!"

전이라면 백룡과 도유관, 능야산 정도만이 그들을 막아낼 수 있을 터였다. 그러나 지금은 아니었다. 종리명한도, 이자광도, 전하련도, 사인학도, 홍려운도 그들을 상대하며 그럭저럭 사오십 초는 견딜 만큼 되었다.

그리고 둘이 한 사람을 상대한다면 밀리지 않을 수도 있었다.

"거기 말대가리! 너는 우리와 싸우자!"

이자광이 말상의 얼굴을 한 괴인을 향해 전하련과 함께 달려가고, 종리명한은 홍려운과 함께 흑면의 괴인을 상대했다.

"얼굴이 시커먼 것이 곧 죽을 것 같은 자군! 이리 와! 내가 하루 종일이라도 상대해 줄 테니까!"

그래도 남는 자가 셋이다.

죽괴가 꼬챙이를 들고 앞으로 튀어나갔다.

"그거참, 묘하게 생긴 놈들이구나!"

"어디 건방진 주둥이만큼 실력도 있는지 볼까?"

동천웅도 눈을 빛내며 어슬렁어슬렁 앞으로 나아가고, 무영자는 밀려드는 어둠에 몸을 숨긴 채 그들의 머리 위를 날아갔다.

"흐흐흐흐. 어디 오늘 신나게 놀아보자, 이놈들!"

그때 염불곡이 자신의 일 장 반경 주위에 일곱 개의 깃발을 꽂았다. 순간 그의 주위로 아지랑이 같은 기운이 스멀거리며 피어올랐다.

그걸 보더니 동천웅이 말했다.

"궁주, 염가가 꿍쳐 두었던 실력을 드러내기로 작정했으니, 이곳은 잠시 우리에게 맡기고 뒤쪽을 처리하시게나."

그사이 염불곡의 눈에서 연한 녹기가 일렁였다.

동시에 그의 몸에서도 사이한 기운이 흘러나왔다.

'귀령의 힘을 빌리는 것인가?'

염불곡이 귀령의 힘을 빌려서 싸우려는 것은 처음이었다.

그만큼 상대를 강하게 평가했다는 말. 그리고 사실이 그랬다.

원래의 계획대로라면, 적이 분산되는 사이 묵령천의 형제들을 비롯한 오행대의 고수들 중 상당수가 뒤를 받쳐 줘야 했다. 하지만 다른 곳의 공격이 늦어지는 바람에 몸을 빼내지 못하고 있는 실정이다.

결국 그들이 오기 전까지는 이곳에 있는 사람들만이 천외천가와 천해의 핵심 고수들을 상대해야 한다는 말이다.

못할 것은 없었다. 다만 뜻하지 않았던 희생이 나올지 모른다는 것이 마음에 걸릴 뿐.

그렇다고 그들이 오기만 기다릴 수는 없는 일이었다. 척발조가 천해의 고수들과 함께 뒤에서 다가오며 포위망을 좁혀온다.

'어쩔 수 없지!'

"성주, 뒤는 제가 맡을 테니 순우연이나 사령이 움직이면 도와주십시오."

"영령, 아직 움직이지 말고 지켜보다가, 위험한 상황이 되면 도와주어라."

사도철군과 소영령에게 전음을 보낸 좌소천은 무심한 표정으로 척발조를 향해 돌아섰다.

"일단 뒤부터 쓸어버려야겠군."

기가 차는지 오 장 뒤까지 다가온 척발조가 걸음을 멈추고 낄낄거렸다.

"낄낄낄, 네놈은 내가 누군지 아느냐? 어린놈이 간댕이가 통통 부어서 앞가림을 못하는구나!"

화답하듯 좌소천이 스윽 한 걸음 내딛으며 무진도를 들어 올렸다.

"척발조, 오히려 내가 묻고 싶은 말이다. 그대는 내가 누군 지 아는가?!"

찰나였다. 좌소천의 신형이 삼 장을 미끄러지는가 싶더니, 높이 들린 무진도의 도첨에서 금빛 묵광이 쭉 뻗어나갔다.

그제야 무진도를 본 척발조의 눈이 홉떠졌다.

"너, 너는……?!"

동시에 좌소천의 일갈이 척발조의 귀청을 터뜨릴 듯이 울렸다.

"내가 바로 좌소천이다, 척발조!"

구성의 공력이 실린 암절단광(暗切斷光)!

쩌저저적!

하늘과 땅이 두 쪽으로 갈라졌다!

"헉! 조심해라!"

대경해 소리치는 척발조의 안색이 흙빛으로 변했다.

단 일도였다. 그 일도의 도세에 휩쓸린 무정귀 칠팔 명이 거 짓말처럼 스르르 무너져 내린다.

뒤늦게 피어오르는 피안개!

하지만 척발조는 피안개의 비릿한 혈향을 느낄 새도 없었다.

"네, 네놈이 언제……?"

천해에서 신녀를 구해 사라진 좌소천이다. 은사와 공야황이 함께하고도 잡지 못한 자!

척발조는 자신도 모르게 주춤거리며 두어 걸음 물러났다.

"모두 저놈을 공격해!"

바로 그때였다.

"와아아! 와와와아아아!!"

"천외천가의 마졸들을 처라!"

"화산의 제자들아! 마귀들을 화산에서 몰아내자!"

동쪽과 북쪽에서 함성이 터져 나왔다. 그리고 약간의 차이를 두고 남쪽에서도 요란한 고함 소리가 들렸다.

"강호의 정의를 지키자!"

"추호도 사정을 봐주지 마라!"

느긋하니 지켜보던 순우연과 순우기정의 눈이 두 번 흔들렸다.

처음에는 좌소천이라는 이름에, 나중에는 사방에서 들리는 함성에. 그러나 무엇보다 큰 충격은 절대공자 좌소천이 바로 눈앞에 있다는 것이었다.

"저놈이 좌소천이라고?! 저놈이 언제 돌아왔단 말이냐?!"

"가주! 이러고 있을 때가 아닙니다! 저놈이 노야와 싸우는 동안 나머지 놈들을 제거해야겠습니다!"

그렇다! 눈앞에 있는 놈들만 제거하면 상황을 뒤집는 것은 어려운 일도 아니었다. 제아무리 좌소천이 강하다 한들 혼자서 모두를 상대할 수는 없는 일이 아닌가!

퍼뜩 정신을 차린 순우연이 순우기정에게 명을 내렸다.

"사령을 움직여라, 기정!"

"예, 가주!"

대답을 하고 사령을 바라보는 순우기정의 입에서 목소리가 기이하게 떨려 나왔다.

"사령들이여! 적을 공격하라!"

순간 석상처럼 서 있던 열셋의 사령이 전면을 향해 달려갔다.

그들은 이지를 완전히 상실한 듯 보이는데도 적아를 확실하게 구분하고 달려들었다.

순우연의 명이 이어졌다.

"호영, 그대들도 나서라."

순우연의 뒤쪽에서 있는 듯 없는 듯 묵묵히 서 있던 세 명의 회의중년인이 앞으로 나섰다.

순우기정은 앞으로 나서는 그들을 바라보았다.

가주의 그림자, 천가호장(天家護將)이다. 초절정에 달한 무위도 무위지만, 그들이 무서운 건 단순한 무위 때문이 아니다.

'필살의 수법이 하나씩 있다 했던가?'

최후의 순간 가주의 목숨을 구하기 위한 동귀어진의 수법이라 했다. 천유각주인 자신조차 그것이 무언지 모른다.

'잘하면 본 가의 삼비(三秘) 중 하나를 구경할 수 있을지 모르겠군.'

순우기정의 입가에 보일 듯 말 듯 기이한 미소가 떠올랐다

사라졌다.

열셋의 사령과 범상치 않아 보이는 세 명의 회의중년인.

사도철군은 그들을 바라보며 철혈마검을 쥔 손에 힘을 주었다.

"몽땅 나오는군."

그는 지체없이 신형을 날리며 일갈을 내질렀다.

"네놈들은 나 사도철군이 맡아주마!"

후우우웅!

철혈마검이 삼 장의 공간을 점하고 휘둘러졌다.

콰과광!

단 일검에 선두의 사령 셋이 달려오다 말고 사방으로 튕겨졌다. 하지만 그뿐, 나머지 사령들은 이리 떼처럼 사도철군을 향해 달려들었다.

그리고 곧 쓰러진 자들도 비틀거리며 일어섰다.

"참으로 지독한 마물이로다!"

사도철군도 사령에 대한 말을 들은 터였다.

하나하나가 절정의 경지에 이른 능력을 지녔고, 어지간한 도검은 통하지도 않는다 했다. 그래도 설마하니 자신의 철혈마검을 정통으로 맞고도 일어설 수 있을 줄이야!

비록 칠성의 공력이었고 검강을 끌어올리지 않았다지만, 인간이라면 절대 견딜 수 없는 공격이거늘.

"오냐! 어디 한번 해보자, 이놈들!"

오기가 솟은 그는 구성의 공력을 끌어올려 철혈마검에 주입했다.

시퍼런 강기가 검신을 따라 밀려가더니, 번쩍! 검첨에서 눈부신 청광이 쭉 뻗쳤다.

그때다!

쾅!

좌측에서 굉음이 터지며 머리가 하얗게 얼어붙은 사령 하나가 훌훌 날아간다.

슬쩍 눈을 돌린 사도철군의 입가로 하얀 웃음이 번졌다.

소영령이 사령 하나를 날려 버리고 또 다른 사령을 향해 하얀 손을 치켜드는 것이 보인 것이다.

"좋아! 우리 한번 놈들에게 맛을 보여주자고!"

한 소리 내지른 사도철군이 두 명의 사령을 향해 검을 휘둘렀다.

좀 전과는 확연히 다른 위력의 검강이 사령의 몸을 정통으로 후려쳤다.

사령의 몸이 아무리 강하다 해도 사도철군의 구성 공력이 실린 검강을 정면으로 막아낼 수 있을 정도는 아니었다.

퍽!

입을 쩍 벌린 사령의 몸이 힘없이 반으로 접히고, 반쯤 잘린 몸통에서 핏물과 내장이 쏟아졌다.

"흥! 별것도 아닌 놈들이!"

냉랭히 코웃음 친 사도철군은 다음 먹이를 향해 달려들었다.

사도철군과 소영령에게 여섯의 사령이 쓰러지는 것은 그야
말로 순식간이었다.

한데 사령 셋을 무너뜨린 소영령이 네 번째 사령을 공격하
기 위해 돌아설 때다. 단숨에 십여 장의 거리를 좁힌 천가호령
이 소영령의 앞을 막아섰다.

그들은 아무런 말도 하지 않고 무기를 뽑아 든 채 소영령을
삼재의 방위로 포위했다.

검, 도, 륜을 든 세 명의 회의중년인.

소영령은 그들을 얕보지 않고 이를 지그시 악물었다.

사령까지는 한천빙백소수공을 펼치지 않고도 충분히 상대
할 수 있었다. 하지만 눈앞에 있는 자들은 달랐다.

'어차피 소천 오빠의 정체도 밝혀졌는데 뭐.'

그녀는 작심하고 두 손에 한천빙백소수공을 끌어올렸다.

그러잖아도 하얗던 두 손이 백옥빛 광채로 물들었다.

"원한에 사무친 여인들의 한을 아느냐, 천가의 개!"

순우연이 움직인 것은 바로 그때였다.

"사도철군! 너는 나와 겨뤄보자!"

사도철군은 두 명의 사령을 밀쳐 내고 철혈마검의 방향을
바꾸었다.

밀려드는 기운만으로도 그는 순우연이 자신의 아래가 아니
라는 것을 알아본 것이다.

'제길! 대체 왜 이렇게 강한 놈들이 많은 거야?!'

순우연과 천가호장에 의해 사도철군과 소영령의 손발이 묶

이자, 사령들은 조금도 망설이지 않고 호법들을 공격했다.

"크윽!"

사인학이 제일 먼저 옆구리를 부여잡고 뒤로 물러났다.

종리명한과 홍려운이 안간힘을 쓰며 사인학을 구해보려 해도 흑면괴가 그들을 놓아주지 않았다.

"인학! 멀찌감치 물러나!"

종리명한이 빽 소리를 지르고 전력을 다해 흑면괴의 공격을 막았다.

그때 다행히도 염불곡이 사인학의 옆으로 다가가며 사령들을 향해 두 손을 뻗었다. 염불곡의 녹색 기운이 두려운 듯 주춤거리며 물러서는 사령들이다.

사인학은 그 틈을 놓치지 않고 안간힘을 다해 싸움터에서 몸을 뺐다.

일곱의 사령. 그들이 합류하자 순식간에 형세가 비세로 변했다. 염불곡이 기이한 능력으로 사령 셋을 막아섰다 해도 넷이 남은 상황. 더구나 도의라는 것 자체를 모르는 사령이기에 좌충우돌하며 틈만 보이면 달려든다.

전마성의 좌우호법 중 하나인 귀검 한유가 갑자기 뒤에서 들이닥친 사령에게 등을 길게 베이고, 능야산도 사령의 목에 비도를 하나 꽂는 대신 어깨의 살점이 뜯겼다.

그것은 시작에 불과했다. 여기저기서 신음과 악다구니가 터져 나왔다.

일대일, 또는 이 대 일로 싸우던 것이 완전히 혼전으로 변해 버렸다. 가까이 있는 적이 곧 자신의 상대였다.

"개새끼들! 비겁하게 등을 공격하다니!"

"죽어라, 이 호로자식 같은 마귀새끼들!"

동천옹의 입에서도 쌍욕이 튀어나오고, 무영자는 자신이 뭐라고 하는지도 모를 정도의 거친 말을 쉴 새 없이 쏟아냈다.

"내장을 빼고 모가지를 잡아 맬 놈들! 똥구멍에 말뚝 박아서 뱅뱅 돌려 죽일 놈들! 뒈져라! 도망간 정신을 머릿속에 쑤셔 넣어주마!"

그사이 좌소천은 고금제일의 신법 환상비영을 펼치며 무정귀들을 휩쓸었다.

일 보 일 보에 좌소천의 신형이 둘, 넷으로 갈라진다.

무정귀 사이를 누비는 좌소천의 신형이 십여 개로 나뉘어 흩어지고, 한 자루 무진도가 일순간 열두 자루로 늘어났다.

무진도의 도신을 타고 흐르는 금빛 은은한 묵뢰!

순간 하늘에서 열두 줄기의 묵뢰가 회색빛 하늘을 갈기갈기 찢으며 쏟아진다.

그 위력은 결코 무정귀들이 막을 수 있는 것이 아니었다.

어지간한 무기들은 무진도의 강맹함을 견디지 못하고 부서졌다. 부서지지 않은 무기들을 든 자들은 대신 내부를 강타한 충격에 피를 토하며 튕겨졌다.

묵뢰를 동반한 묵룡이 모였다 흩어질 때마다 강기의 파편들이 번뜩이는 도검의 파편과 함께 무정귀들의 몸에 틀어박혔다.

삽시간이었다. 수십의 무정귀들이 좌소천의 근처에 제대로 접근도 못해보고 피를 뿌리며 무너져 내렸다.

감정이 메말라 무정(無情)이라는 이름이 붙은 마귀들. 그들의 얼굴에 공포가 떠오른다.

정신을 차린 척발조가 혈암과 적암을 대동하고 좌소천을 향해 달려들 즈음에는 오십의 무정귀 중 사십 가까이가 쓰러진 후였다.

"좌소천! 죽어라, 이놈!"

좌소천은 달려드는 세 사람을 고요히 응시하며 무진도를 사선으로 눕혔다.

절대의 경지에 이른 척발조다. 혈암과 적암의 무위도 절대의 경지에 근접한 상태. 일전에 싸워봤던 마사와 유사의 협공에 못지않은 위력이다.

하지만, 자신 역시 그때의 자신이 아니다.

이제 저들은 그걸 알게 될 터였다.

'그대들의 죽음으로!'

우우우우웅!

사선으로 눕힌 무진도에서 맑은 도명(刀鳴)이 흘러나왔다.

척발조와 혈암, 적암이 삼 장 거리로 접근한 상태.

좌소천은 무진도를 완만하게 원을 그리며 허공으로 쳐들었다.

찰나! 무진도에서 은은한 광채가 뻗쳤다.

십성의 공력을 쏟아낸 일도진멸악!

일순간, 고막을 먹먹케 하는 압력과 함께 금빛 묵광이 회색빛 하늘에서 땅까지 일직선으로 갈랐다.

고오오오! 쩌저적!

얼굴이 시뻘게진 척발조의 눈이 튀어나올 듯이 커졌다.

"허억!"

일도진멸악의 위력을 알아본 그는 전력을 다해 쌍장을 휘둘렀다. 혈암과 적암도 젖 먹던 힘까지 끌어올려 좌소천의 도세에 마주쳐 갔다.

콰앙! 퍽!

혈암의 몸이 담장까지 튕겨지고, 제일 앞서 달려들던 적암은 아연한 표정으로 그 자리에서 무너졌다.

"크윽!"

주르륵, 삼 장 밖으로 밀려난 척발조는 격한 신음을 토해내며 산발된 머리를 쳐들었다.

"이, 이런 어이없는 일이……."

좌소천은 그런 척발조를 무진도로 가리켰다.

도첨 끝에 묵빛 구슬이 맺히는가 싶더니 점점 커져 간다.

그걸 바라보는 척발조의 머리카락이 곤두서고 옷자락이 바람도 없는데 펄럭였다.

"척발조, 지옥에 먼저 가서 공야황을 기다려라!"

좌소천의 나직한 목소리가 흘러나온 순간, 세 치 크기로 커진 묵빛 구슬이 무진도의 도첨에서 사라졌다.

"이놈!!"

동시에 척발조가 악을 쓰듯 외치며 쌍장을 휘둘렀다.

핏빛 장력이 그의 전면 일 장을 두텁게 가로막았다.

어스름 속에서 선홍빛으로 빛나는 장막은 절대경지에 이른 장강으로 이루어진 막이었다. 그러나 그러한 장막으로도 무진도의 도첨을 떠난 탄강주(彈罡珠)를 막기에는 역부족이었다.

퍽!

선홍빛 장막에 구멍을 뻥 뚫은 탄강주는 척발조의 어깨마저 뚫고 지나갔다.

그나마도 장막에 막혀 방향이 틀어지는 바람에 심장을 비켜 나간 것이다.

"크으윽!"

악다문 척발조의 잇새로 거친 신음이 흘러나왔다. 비틀거리며 물러서는 그의 몸이 지진이라도 만난 듯 거세게 흔들렸다. 좌소천은 척발조에게서 눈을 떼고 무진도로 우측 허공을 그었다.

기회를 노리고 몸을 날린 혈암의 머리 위로 절공참의 일도가 떨어졌다.

쩡!

묵빛 도강에 다급히 들어 올린 혈암의 검이 부러지고, 남은 여력이 그대로 혈암의 이마를 갈랐다.

털썩!

혈암이 바닥에 떨어지는 소리가 천지를 진동하는 고함 속에서도 유난히 크게 울린다.

초토화된 반경 오 장의 공간에 수십 명이 움직임을 멈춘 채 쓰러진 상황. 그 한가운데 창백한 얼굴의 좌소천이 오롯이 서서 척발조를 향해 도를 뻗는다.

"이제 가라, 척발조."

도첨에서 영롱한 아지랑이가 피어났다 싶은 순간, 무애삼식의 마지막, 무애일심이 멍하니 서 있는 척발조의 이마를 소리 없이 관통했다.

"꺼억!"

동공이 커진 척발조가 스르르 무너진다.

숨 몇 번 쉬는 짧은 시간, 장내가 충격에 빠졌다.

직접 보고도 믿기 힘든 현실에 사도철군을 상대로 우세를 점하고 있던 순우연의 손발이 어지러워졌다.

순우기정은 소맷자락 속에서 주먹을 움켜쥐고 눈을 부릅떴다.

말로만 들었던 좌소천이다. 설마 했다. 이제 이십대 중반의 그가 강하면 얼마나 강할까!

하나 소문은 진실을 반도 표현하지 못했다.

척발조와 혈암과 적암이 합공하고도 몇 초를 버티지 못하다니!

찰나의 순간, 순우기정의 부릅뜬 눈 깊은 곳에서 폭풍이 일렁였다.

'좌소천! 저놈을 너무 몰랐구나!'

한편, 한쪽에서 벌어진 혼전은 극한의 상태로 치닫고 있었다.

사령이 끼어듦과 동시, 그나마 팽팽하던 전세가 비세로 돌아섰다.

동천옹이 들창코의 괴인을 하나 때려죽이고, 무영자가 사령 하나의 머리를 부쉈지만, 그 정도로는 형세를 돌리지 못했다.

앞을 치면 뒤에서 달려들고, 뒤를 막으면 앞에서 달려든다.

얽히고설킨 난전에 누구 하나 마음을 놓을 수가 없었다.

상대가 제정신이 아닌 자들이니 마주쳐 싸우는 사람들도 제정신으로는 싸울 수가 없는 상황이었다.

"제기랄! 내가 다시 미친놈들하고 싸우나 봐라!"

사령 둘과 싸우던 무영자가, 자신의 손에 몇 번이나 얻어맞은 사령이 또다시 일어나자 질렸다는 듯 투덜댔다.

그러한 마음은 천앙동의 털북숭이괴인과 싸우는 동천옹도 마찬가지였다. 잡을 만하면 사령이 방해하고, 사령을 떨치면 어느새 저만치 도망가서 다른 사람을 공격한다. 그것이 다 무영자가 사령을 때려잡지 못해서 벌어지는 일 같았다.

"시끄러! 그런 말 할 기운 있으면 한 놈이라도 더 머리통을 부숴!"

혼전, 난전, 완전 뒤죽박죽이다. 초절정의 고수들이 들개처럼 뒤엉켜 개싸움을 한다.

그러나 누구도 뒤로 물러서지 않았다. 물러설 수가 없었다.

그 와중에 마면괴가 폭풍처럼 밀어붙이는 이자광의 권세를
비집고 갈고리를 밀어 넣었다.

콰직!

갈고리 끝이 이자광의 왼쪽 옆구리를 훑고 지나가며 살점을
뜯어내고 갈비뼈를 부수었다.

"으윽!"

이자광의 입에서 답답한 신음이 흘러나왔다.

"곰탱아, 물러서!"

전하련이 대경해 소리치며 채찍을 휘두르자, 광소를 터뜨리
며 전하련을 덮치는 마면괴다.

"켈켈켈! 계집의 피 맛 좀 보자!"

그들뿐이 아니었다.

종리명한과 홍려운도 전신이 피로 뒤덮인 채 흑면괴의 공격
을 피하기에 급급했다. 흑면괴만 상대했다면 고전할 것도 없
었다. 간간이 끼어드는 사령이 문제였다.

그들을 신경 쓰다 보니 흑면괴의 넓적한 도를 제대로 피할
수가 없었던 것이다.

이래도 어렵고 저래도 어렵다면 이판사판이었다.

홍려운이 참지 못하고 대도를 팔랑개비처럼 돌리며 흑면괴
를 향해 달려들었다.

"으아아아! 죽어라, 이 검둥이 새끼!"

전력을 다한 광풍도!

흑면괴를 향해 폭풍 같은 도기가 밀려갔다.

지금까지 그가 펼친 무지막지한 공격을 다른 사람이 펼쳤다면 지쳐서 허덕일 것이었다. 하지만 홍려운의 공격은 처음이나 지금이나 조금도 달라지지 않았다.

홍려운의 조금만 공력이 높았다면 흑면괴는 이미 수십 조각으로 갈라져 죽었을지도 몰랐다.

그걸 알기에 흑면괴의 얼굴이 묘하게 일그러졌다.

꼭, 뭐 저따위 놈이 있냐는 표정이었다.

따다다다다당!

홍려운과 흑면괴의 도가 부딪치며 불꽃이 튀고 콩 볶는 소리가 끊임없이 터져 나왔다.

그게 한참을 이어지자 귀청이 먹먹할 정도였다.

이를 앙다문 홍려운은 핏발 선 눈을 부릅뜨고 더욱 세차게 몰아쳤다. 입술 사이로 핏물이 흘러나오는데도 멈출 줄을 몰랐다.

"미친 새끼……."

끝내 흑면괴가 질렸다는 듯 뒤로 물러나기 시작했다.

한데 그곳 상황만 그런 것이 아니었다.

도유관이나 능야산은 물론이고, 항상 말없던 백룡마저 악에 바쳐 상대를 몰아친다.

전하련은 거의 반쯤 미쳐서 이자광이 부러진 갈비뼈도 놔둔 채 거꾸로 지원을 해야 할 정도였다.

와중에 어깨의 살점이 뜯겨진 능야산의 옆구리를 반괴의 검이 훑고 지나갔다.

"흐읍!"

능야산은 우수의 비도로 검을 쳐내고, 좌수를 번개처럼 휘돌려 반괴의 목에 비수 하나를 깊숙이 박았다.

"컥!"

아무리 하마공을 익혔다 해도 목 깊숙이 박힌 비도는 부담이 될 수밖에 없었다. 반괴가 잠시 주춤한 순간!

"능 형!"

도유관이 대경해 소리치며 반괴의 뒤통수를 도끼로 내려쳤다.

퍽!

그러고는 반괴가 어떻게 되었는지 보지도 않고 몸을 돌려 다른 적을 상대했다.

옆구리와 어깨에서 불로 지지는 통증이 밀려든다. 스물네 개의 비도 중 이제 남은 것은 모두 네 개. 죽을 때 죽더라도 이대로 무너질 수는 없다.

이를 악문 능야산은 비도를 더 빼 들고 언제 달려들지 모르는 적을 경계했다.

'적어도 한 놈은 더 죽이고 죽겠다!'

한 치의 방심도 허락지 않는 난전!

그러나 정신없이 싸우는 와중에도, 누구 하나 두 곳만큼은 접근할 생각을 하지 않았다.

소영령과 세 명의 천가호장, 그리고 사도철군과 순우연이 격전을 벌이는 곳은 강기의 폭풍으로 뒤덮여 있다.

평생 한 번 구경할 수 있을까 말까 하다는 절대고수들의 싸움이 길거리 난장판처럼 여기저기서 벌어지고 있는 판이다.

말려들면 누구도 생사를 장담할 수가 없었다.

그럼에도 오직 한 사람, 좌소천만은 모든 신경이 그곳으로 가 있었다.

그는 무애일심으로 척발조의 뇌수를 휘젓고 고개를 돌렸다.

생사를 오가는 치열한 난전이 벌어지는 가운데 소영령과 사도철군이 치열한 격전을 벌이고 있다. 두 곳 다 승부를 장담할 수 없는 상황이다.

그는 먼저 가까운 곳에 있는 소영령을 향해 신형을 날렸다.

뒤로 처져 있던 순우기정은 다시 한 번 경악하며 눈을 홉떴다.

좌소천과 사도철군이야 천하의 패주. 예상보다 강하다 해도 그러려니 할 수 있었다.

한데 저 여인은 또 뭐란 말인가?!

셋이면 사사 중 하나도 충분히 이길 수 있다는 천가호장을 혼자서 상대하는 여인이라니!

그러나 그가 소영령의 정체를 눈치 채는 데는 그리 오랜 시간이 필요 없었다.

소영령의 손에서 뿜어지는 눈부신 백색의 기운!

멀리서 보는데도 가슴이 얼어붙는 듯하다. 그가 아는 한 그런 기운을 지닌 무공은 단 하나였다.

한때 천외천가를 공포로 몰아넣은 한천빙백소수공!

"설마… 신녀?"

좌소천의 무위만도 예상 밖이거늘, 거기에 더해 신녀마저 나타났다.

'좋지 않아!'

바로 그때, 좌소천이 척발조의 이마에 붉은 점 하나를 남기고 돌아서는 것이 보였다.

척발조와 천해가 좌소천을 막아주었다면 승리는 자신들의 것이었다. 하지만 척발조와 혈암, 적암이 무너진 이상 좌소천을 막을 수 있는 사람이 없다.

'저놈은 공야황만이 막을 수 있어!'

그뿐이 아니다. 내원의 담장 밖에서 들리는 함성이 가까워진다. 금방이라도 적이 밀려들어 올 것만 같다.

'초절정고수 몇 명만 들어와도 빠져나갈 수 없을지 모른다.'

마음이 다급해진 순우기정은 즉시 사도철군과 싸우고 있는 순우연을 향해 몸을 날렸다.

초절정의 무위를 지닌 사람도 함부로 접근하기 힘든 곳. 한데 놀랍게도 절정의 경지라는 순우기정은 별다른 어려움 없이 순우연의 이 장 곁으로 접근했다.

"가주! 일단 물러나야 할 것 같습니다!"

짧게 입을 연 그는 소매 속에서 두 손을 빼내더니 사도철군을 향해 휘저었다.

순간 시뻘건 장력이 벼락처럼 사도철군을 향해 밀려갔다.

순우기정이 아니어도 겨우 팽팽한 대결을 이어가던 사도철군이 아닌가. 그는 난데없는 벼락에 이를 부서져라 악물었다.

'빌어먹을 놈들!'

전력을 다해 철혈무혼검을 펼치던 사도철군은 힘을 나누어 순우기정의 장력을 방어했다.

콰광! 퍼버벅!

가슴이 턱 막히는 충격!

사도철군은 뒤로 주르륵 물러서는 도중에도 어깨를 펴고 순우연과 순우기정을 노려보았다. 예상치 못했던 순우기정의 장력에 가슴이 묵직했지만, 사도철군은 오히려 목에 힘을 주고 소리쳤다.

"둘이 덤비겠다는 말이지? 어디 맘대로 해봐라, 이놈들! 내가 바로 철혈마제 사도철군이니라!"

사도철군. 그는 지닌 무위와 상관없이 순우연이나 순우기정에게 없는 것이 있었다.

저 넓은 호광땅을 내달리며 천하를 질타하던 기세!

그것은 결코 천선곡에 틀어박혀 살던 순우연이 가질 수 있는 게 아니었다.

자신에게 없는 것을 가졌다는 것.

순우연은 그런 사도철군의 모습을 보고 질시에 찬 분노가 치밀었다.

"멧돼지 같은 놈이 호랑이 흉내를 내려 하다니, 꽤나 웃기는 놈이군."

사도철군이 대소를 터뜨렸다.

"으하하하! 순우연! 굴속에 사는 족제비 따위가 어찌 영웅의 기상을 알겠느냐! 어디 덤벼봐라, 태백산의 족제비!"

순우연이 언제 그런 소리를 들어봤던가?

분노가 머리꼭대기까지 치민 순우연은 결국 마지막까지 감추어두었던 한 가지 무공을 쓰기로 작정했다.

"오냐! 원하는 대로 죽여주마, 사도철군!"

순우기정이 흠칫하며 쳐다보는 순간, 순우연의 검이 시퍼렇게 달아올랐다. 불길처럼 타오르는 그것은 결코 일반적인 검강이 아니었다.

순우기정의 눈이 가늘어지며 파르르 떨렸다.

'헛! 저것은!'

천린마화검(天燐魔火劍)!

천외천가가 세상에 전해지는 고금십대무공을 능가하기 위해 만들었다는 두 가지 무공, 천외쌍무(天外雙武) 중 하나다.

하지만 이백 년 전 이론만 완성되었다 했을 뿐, 이후 누구도 익히지 못했다 했다.

정말 가주가 천린마화검을 익힌 걸까?

순우기정은 눈 한 번 깜박이지 않고 순우연의 검이 변화하는 것을 지켜보았다.

그때다! 순우연의 검에서 한 마리 청룡이 시퍼런 불길을 뿜어내며 튀어나갔다.

순간 순우기정의 가늘어진 눈에서 새파란 빛이 번뜩였다.

'가주! 대단하구려. 나에게조차 감추었다니!'

하지만 그의 경악은 사도철군의 놀람에 비하면 아무것도 아니었다.

순우연의 천린마화검은 기세나 오기만으로 막을 수 있는 것이 아니었다. 철혈무혼검을 극성까지 끌어올렸음에도 밀려드는 압력에 숨을 쉬기가 어려웠다.

'젠장! 완전히 체면 구기는군!'

그는 이판사판이라는 마음으로 눈을 부릅뜨고 밀리는 철혈마검을 앞으로 내밀었다.

바로 그때였다.

사도철군의 철혈무혼검강과 천린마화검이 엉켜든 곳으로 한 사람이 뛰어들었다. 아니, 정확히는 순우연을 향해 달려들었다.

전마좌우호법 중 한 사람 잔도, 잔천마도 유백이었다.

일순간 사도철군을 향해 집어삼킬 것 같던 청룡이 순우연의 노성과 함께 머리를 돌렸다.

"어디서 감히!!"

유백이 아무리 초절정의 경지에 이르렀다 하나, 두 사람의 기운은 결코 그가 견딜 수 있는 것이 아니었다.

하지만 죽음을 각오한 사람은 때로 불가능을 가능케 하기도 한다.

유백은 불구덩이에 빠진 충격 속에서도 악착같이 도를 휘둘렀다. 그와 동시, 간발의 차이로 사도철군의 전력을 다한 공격이 순우연의 검세를 밀어냈다.

"끄어억!"

불덩이로 변한 유백이 튕겨진다.

사도철군이 악을 쓰듯 외쳤다.

"유백!!"

순우기정이 뛰어들려고 했을 때는 이미 유백의 몸뚱이가 시커멓게 타 들어가며 허공으로 튕겨진 후였다.

동시에 천린마화검과 철혈무혼검의 검세가 정면으로 얽혀들었다.

콰과과과!

유백으로 인해 삼성가량의 내력이 돌려진 천린마화검은 사도철군을 압도하지 못했다.

거대한 충격파 속에 사도철군과 순우연의 신형이 양쪽으로 날아갔다.

순우기정은 마음이 조급해졌다.

좌소천과 신녀에 의해 천가호장이 모두 피를 뿌리며 무너져 내린다. 늦으면 좌소천과 신녀에게 발목이 잡힐 상황.

가주가 천린마화검을 익혔으니 좌소천을 어느 정도는 막을 수 있겠지만, 문제는 두 사람에게 발목이 잡히면 포위망에 갇힐지 모른다는 것이다.

"가주! 시간이 없습니다! 놈들이 몰려들기 전에 벗어나야 합니다!"

일검이면 사도철군을 죽일 수 있을지도 모른다. 하다못해 사지 중 하나는 자를 수 있을 것이다.

순우연은 그것이 아쉬웠지만 곧 포기했다.

감정에 치우쳐 막다른 구석으로 몰릴 수는 없는 일이 아닌가.

그는 좌소천의 무진도가 천가호장을 향해 떨어져 내리는 것을 보고는 망설이지 않고 소리쳤다.

"가자!"

그의 명이 떨어지자마자 순우기정이 다급히 외쳤다.

"모두 이곳을 빠져나가라!"

순우기정의 목소리가 다 끝나기도 전이었다. 그때까지 살아남은 천앙동의 괴인 일곱과 사령 넷이 상대의 공격에 아랑곳없이 등을 돌리고 신형을 날렸다.

반쯤 미쳐서 싸우던 사람들은 그들이 갑자기 도망치자 쫓지는 못하고 씩씩거리며 소리만 쳤다.

"병신들아! 어딜 가는 거냐!"

"비겁하게 도망가기냐!"

"이리 와! 더 해보자, 검둥아!"

내원에 들어선 지 단 일각. 몸과 마음이 모두 지쳐 움직이는 것조차 힘들었던 것이다.

그나마 경험이 많은 동천옹이 지친 사람들을 다그쳤다.

"몸부터 다스려라. 아직 전쟁 중이라는 걸 잊지 마!"

와중에도 무영자는 입을 꾹 다물고 홍려운만 노려보았다.

'저 새끼, 분명 나 들으라고 소리쳤을 거야.'

그때였다. 염불곡이 다급한 목소리로 소리를 질렀다.

"곽 형! 조심해!"

사람들의 눈이 일제히 한쪽을 향했다.

죽괴 곽도춘. 그는 다른 사람처럼 도망치는 자들을 그냥 놔두지 않았다. 막 담장을 넘어가려는 괴인 하나를 막아서고는 꼬챙이검으로 괴인의 목을 뚫었다.

"어딜 도망가려고, 이놈!"

문제는 그때 벌어졌다.

목이 뚫린 괴인이 그대로 몸을 밀어 넣더니, 죽괴가 '어?' 하는 사이에 한 자루 짧은 단창을 그의 심장에 꽂아버렸다.

"지, 지미……."

사람들이 바라봤을 때, 이미 곽도춘의 심장에서는 핏물이 분수처럼 뿜어지고 있었다.

동천옹과 무영자가 동시에 소리치며 몸을 날렸다.

"죽괴야!"

"저 빌어먹을 놈이!"

수천의 군웅이 뒤엉킨 영풍산장의 담장을 수백의 검은 인영이 소리없이 넘었다.

공야황이 이끄는 천해의 무리들이었다.

그들은 담장을 넘자마자 은밀하게 내달렸다.

장원 내의 외곽 쪽에 있는 사람들은 거의 모두가 무림맹과 제천신궁과 전마성의 무사들, 그들의 적이었다. 그들 속에 천외천가의 사람들이 섞여 있을지도 몰랐다. 하지만 그들은 그것을 무시할 생각이었다.

서걱! 퍼벅!

"헉! 웬 놈……!"

"크억!"

"적……. 켁!"

순식간에 백수십 명이 비명과 신음을 내지르며 쓰러졌다.

거침없는 질주! 추호의 망설임도 없는 죽음의 손길!

난데없는 벼락에 남쪽과 동쪽 장벽이 빠르게 무너졌다.

"뒤쪽으로 적이 들어왔다!"

"현무단은 뒤를 맡아라!"

"뒤를 조심해!"

아우성이 터져 나왔다. 비명이 줄어드는 대신 병장기 부딪치는 소리와 고함은 더욱 커졌다.

어둠이 짙어지는 시각. 영풍산장에 혈우가 내리고 피의 주단이 펼쳐졌다.

아비규환! 지옥이 따로 없었다.

뒤늦게 허운자의 명이 떨어졌다.

"화산의 천매검수들은 뒤쪽을 막아라!"

그러나 화산의 자랑이라는 천매검수들조차도 십여 초가 지나기 전에 물러서기에 바빴다.

순우연이 도주하자 좌소천은 재빨리 상황을 살폈다.

적의 피해만 많은 것이 아니었다.

죽괴 곽도춘이 죽었다. 전마좌우호법 귀검과 잔도도 죽었다. 사인학, 이자광, 능야산은 몸을 움직이기 힘들 정도였고, 전하련이나 종리명한, 도유관, 홍려운은 지혈을 하며 상처를 조금이라도 더 다스리기에 바빴다.

게다가 동천옹과 무영자도 적지 않은 상처를 입은 상태였다. 그나마 염불곡만이 상대적으로 적은 상처를 입은 상태일 뿐.

하긴 사도철군조차 이를 악물고 서서 내상을 다스리기에 여념이 없을 정도니, 그들이 물러가지 않고 버텼다면 반수 가까운 사람이 죽었을 것이었다.

어쨌든 내원의 싸움은 멈췄지만, 아직 전쟁이 끝난 것은 아닌 상황.

"어르신, 이곳에서 사람들을 돌봐주십시오. 저는 놈을 쫓겠습니다."

동천옹이 죽괴의 눈을 감기고 힘없이 고개를 끄덕였다.

"알았어. 걱정 말고 가봐."

좌소천은 동천옹의 대답이 떨어지자마자 지붕 위로 몸을 날렸다. 단전이 끓어오르며 내력이 흔들렸지만 시간이 없었다.

'순우연, 아직 끝난 것이 아니다.'

어차피 순우연을 쉽게 잡을 수 있을 거라고는 생각지 않았다. 자신이 아는 한 그는 공야황에 비해 크게 뒤지는 자가 아니었다. 사사보다도 한 수 위의 고수가 바로 그였다.

그래도 아쉬움이 없지는 않았다.

소영령을 놔두고 사도철군을 도왔다면 순우연을 잡을 수 있었을까?

그럴지도 몰랐다. 하지만 당시에는 그렇게 할 수가 없었다. 소영령은 완전한 몸이 아니고, 세 명의 회의중년인은 소영령이 정상이라 해도 감당하기 힘들 정도의 고수였다. 아마 또다시 같은 상황에 처한다면, 그는 소영령을 먼저 구하려 할 것이었다.

좌소천은 순우연을 놓친 대신 척발조와 혈암, 적암을 죽인 것을 위안으로 삼았다.

사실 그들을 죽인 것만도 의외의 수확이었다. 천해와 천외천가가 암암리에 거리를 두지 않았다면, 손발을 맞춰 대항했다면 그조차 어려웠을 터였다.

'그래, 이제 와서 아쉬워할 필요는 없겠지. 아직 기회가 사라진 건 아니니까.'

아쉬움을 털어낸 좌소천이 모든 감각을 동원해 순우연의 행적을 찾고 있을 때 소영령이 바로 옆에 내려섰다.

"저도 함께 싸우겠어요."

말리기에는 늦은 상황. 한편으로는 차라리 옆에 있는 게 나을 것 같았다.

"내 옆에서 너무 멀리 떨어지지 마라."

좌소천은 나직이 말하고는, 끓어오른 단전의 기운을 억누르며 사위를 살펴보았다.

난전이 벌어진 상태다 보니 순우연의 행적을 찾는 것이 쉽지가 않다.

어디로 간 것일까? 발목이 잡힐까 봐 그대로 도망쳤나?

그럴지도 몰랐다. 자신이 바로 뒤따라올 거라는 걸 모를 그가 아니다.

게다가 천외천가의 무사들도 방어에 치중하면서 빠져나갈 기회만 엿보고 있다. 한두 곳이 아니라 전체가 그런 상황이다. 아무리 열세라 해도, 명령이 떨어지지 않았다면 보일 수 없는 행동이다.

바로 그 순간이었다. 문득 이상한 느낌이 들었다.

'응? 왜 저러지?'

이상하게도 남쪽과 동쪽 외곽에 있던 사람들이 고함을 치며 안으로 밀려든다.

혼전이 벌어지고 있는 터, 저들이 밀려들면 도움될 게 없다.

적아가 뒤엉키면 누가 적이고 아군인지 판별할 수 없는 지경에 처할지 모른다.

그걸 알 텐데도 무언가에 쫓기는 듯 정신없이 밀려든다.

그때 공포에 질린 목소리로 고함이 터져 나왔다.

"천혈마신이다!"

"천해가 뒤로 쳐들어왔다!"

'뭐야? 공야황이?!'

대경한 좌소천은 즉시 몸을 날려 건너편 전각의 지붕 위로 신형을 날렸다.

순간 남쪽과 동쪽의 상황이 한눈에 들어왔다.

어둠이 내려앉은 연무장과 정원. 무림맹과 연합세력의 무사들을 거세게 몰아치는 수백의 검은 인영이 보였다. 천해의 무리들이었다.

그들의 뒤쪽은 시신과 검붉은 선혈로 뒤덮여 있었는데, 언뜻 보이는 것만으로도 수백 명이 당한 듯했다.

이마와 팔에 띠를 두른 사람들. 대부분이 무림맹과 연합세력의 군웅들이었다.

이를 악문 좌소천의 눈이 한곳을 향했다.

그들의 선두에 서서 일수에 대여섯 명의 무림맹 무사를 날려 버리는 가공할 무위를 펼치는 자들!

은사와 유사, 그리고 공야황이다!

좌소천은 그들을 본 즉시 지붕을 박찼다.

"공, 야, 황!"

좌소천의 일갈이 영풍산장을 뒤흔들었다.

절대의 기세로 무림맹의 무사들을 휩쓸던 공야황이 손을 멈췄다.

은사와 유사도 손을 멈추고 고개를 쳐들었다.

창공을 떨어 울리는 사자후와 함께 날아드는 한 사람. 그가 누군지 알기 때문이다.

"으하하하하! 좌소천! 내가 올 줄은 꿈에도 몰랐을 것이다! 어디 한번 결판을 내보자!"

공야황이 득의에 찬 광소를 터뜨리며 혈천마마공을 끌어올렸다.

좌소천은 공야황의 십여 장 앞에 내려서서 냉랭한 코웃음으로 반격했다.

"잘됐다, 공야황! 척발조와 천해의 무리는 대부분 죽였지만 순우연은 수하 몇을 데리고 도망쳤지! 그게 서운했는데 도망친 순우연 대신 그대들이라도 잡아야겠구나!"

득의만면한 표정으로 웃음을 터뜨리던 공야황의 표정이 급격히 굳어졌다.

이 상황에서 좌소천이 거짓을 말할 이유가 없다.

문제는 좌소천의 말이 사실일 경우 그들과 함께 있던 사람들도 죽거나 함께 도망쳤다는 말이다. 결국 자신들만의 힘으로 좌소천의 연합세력과 무림맹을 상대해야 한다는 뜻.

은사와 유사의 얼굴에도 당황이 떠올랐다. 천해의 무리들도 그 말을 들었는지 주춤하며 손길을 늦추었다.

아주 잠깐이었다.

그사이 밀리던 연합세력과 무림맹의 군웅들이 숨을 골랐다.

후퇴하던 사람들도 좌소천이 나섰다는 말에 전열을 가다듬고 다시 되돌아섰다.

단 한 사람. 단 몇 마디에 상황이 완전히 급변했다.

은사가 상황을 다시 돌리기 위해 냉랭하게 소리쳤다.

"훗! 네놈 혼자 우리를 막겠다는 것이냐? 웃기는 소리!"

좌소천이 차가운 냉소를 흘렸다.

"훗! 누가 나 혼자 막겠다고 했느냐?!"

그때다. 소영령이 좌소천의 우측에 내려서서 유사를 검지로 가리켰다. 심장이 얼어붙을 정도로 차가운 목소리가 그녀의 입술을 비집고 흘러나왔다.

"늙은이! 그대는 내가 상대해 주지!"

유사는 귀에서 불이 날 정도로 노화가 치밀었다.

"건방진 계집이 죽고 싶어 환장했구나! 오냐! 원한다면 내가 네년 가랑이를 찢어서 죽여주마! 모두 뭐 하느냐?! 놈들을 쳐라!"

주춤했던 마암과 전암, 귀암이 무정귀와 천살영, 지살영을 이끌고 공격을 시작했다.

그 순간 이십여 명이 뒤쪽에서 날아들며 마암, 전암, 귀암의 앞을 가로막았다.

북리환과 헌원신우를 비롯해, 제천신궁의 고수들과 전마성의 고수들, 묵령천의 형제들이었다.

"뒤로 물러서라! 그들은 우리가 상대하겠다!"

"주군! 이곳은 우리에게 맡기십시오!"

그들이 나타났다는 것은 마침내 제일 치열했던 서쪽의 싸움이 끝났다는 말. 게다가 그들의 뒤를 이어 수십 명의 절정고수가 좌우에서 소리치며 달려온다.

개중에는 공손양과 기천승을 비롯해 화산의 장문인과 장로

들로 보이는 노도인도 있었다.

좌소천은 내심 가슴을 쓸어내리며 안도했다.

솔직히 그들의 싸움이 조금만 길어졌어도 수백의 희생을 각오하지 않으면 안 되었다.

자신 역시 혼자서 공야황과 은사를 상대해야 할 테니 다른 곳을 도울 여유가 없을 터. 소영령조차 위험에 처할지 몰랐다.

어쨌든 그들이 제때에 도착하자 좌소천의 목소리에도 힘이 실렸다.

"공야황! 하늘도 너를 외면했다!"

좌소천은 창공을 울리는 일성을 내지르고 무진도를 뽑아 공야황을 가리켰다.

일순간, 좌소천의 신형이 죽 늘어지는가 싶더니, 휘황한 금빛 묵광이 허공을 일직선으로 가르며 뻗어나갔다.

"어림없다, 좌소천!"

공야황도 시뻘건 눈을 부라리며 쌍장을 휘둘렀다.

찰나 그의 쌍장에서 두 자 크기의 시뻘건 혈구가 어둠을 밝히며 튀어나왔다.

두 기운이 정면으로 얽혀든 순간!

콰르르르릉!

뇌성벽력이 일며 좌소천과 공야황의 반경 삼 장의 대기가 비틀리고 터져 나갔다.

쩌저저적! 콰과과광!!!

충돌은 한 번으로 끝나지 않았다. 삼 장의 거리를 둔 채 두 번, 세 번 연이어 부딪쳤다.

가공할 기운의 충돌에 밀려들던 어둠이 출렁였다.

그와 동시 해일처럼 사방으로 밀려가는 충돌의 여파!

장원의 바닥이 들썩이고, 솟구친 청석이 모래처럼 부서진다.

누군가가 대경해 소리쳤다.

"뒤로 물러서라!"

십여 장 근처에 있던 자들은 정신없이 뒤로 물러났다.

그럼에도 십여 명이 여파에 휩쓸려 사방으로 튕겨졌다.

연이어 터지는 비명과 같은 외침!

"휩쓸리면 죽는다!"

"더 멀리 물러나!"

하지만 좌소천과 공야황은 삼 장의 거리를 둔 채 서로를 마주 보고 눈 하나 깜짝하지 않았다.

좌소천은 내원에서 격전을 치렀고, 공야황은 아직 격전다운 격전을 치르지 않은 상태다. 그런데도 대등한 결과다.

공야황은 그 사실이 무얼 뜻하는지 알기에 흔들리지 않을 수 없었다.

'정말 저놈이 나보다 강하단 말인가?'

여전히 무심한 눈으로 자신을 바라보는 좌소천이 그에겐 괴물처럼 보였다.

그때 은사가 다급히 소리쳤다.

"해주! 일단 물러서야 할 것 같습니다!"

상주에 이어 또다시 후퇴를 해야 한다고?!

공야황으로서는 참으로 기가 막힐 노릇이었다.

뒤통수를 치기 위해 쉬지 않고 달려왔다. 그리고 얼마간 성공도 했다. 그러나 그것이 다였다.

순우연이 조금만 더 버텼다면, 치명적인 타격을 줬을 게 분명했거늘. 어쩌면 오늘의 싸움으로 섬서를 완전히 장악하고 하남으로 내처 달리는 기회가 될 수도 있었거늘. 그가 도망침으로써 모든 것이 공염불이 되었다.

'빌어먹을 놈! 일각을 더 못 견디고 도망치다니!'

분노가 치밀어 머리꼭대기까지 이르렀다.

하지만 상황은 그에게 분노를 터뜨릴 기회마저 주지 않았다.

좌소천의 전신에서 피어오르는 금빛 묵광이 짙어지고 있는 것이다.

더 있어봐야 득보다 실이 많은 상황. 공야황은 이를 갈며 후퇴를 알렸다.

"은사! 후퇴시켜라!"

좌소천은 공야황과 은사가 후퇴를 명하는데도 막지 않았다.

너무 많은 피해가 났다. 저들을 막고 싸우면 더 많은 피해가 날 것이다.

자신이 온전하다면 또 모른다. 하지만 자신의 몸이 정상이 아닌 이상 지금 공야황과 싸우면 양패구상 정도가 최선이다.

하긴 척발조와 이암은 물론 무정귀 사십에 천가호장 셋 중

둘을 혼자서 죽였다. 그것도 십여 초 만에. 그리고 공야황과 전력을 다한 삼 초를 겨루었다.

그가 천신이 아닌 이상 멀쩡하면 그게 이상했다.

'훗, 순우연이 도망간 것을 다행이라고 생각해야 할 판이 군.'

속으로 쓴웃음을 흘린 좌소천은 천천히 숨을 들이켰다.

그의 몸에서 피어오르는 금빛 묵광은 더욱 짙어지고, 둥실 허공으로 떠오른 공야황의 표정은 점점 더 일그러졌다.

한편 소영령과 싸우던 유사는 뒤로 훌쩍 물러나서 눈을 부릅떴다. 단 두 번의 격돌로 소영령이 누군지 알아본 것이다.

"너, 너는?"

"내가 누군지 알았다면, 네가 왜 죽어야 하는지도 알겠구나, 유사."

"시, 신녀, 네가 어떻게……?"

"네놈 손에 죽어간 여인들이 얼마더냐? 한을 풀 때까지 죽을 수 없는 사람이 나란 걸 몰랐단 말이냐?"

유사는 소영령을 바라보며 주춤주춤 뒤로 물러섰다.

소영령은 그가 물러서자 두 손을 들어 올렸다.

순간 그녀의 두 손에서 세상을 얼릴 것 같은 한기가 피어올랐다.

한데 그때였다. 좌소천의 전음이 소영령의 귀청을 울렸다.

"령 매, 놈들이 물러가려 한다. 나중을 기약해라."

이를 악문 소영령의 눈이 잘게 떨렸다. 좌소천이 왜 그러는지 알기 때문이다.

자신은 아직 완전치 않은 몸. 유사와 정식으로 싸우면 이긴다는 보장이 없었다. 해서 최후의 방법까지 생각했다. 한데 좌소천이 그러한 자신의 마음을 알아챈 것이다.

'오빠······.'

그랬다. 자신이 죽는 한이 있어도 유사를 죽일 생각이었다.

자신을 위해 죽어간 정한녀들을 위해서!

눈앞에서 피를 토하며 죽어간 한령파파를 위해서!

한데 좌소천의 목소리를 듣자 몸이 말을 듣지 않는다. 당장 달려들어 유사를 죽여야 하거늘. 유사의 죽음으로 정한녀들의 한을 풀어줘야 하거늘.

소영령은 행복을 위해 원한 갚는 것을 미루어야 하는 자신이 한없이 밉기만 했다.

'미안해요, 파파! 조금만 더 기다려 줘요! 정말 미안해요······.'

그때 공야황의 후퇴 명령이 떨어졌다.

기다렸다는 듯 유사가 뒤로 몸을 날린다.

소영령은 그런 유사를 노려보며 가슴으로 소리쳤다.

'유사! 기다려라! 오늘은 그냥 보내지만 힘을 완전히 찾고 나면 네놈의 심장을 얼려서 부술 것이다!'

천해의 무리는 나타날 때만큼이나 빠르게 후퇴했다.

동료와 사형제들의 죽음을 본 사람들이 악다구니를 쓰며 그들을 막으려 했지만 마음뿐이었다. 실제 앞으로 나선 사람은 수십 명에 불과했다.

　그나마 그들 역시 천해의 무리가 담장을 넘어가자 더 이상 쫓지 않았다.

　허탈감과 공포가 뒤범벅된 사람들은 멍하니 주위를 둘러보며 어찌할 바를 몰랐다.

　그러나 언제까지 그렇게 있을 수는 없는 일.

　벌게진 얼굴로 씩씩거리며 나타난 동천옹이 빽 소리쳤다.

　"뭐 해?! 사망자들을 정리하고, 각자 상처를 치료해! 언제 적이 또 올지 모르는데 넋만 놓고 있을 거야?!"

　그제야 사람들은 너나 할 것 없이 사방으로 흩어졌다.

　그렇게 반 시진이 흐를 즈음이었다.

　화산에 남아 있던 어린 제자들이 도착하고, 뒤이어 상주를 떠나온 무림맹의 군웅 삼백이 헉헉거리며 도착했다.

　부상을 입은 몸으로 사망자를 정리하던 사람들이 일제히 그들을 반겼다.

　"후우, 이제 일꾼들이 왔으니 나도 상처 좀 손봐야겠군."

第九章

철수(撤收)

絶對天王

자시 무렵부터 비가 내리기 시작했다.

혈풍과 혈우가 휩쓴 영풍산장을 정리하는 데 꼬박 밤을 새야 했다. 그러고도 그저 시신을 정리하고 부상자들을 한곳으로 모으는 정도에 그쳤다.

사람들은 밤새 내린 비로 축축이 몸이 젖었지만 누구도 힘들다는 불평을 하지 않았다. 아니, 할 수가 없었다.

그저 살아 있다는 것. 그것만으로도 그들은 하늘에 감사했다.

그렇게 아침이 밝았다.

다행히 비가 제법 많이 내린 때문인지, 영풍산장을 붉게 물들였던 피는 내부를 제외하면 거의 보이지 않았다.

깊게 가라앉은 분위기는 쉬이 풀어지지 않았다.

사망자만 칠백에 가깝고, 부상자는 그 배가 넘었다. 살아난 사람 거의 모두가 부상을 입었다는 말이다.

그중 반 이상이 나중에 나타난 천해에 의해서였다.

그들이 조금 일찍 나타났다면 어떻게 되었을까. 순우연과 천외천가의 무사들이 조금만 더 오래 버텼다면?

생각하는 것만으로도 끔찍했다. 그래도 이겼을지는 모르지만, 반은 죽어 시신이 영풍산장을 가득 메웠을 것이었다.

"으음, 너무 무리한 작전이 아니었나 싶소."

화산의 제자 백여 명을 잃은 허운자가 볼멘 목소리로 입을 열었다.

"사실 그 먼 거리를 한나절 만에 왕복한다는 것부터가 문제였지요."

그러자 백호당주 남궁학과 현무당주 당처문이 맞장구를 쳤다.

"힘이 빠져서 놈들을 단숨에 치고 싶어도 칠 수가 있어야지요."

사람들이 고개를 끄덕이며 동조하는 걸 보고는, 어깨가 붉게 물든 종환 진인이 이마를 찡그리고 넌지시 한마디 했다.

"천혈마신이 뒤쫓아오는 것을 알았어야 했는데, 너무 앞으로 달리는 것만 신경 쓰는 바람에……. 그나마 이 정도도 다행이외다. 허허허, 내 화산의 성세를 의심한 적은 없지만, 설마 그런 제자들을 감춰두었을 줄은 미처 몰랐소이다, 장문인."

"별말씀을……."

좌소천은 입을 열지 않고 무림맹의 불만을 듣기만 했다.

하지만 사도철군은 부아가 치밀어 견딜 수가 없었다. 내상이 아직 심한데도 도저히 입을 닫고 있을 기분이 아니었다.

"귀가 먹었소? 아니면 말뜻을 알아듣지 못했소? 왜 바로 들어오라고 했는데 뜸을 들이고 들어온 것이오?"

종환 진인이 정색하고 되물었다.

"무슨 말이오, 사도 성주?"

사도철군이 눈을 부라렸다.

"정말 무슨 말인지 몰라서 그러시오?"

종환 진인은 슬며시 눈을 돌리며 모르겠다는 듯 딴청을 피웠다.

"모르니까 묻는 것 아니오? 싸우는 소리가 난 후에 공격하라고 해서 그대로 했는데 뭐가 문제란 말이오?"

"소리가 나면 즉시 들어오라고 했는데, 반 각가량 지체하지 않았소?!"

"허어, 시간을 정확히 말하지 않았는데, 우리가 '즉시'인지, '반 각' 후인지 어찌 안단 말이오?"

좌소천은 묵묵히 딴청을 피우는 종환 진인을 바라보고는 사고철군을 말렸다.

"참으시지요, 성주."

종환 진인을 바라보며 몇 번 입을 달싹이던 사도철군이 획 고개를 돌렸다.

"끄응……."

좌소천은 그제야 조용히 입을 열었다.

"누군가의 잘못된 판단 한 번으로 죽지 않아도 될 사람 수십, 수백 명이 더 죽었소. 내 분명히 말하지만, 그러한 명을 내린 사람은 평생 두 발 뻗고 잠잘 수 없을 것이오."

종환 진인의 얼굴이 딱딱하게 굳어졌다.

하지만 좌소천은 그를 바라보지도 않고 말을 이었다.

"지금은 때가 아니니 어제의 일은 더 이상 따지지 않을 것이오. 하나, 만약 다음에도 그런 일이 벌어진다면 내 이름을 걸고 그 일을 파헤칠 것이오. 그리고 그 사람 개인은 물론, 그 문파에게까지 책임을 물을 것이오. 아주… 철저하게."

마지막 말이 떨어진 순간, 사람들은 소름이 돋았다.

냉기가 등줄기를 따라 머릿속까지 파고드는 듯했다.

그때 좌소천이 공손양을 불렀다.

"군사."

공손양이 자리에서 일어났다.

"어제 화산에 한 통의 서찰이 전해진 것으로 알고 있습니다. 혹시 알고 계시는지요?"

공손양의 눈이 허운자를 향했다. 허운자는 어색한 표정을 지으며 고개를 끄덕였다.

"나도 나중에야 알았네. 말할까 생각했지만, 이미 공격이 시작되어서 행여 혼란을 줄까 봐 말하지 않았네."

"뭐라 쓰여 있었습니까?"

허운자가 헛기침을 한 번 하고 입을 뗐다.

"험, 그게… 수상하게 보이는 자들 오륙백이 북상하고 있다더군."

"수상하게 보이는 자입니까, 아니면 천해입니까?"

거듭된 추궁에 허운자가 머뭇거리더니 이마를 찌푸리고 대답했다.

"정확히는… '천해의 무리로 보이는 수상한 자들'이라고 적혀 있었네."

"왜 저희에게 알리지 않으셨습니까?"

"확실한 정체가 밝혀진 것도 아니고, 목적지 역시 확실치 않았네. 조금 전에도 말했지만, 공격이 시작되기 직전이라 혼란을 줄까 봐 말하지 않았다네."

공손양은 더 이상 허운자에게 묻지 않고 방문을 향해 고개를 돌렸다.

"들여보내시오."

그의 말이 떨어지자 무림맹의 간부들이 어리둥절한 표정을 지었다.

그때 문이 열리고 황보석이 들어왔다.

"네가 어쩐 일이냐?"

무림맹의 장로 황보인성이 의아한 표정을 지으며 물었다.

황보석은 굳은 표정으로 인사부터 올렸다.

"숙부님과 여러 어르신들을 뵙습니다."

"허어, 인사는 그만두고 네가 온 이유부터 말해보거라."

"맹주님과 군사의 명을 받고 왔습니다."

맹주와 군사의 명으로 왔다는데 뭘 더 물을 것인가.

황보인성이 입을 다물자 공손양이 물었다.

"황보 대주께선 무림맹 호정단의 일대주시지요?"

"예, 공손 군사."

"무림맹에 천해의 진로가 알려진 게 한 시진 정도 늦어졌다고 했는데, 그에 대한 것을 말씀해 주시겠습니까?"

"잠깐!"

청성의 청운자가 벌떡 일어나 황보석의 대답을 막았다.

"저 사람은 본 맹 호정단의 대주요. 그러한 질문은 이 자리에 어울리지도 않고, 황보 대주 역시 대답할 의무가 없는 것이외다. 하니, 그만 하는 게 좋겠소."

무림맹의 간부들은 당연하다는 듯 고개를 끄덕이며 웅성거렸다.

"너무 지나치게 월권을 행사하는 것 아니오, 공손 군사?"

"제천신궁이 무림맹의 대주를 이래라저래라 할 권리가 있던가?"

"보자 보자 하니까, 너무 심하게 하는 것 같군."

그때 황보석의 입에서 벼락이 떨어졌다.

"그걸 말하는 것이, 맹주께서 제게 내리신 명령입니다. 자칫 오해해서 협력 관계가 깨지면 안 된다 말씀하셨습니다."

"……."

무림맹의 간부들이 꿀 먹은 벙어리처럼 조용해졌다.

'훗, 나중에라도 밝혀질지 모른다 생각했겠지. 제갈 군사가 고민 좀 했겠군.'

속으로 가볍게 코웃음을 친 공손양은 담담한 표정으로 대답을 재촉했다.

"이제 말해보시오."

"예."

황보석은 숨을 천천히 들이켜고 천천히 입을 열었다.

"정첩당의 오향주 임사당이 천해의 무리를 발견하고 수하를 보냈는데, 도중에 한 사람을 만났습니다. 한데 도중에 만난 사람이 그 소식을 자신이 전하겠다며 정첩당의 무사에게 내용을 전해 들었습니다. 그리고……"

황보석의 말이 이어지는 동안 장내는 쥐 죽은 듯이 조용했다.

"……결국 천해로 보이는 무리 오류백이라는 것이, 수상한 자들 오류십으로 전해진 것입니다. 정체도 확실치 않고 숫자도 많지 않은지라, 군사께선 그다지 중요하지 않다 생각하시고 좀 더 확실한 보고가 들어오기를 기다렸습니다. 한데……"

황보석의 이야기가 끝나자 공손양이 물었다.

"그 사실을 어떻게 알게 되었습니까?"

"처음에 정보를 가지고 온 조항을 찾아서 물어봤습니다."

"그가 말을 확실하게 전하기는 전했다고 합니까?"

"조항의 목소리를 들어보시면 알겠지만, 그의 목소리는 가는귀 먹은 노인이라도 알아들을 수 있을 정도로 크고 또렷합니다."

"그럼 고의로 엉터리 소식을 전한 것일 수도 있겠군요."

"그건… 확실하지 않습니다."

아니라 하지만 고의일 가능성이 크다는 뜻이 담긴 대답이다.

공손양이 고개를 갸웃거렸다.

"한데 이상하군요. 황보 대주는 어떻게 그 내용을 의심하고 조항에게 직접 물어볼 생각을 하셨습니까?"

황보석의 굳은 표정이 잘게 흔들렸다.

이미 명령을 받은 말은 다 한 상황. 공손양의 질문은 대답하지 않아도 되었다.

한데 그때, 그의 눈이 자신도 모르게 좌소천을 향했다.

순간 좌소천의 깊이를 알 수 없는 눈과 마주쳤다.

"그건……."

그가 입을 달싹거리며 망설이는데, 좌소천이 물었다.

"조항에게 이야기를 전해 듣고 제갈 군사에게 전한 사람이 누구요?"

황보석은 나락으로 떨어지는 기분이 들었다.

좌소천의 깊디깊은 눈은 거짓을 허용하지 않는 눈이었다.

절대자의 눈!

황보석은 입을 열지 않고는 도저히 견딜 수가 없었다.

그때 좌소천이 먼저 한 사람의 이름을 꺼냈다.

"정수요?"

황보석은 허탈한 표정으로 힘없이 고개를 끄덕였다.

"그렇습니다, 궁주."

*　　　　*　　　　*

정수는 남들이 이리저리 정신없이 뛰어다니며 부상자를 돌보고 있는 동안 한쪽 구석에 숨어서 잠을 자고 있었다.

그는 아무도 자신이 그곳에서 자는 것을 모를 거라 생각했다. 설령 안다 해도 전날 싸운 사람 정도로 알 것이었다. 그렇게 보이기 위해 몸에 피까지 여기저기 묻혔으니까.

하지만 그는, 상주를 출발하면서부터 감시의 눈길이 자신을 한시도 벗어나지 않고 있다는 건 꿈에도 몰랐다.

하기에 체포 명령이 떨어지고, 잠자고 있는 그를 세 명의 호정단이 깨웠을 때도 짜증을 내며 투덜거렸다.

"이게 무슨 짓인가?!"

"우리와 함께 가주어야겠소."

"어딜?"

"그놈 말도 많군. 확 다리를 부러뜨려서 끌고 가는 게 나을 것 같은데, 궁주의 명이 있으니 그럴 수도 없고……."

움찔한 정수가 남궁호의 어깨너머를 바라보았다.

밖에 대여섯 명이 죽 서 있었다.

누가 말을 했는지는 알지 못했다. 그러나 중요한 것은 그것이 아니었다.

왜 자신을 잡아가려고 하는 걸까?

자신이 교묘하게 장난쳐서 남에게 피해를 끼친 일은 하나둘이 아니다. 너무 많아서 일일이 생각할 수도 없다. 하지만 대부분이 사문인 무당에서 벌인 일일 뿐, 이렇게 체포 형태로 잡혀갈 만한 일은 두어 가지에 불과했다.

'혹시 그때 일이 들통난 건가?'

정수는 불안감에 눈을 굴려 사람들의 표정을 살폈다.

"대체 왜들 이러는 거요?"

또다시 좀 전에 말한 자가 으름장을 놓았다.

"가보면 알아! 어때? 다리를 부러뜨려서 끌고 갈까, 아니면 네가 그냥 걸어갈래?"

부리부리한 인상. 북리환이었다.

북리환의 살벌한 기세에 정수는 꼬리를 말고 구석에서 나왔다.

"비겁한 새끼, 사람들이 고통을 겪으며 죽어가고 있는데 네놈은 잠이 오냐?!"

버럭 소리를 지른 북리환이 정수의 뒤통수를 갈겼다.

퍽!

그때 막 달려온 정은이 정수를 향해 소리쳤다.

"사형! 대체 또 무슨 짓을 저지른 겁니까?!"

그 소리에 겨우 정신을 차린 정수가 정은을 노려보았다.

"재수없는 새끼."

북리환의 주먹이 또 허공을 갈랐다.

펙!

"나는 네가 더 재수없어, 인마!"

북리환이 정신을 잃은 정수를 깨웠다.

정신을 차린 정수가 고개를 들자 싸늘한 질문이 떨어졌다.

"네놈이 말장난하는 바람에 얼마나 많은 사람이 죽었는지 알고나 있느냐?!"

질문을 한 자는 종환 진인이었다. 자신이 공격을 늦추는 바람에 천해의 무리에게 제일 큰 타격을 입었다. 하지만 그는 그 모든 잘못을 정수가 한 것마냥 몰아붙였다.

"무, 무슨 말입니까?"

"왜 정첩당의 정보를 고의로 속인 것이냐?"

정수는 더듬더듬 대답을 하면서도 속으로는 쾌재를 불렀다.

왜 자신을 잡아왔는지 안 것이다. 비록 어떻게 그 사실이 알려졌는지는 모르지만, 그 일이라면 대충 핑계를 댈 수가 있었다. 그리고 기껏 해봐야 무림맹에서 쫓겨나 사문으로 돌아가는 정도로 끝날 것이었다.

"저는 조항이 전한 소식을 그대로 전했습니다, 장로님!"

"그대로 전했다고? 그래 '천해'라는 말과 '수상한'이라는 말도 구분을 못했단 말이냐? 거기다 오류백을 오류십으로 들었다고?"

"그때 바람이 워낙 세서 한두 마디를 미처 못 들었을 뿐입니다, 장로님!"

"이놈이 그래도!"

"정말입니다! 무당의 명예를 걸고 맹세하겠습니다!"

정수가 무당의 명예까지 걸고 넘어가자 종환 진인도 함부로 다그치지 못했다.

한쪽에서 그 모습을 바라보던 무당의 제자들은 차마 더 듣지 못하고 고개를 돌렸다. 그들은 어느 정도 아는 것이다. 정수가 어떤 사람인지.

그런 정수의 입에서 무당의 명예 운운하는 말이 나오니 낯이 뜨겁고 부끄러워 고개를 들 수가 없었다.

입을 꾹 닫고 있던 현우자가 참지 못하고 노성을 내질렀다.

"네 이놈! 네놈이 고의로 그랬다는 게 다 드러났는데, 잘못을 뉘우치기는커녕 감히 무당의 명예를 운운해?!"

"저는 무당의 제자입니다! 그렇지 않습니까, 사숙? 무당의 제자가 무당에 기대지 못한다면 어디에 기대란 말씀입니까?!"

"이, 이놈이 그래도……!"

안 그래도 침체기에 놓인 무당이다. 소림에 이어 이제는 화산에조차 자리를 내주고 중간을 겨우 따라가는 무당이다.

더 싸워봐야 무당의 이름에 먹칠만 하는 셈. 현우자는 부끄러워서 차마 더 이상은 정수와 말다툼을 할 수가 없었다.

"알아서 하시오, 종환 도우. 잘못을 했으면 벌을 받는 게 당연한 일 아니겠소?"

"험, 그러시다면……."

종환 진인은 마치 공동이 무당을 누른 것처럼 기고만장해서 정수를 노려보았다.

"오늘부로 너는 영원히 무림맹에 발을 디딜 수 없다. 지은 죄를 생각하면 당장 사형에 처하든지……."

그 말만 듣고도 정수는 자신의 예상과 달리 흐르는 상황에 비지땀을 흘렸다.

'뭐? 사형? 이런 개 같은……!'

그사이 종환 진인의 말이 이어졌다.

"아니면 사지근맥을 잘라야 마땅하다만, 네가 그동안 특별한 잘못을 범하지 않았으니, 너의 무공을 폐하는 것으로……."

하늘이 노랗게 변했다.

무공을 폐지한다고? 이 망할 늙은이가 어디서!

'절대 그럴 수는 없어!'

그는 주위를 재빨리 훑어보았다.

자신의 앞에는 십여 명뿐. 나머지는 멀찌감치 떨어진 곳에서 지켜보고 있다. 잘하면 빠져나갈 수 있을 것 같다.

정수는 눈에 질끈 힘을 주고 벌떡 일어나서 고래고래 소리쳤다.

"말도 안 됩니다! 왜 제 말은 믿지 않고 다른 사람의 말만 믿는 겁니까!"

눈물을 글썽이는 그의 모습은 누가 봐도 살고자 하는 처절한 몸짓처럼 보였다.

둘러섰던 무림맹의 간부들이 멈칫했다.

그때다. 정수가 혼신을 다해 몸을 날렸다. 그러면서도 해야
하는 말을 잊지 않았다.

"두고 보십시오! 제가 반드시 제 결백을 밝히겠습니다!"

남들에 비해 검은 떨어져도 신법 하나만큼은 무당에서 세
손가락에 들어간다는 정수였다.

그의 신형은 순식간에 오 장 떨어진 건물의 지붕 위로 날아
갔다.

회심의 미소가 정수의 입가를 스쳤다.

하지만 그도 잠시.

퍼벅!

갑자기 시커먼 구름이 그를 덮더니 그를 건물 아래로 튕겨
냈다.

"교활한 놈, 눈알 굴릴 때부터 알아봤다."

무영자에 의해 튕겨진 정수는 안간힘을 다해 몸을 일으키려
했다. 그때 그의 가슴에서 뭔가가 툭 떨어졌다. 한 자 반 크기
의 검집이 화려한 단검이었다.

흠칫한 정수는 몸을 가누기 힘든 중에도 재빨리 손을 뻗어
단검을 쥐려 했다.

한데 그가 막 단검을 쥐려는 순간, 오동통한 손이 먼저 단검
을 낚아챘다.

"그, 그건 내 것……. 돌려주시오!"

정수가 고개를 들고 손을 내밀었지만, 동천웅은 정수에게
단검을 돌려주지 않고 고개만 모로 꼬았다.

"이상하네……."

동천옹이 딴청만 피우자 지붕에서 내려온 무영자가 고개를 내밀고 물었다.

"뭔데 그러냐?"

"이거, 꼭 내가 아는 물건 같거든."

"제법 귀하게 생겼는데?"

바닥을 기다시피 다가온 정수가 간절한 표정으로 손을 내밀었다.

"왜 남의 물건을 탐내는 겁니까? 돌려주시오!"

한데 바로 그때였다.

동천옹의 눈빛이 묘하게 번뜩였다.

"탐내? 흐흥! 탐낸다 말이지? 그래, 이제야 알겠군."

동천옹은 정수를 벌레 보듯 한번 쳐다보고는, 얼떨떨한 표정으로 서 있는 무림맹의 간부들을 향해 고개를 돌렸다.

"종환!"

"예, 노도우."

"이놈, 무공을 폐지시킬 거라고 했나?"

"예? 예, 그랬습니다만……."

순간!

퍽!

갑자기 동천옹이 정수의 단전을 걷어찼다.

"커억!"

일 장 밖으로 나가떨어진 정수가 부들부들 떨며 입에서 선홍빛 피를 게워냈다. 단전이 부서진 그의 입에서 목소리가 짓씹혀 나왔다.

"어, 어억! 아, 안 돼!"

갑작스런 동천웅의 행동에 무림맹의 간부는 물론이고, 멀리 떨어져 있던 좌소천까지 놀란 표정을 지었다.

하지만 동천웅은 얼굴색 하나 변하지 않고 현우자를 바라보았다.

"현우 말코!"

"예, 노도우."

"내가 왜 이런지 의문이지?"

"예? 예, 대체 무슨 일인데 그리 노하신 겁니까?"

동천웅이 차갑게 코웃음 쳤다.

"흥! 아마 현우 말코가 알면 나보다 더 화가 날걸?"

"무슨 말씀이신지요?"

동천웅은 바로 대답하지 않고 몸을 돌렸다.

"여기서 이야기하기는 좀 그렇군. 산적, 그놈 좀 들고 안으로 들어가자."

북리환이 동천웅의 뒤통수를 노려보고는 군말없이 정수의 목덜미를 잡아끌고 영풍전 안으로 들어갔다.

'지미, 사람도 많은데, 산적이 뭐야, 산적이? 좋게 부르면 입술에 주름이 생기나?'

그때 무림맹의 장로들이 따라 들어오려 하자 동천웅이 눈을 부라렸다.

"단전이 파괴되었으니 너희들이 줄 벌은 끝났잖아! 들어오지 마! 쌍도끼, 다른 사람들 얼씬 못하게 해!"

덜컹!

전각의 문이 닫힌 후에야 동천옹이 손에 쥔 단검을 정수에게 내밀었다.

"너, 이거 어디서 났지?"

부들부들 떤 정수가 고개를 숙인 채 가로젓는다.

동천옹은 가소롭다는 듯 차갑게 웃었다.

"훗! 끝까지 오리발을 내밀겠다?"

그러고는 염불곡을 불렀다.

"염가야! 너 이 자식에게 귀령 좀 심어라. 들을 말이 있으니까."

염불곡이 다가오더니 어리둥절한 표정을 지었다.

"하라면 하겠습니다만, 이유 먼저 좀 알면 안 되겠습니까?"

그때 바로 뒤까지 다가온 좌소천이 말했다.

"저도 궁금하군요."

동천옹은 정수를 벌레 보듯 쳐다보며 말했다.

"운강이 그러더군. 범인이 집안사람들을 죽이고 가보 하나를 가져갔다고. 그러면서 그 가보에 대해 말해주더군."

좀처럼 표정 변화를 보이지 않는 좌소천의 눈이 휘둥그레졌다.

무영자는 아예 억, 소리를 내며 정수를 죽일 듯이 노려보았다.

"그럼 이놈이……?!"

동천옹이 통통한 손가락을 뻗쳐 정수를 가리켰다.

"그래, 이놈이 청봉의 단리가를 몰살시킨 놈이야. 바로 단리가의 보물인 이 단검이 탐나서."

그제야 동천옹의 말을 알아들은 현우자와 정은이 득달같이 다가왔다.

"그게 사실입니까, 노도우!"

"이 단검이 단리가의 가보인 것은 분명해. 단리공선의 아들인 단리운강이 설명한 단검과 완전히 똑같거든. 그러니 이제부터 어떻게 해서 그런 일이 벌어졌는지 알아보자고. 염가야, 시작해!"

잠시 후.

현우자는 털썩 의자에 주저앉아 반쯤 넋 나간 표정을 지었다.

"원시천존, 원시천존……."

정은은 멍하니 허공만 바라본 채 굳어버렸다.

"어떻게 그런 일을……."

정수는 청봉 단리가에 놀러갈 때마다 몰래 십여 냥의 은자를 받아 챙겼다. 나중에 단리운강에게 무당의 무공을 가르쳐 준다면서.

한데 그러던 어느 날이었다. 술이 거나해진 단리공선이 이런저런 자랑을 하던 중 가보에 대한 말을 꺼냈다. 궁금해진 정수는 그걸 구경하자고 했고, 단리공선은 서슴없이 가보인 태청보검을 꺼내 보여주었다.

태청보검을 본 정수는 욕심에 눈이 멀었다. 게다가 단리공선이 태청보검을 휘둘러 쇠젓가락을 가볍게 자르는 걸 보고는, 어떻게 하든 태청보검을 차지할 결심을 했다.

그날은 조용히 지나갔다. 그리고 사흘이 지날 무렵 신녀가 북상한다는 소문이 들리자, 태청보검을 한시도 잊지 못한 정수는 그걸 기회라 생각하고 악심을 먹었다.

─신녀가 한 줄 알겠지!

일단 실행을 하기로 마음먹은 그는 청봉의 흑도 건달 셋을 은자 삼백 냥에 꼬드겼다. 그리고 자시가 넘은 시각, 복면을 한 채 단리가에 몰래 숨어들어 단리공선의 방에 침입했다.

처음에는 남자 몇 명만 죽일 생각이었다. 그런데 단리공선이 생각보다 강력히 저항하는 바람에 식구들이 모두 잠에서 깨어버렸다.

그러자 정수가 나설 사이도 없이 건달들이 먼저 식구들을 죽이기 시작했다. 결국 정수도 거들 수밖에 없었다. 자칫 건달들에게만 맡기면 도망치는 사람이 있을지도 몰랐으니까.

그 후 정수는 건달들이 집 안을 샅샅이 뒤져 모두 죽였다는 말을 듣고 나서야 태청보검을 들고 단리가를 나왔다.

그리고 단리가를 나오자마자, 돈을 준다며 세 명의 흑도 건달을 근처의 숲으로 데려가 모두 죽이고 파묻었다.

나중에야 아들과 딸의 시신이 없다는 게 알려졌지만, 그는 조금도 걱정하지 않았다. 자신은 옷도 바꿔 입고 복면을 하지 않았던가. 설령 봤다 해도 알아볼 수 없었을 거라 생각했다.

"어떻게 할래? 이 자리에서 죽일 거냐, 아니면 무당으로 데려가 처리할 거냐?"

현우자가 고개를 숙였다.

"무당에 넘겨주신다면 은혜를 잊지 않겠습니다."

"흥! 나에게 말고, 운강에게 어떻게 보답할 건지 그것부터 생각해 봐."

"장문인과 상의해서 그 아이에게 응분의 보상을 하도록 하겠습니다."

"좋아. 그럼 데려가. 소문나지 않도록 조심하고."

현우자의 눈 가장자리가 잘게 떨렸다. 소수의 사람들만 데리고 안으로 들어온 동천옹의 뜻을 확실하게 이해한 것이다.

아마 많은 사람들이 들어왔다면, 이 시간부로 무당의 제자들은 얼굴을 들고 다닐 수가 없었을 것이었다.

"무당은 영원히 노도우의 은혜를 잊지 않을 것입니다."

2

혈전이 벌어진 지 열흘이 지났다.

무림맹의 사람들은 모두 화산과 상주로 돌아가고, 고요함 속에 영풍산장의 모든 것이 하나둘 제자리를 찾아갔다.

　천해와 천외천가는 위남을 포기하고 종남에 틀어박혀 움직이지 않았다.

　그사이 섬서의 강호에 은밀한 소문이 하나둘 돌기 시작했다.

　―절대공자 좌소천과 무림맹의 간부들이 영풍산장의 희생자에 대한 책임 문제를 두고 대판 싸웠다고 한다.

　―신녀가 좌소천과 함께 있는 걸 보고 무림맹이 등을 돌릴지 모른다고 한다.

　―사도철군이 내상을 입어 몇 달간은 운기요상을 해야 한다고 하더라.

　―주요 고수들도 대부분 심한 부상을 입었다고 한다.

　일파만파로 번진 소문은 열흘이 지나자 천 리 밖의 사람들도 모르는 사람이 없었다.

　그러던 어느 날.

　소문이 사실이라는 것을 증명하기라도 하듯 영풍산장에서 폭탄선언이 나왔다.

　―우리는 섬서를 떠나겠다. 어디 무림맹 혼자 잘해봐라!

　―천외천가와 천해가 섬서를 벗어나지만 않는다면 더 이상 관여를 하지 않겠다!

　무림맹도 때맞추어 입을 열었다.

　―제천신궁과 전마성의 도움이 없어도 충분하다. 마도와 더

는 손을 잡지 않겠다. 강호의 정파들이여! 모두 일어나 무림맹
으로 모여라!

탕!
손에 들린 술잔이 탁자에 깊숙이 박혔다.
"놈들이 떠난다고?"
공야황이 술잔을 탁자에 박은 채 나직이 으르렁거린다.
순우연은 그런 공야황의 분노를 못 본 척 담담히 대답했다.
"그런 소문이 돌고 있습니다."
좌소천과 천외천가와의 관계를 생각하면 끝까지 물고 늘어
져야 옳았다. 한데 그냥 물러간다는 소문이 돈다.
순우연조차 그 소문에 의심이 갔다. 하지만 한편으로는 그
럴 수밖에 없을 거라는 생각도 들었다.
그는 이제 개인이 아니라 제천신궁의 궁주다. 수많은 사람
을 다스리는 사람이 섬서까지 와서 팔 개월을 지낸 것만으로
도 이미 정상적인 상황이 아니었다.
내부에 무슨 일이 벌어져서, 어렵게 차지한 제천신궁을 누
군가에게 빼앗길까 봐 돌아가는 것일지도 모른다.
아니면 첩보대로, 자신들이 후퇴한 그날 무림맹과 다툰 것
때문에, 그들과도 적이 될까 봐 돌아간다는 것이 사실일 수도
있다.
분명한 것은, 돌아갈 이유가 충분히 있다는 것이었다.
"좌소천이 정말 무림맹과 결별할 거라고 보는가?"

"이미 예견했던 일입니다. 무림맹은 자신들만이 정의라 생각하는 자들입니다. 반면에 제천신궁은 말이 패도지 마도에 가깝고, 전마성은 마도의 중심적인 문파입니다. 필요에 의해 뭉쳤지만, 언제 터질지 모르는 화약을 안고 지낸 사이였지요."

"그것이 이제야 터졌다?"

"두 번의 승리로 기고만장한 무림맹입니다. 아마 이제는 자신들만으로도 충분하다 생각했을 것입니다.

설명을 듣는 공야황의 표정이 차갑게 굳어졌다.

"더 자세히 알아봐. 언제 떠나는지, 어디로 움직일 것인지, 뭐든 다."

"예, 해주."

당한 것이라고 해봐야 두어 번에 불과하다. 한데 항상 당한 것만 같다. 게다가 강호에 떠도는 소문도 절대공자가 천혈마신을 항상 이겼다는 식이다.

공야황은 그것이 더 화가 났다.

좌소천의 이름만 들어도 분노부터 끓어올랐다.

"흥! 목 안의 가시 같은 놈들이다. 떠나는 것만으로는 안심할 수가 없어. 놈을 제거하지 못하면 천하를 얻어도 얻은 것이 아니야."

그 생각만큼은 순우연도 마찬가지였다.

공야황이 아니면 적수가 없다고 생각한 그에게 좌소천의 기세는 충격이었다. 그날 이후 꿈속에서도 나타나고 눈만 감으면 그날의 일이 떠올랐다. 그는 좌소천이 살아 있는 한 죽을 때까지 불안에 떨어야 한다는 것이 싫었다.

순우연이 넌지시 물었다.

"어떻게 하실 생각이십니까?"

"어떻게 하긴. 목 안에 가시가 박혔으면 빼내야지."

공야황은 이를 갈며 말하고 순우연을 직시했다.

"저번처럼 작은 실수로 기회를 놓쳐서는 안 될 것이야."

탁자 아래로 내려진 순우연의 손에 힘이 들어갔다.

'흥! 그게 다 내 잘못이란 말이지?'

지난 십여 일. 공야황은 자신이 먼저 도주해서 좌소천을 잡지 못했다며 들들 볶았다.

하지만 자신의 생각은 달랐다. 그날 자신이 떠나지 않았어도 결과가 크게 달라지지는 않았을 것이었다.

물론 적을 더 죽일 수 있었을지는 몰랐다. 그래도 가장 중요한 좌소천을 잡지는 못했을 터였다. 그리고 현재의 전력조차 보존하지 못했을 것이 분명했다.

그렇다고 자신의 마음을 다 드러내 보이기에는 아직 때가 일렀다.

"철저히 계획을 짜보겠습니다, 해주."

"한데 신녀도 그와 함께 간다고 하던가?"

순우연의 입술이 보일 듯 말듯 비틀렸다.

"그런 것 같습니다."

"흠, 그래? 잘됐군. 전리품으로 아주 괜찮은 계집을 얻을 수 있겠어."

순우연의 가슴속에 맺힌 조소가 짙어졌다.

'그까짓 계집 때문에 마음이 흔들리다니. 공야황, 너도 별수 없구나.'

3

영풍산장의 격전이 벌어진 지 열이틀째.

사지가 잘리거나 심각한 내상을 입은 사람을 제외한 부상자들 대부분이 몸을 회복했다.

사도철군도 정상의 몸을 되찾았고, 소영령의 몸도 완전해졌다.

중상을 입었던 능야산과 이자광과 사인학도 완전치는 않지만 그럭저럭 몸을 일으킬 정도는 되었다.

동천옹과 무영자는 이미 사흘이 지나기도 전에 완쾌되어서, 돌아다니며 호법들을 닦달하는 걸로 죽괴의 죽음을 잊으려 했다.

"그렇게 죽어라 가르쳤는데도 그놈들 하나 못 이겨?"

"멍청한 놈들! 네놈들 때문에 이 늙은이들이 죽어라 뛰어다녀야겠냐?!"

사실 칠 개월 전의 그들을 생각하면, 가히 '사별삼일이면 괄목상대'라는 말이 절로 나올 정도로 강해졌다. 이대로 일이 년만 지나면 초절정의 경지에 오를지도 몰랐다.

그래도 동천옹과 무영자는 불만이 많았다. 호법이라는 놈들이 빨리 강해져야 자신들이 편해질 것이 아닌가 말이다!

그렇게 보름째 되는 날. 강호에 퍼진 소문을 증명하기라도 하듯 좌소천의 철수 명령이 떨어졌다.

"섬서의 안녕과 협의를 지키고자 오백의 목숨을 바쳤다! 한데 무림맹은 우리의 숭고한 뜻을 알아주기는커녕 우리를 섬서 땅이나 욕심내는 사람들로 생각하고 있다! 이러한 상황에서 무슨 협력을 할 수 있겠는가! 우리는 할 만큼 했다! 이제 섬서는 무림맹과 섬서의 강호인들에게 맡길 것이다! 고향으로 돌아가자!"

좌소천은 철수 명령을 내리고 순우무종을 만났다.

그는 완전히 뼈만 남아 있었다.

"마지막 기회야. 우리는 이곳을 떠난다. 그대를 살려놓고 갈 것인지, 죽이고 갈 것인지는 그대가 어떻게 하느냐에 달려 있다."

좌소천은 그 말만 하고 뒤돌아섰다.

순간 순우무궁의 초점없던 눈에 다급함이 떠올랐다. 그는 좌소천이 문지방을 넘어서려 하자 입술을 깨물며 쇠를 긁는 목소리를 뱉어냈다.

"무엇을… 알고 싶은 것이오?"

그랬다. 혼이 빠진 것처럼 보였던 것도, 말을 못한다는 것도 다 거짓이었다. 심지어 염불곡의 귀령조차도, 어릴 때부터 천해의 혹독한 수련을 받은 그의 정신을 흔들지 못했다.

그가 그 모든 고통을 참으며 견딘 이유는 단 하나였다. 입을 열지 않아야 살려둘 거라는 것. 그리고 살아 있어야 탈출할 수 있는 기회도 노릴 수 있다는 것.

하지만 이제는 기회를 노릴 시간조차 없었다.

'대충 말해주고라도 일단 살아야 돼……'

그때 좌소천이 몸을 돌리고 차갑게 말했다.

"천외천가의 모든 것. 행여나 거짓을 말할 거면 아예 하지 말도록. 손자기에게 확인해 보면 아니까."

순우무종은 이를 지그시 깨물고 고개를 끄덕였다.

하지만 그가 미처 생각하지 못한 것이 있었다. 순순히 대답하기로 한 이상, 한 번 입이 열리기 시작한 이상, 그의 정신은 이제 이전처럼 염불곡의 귀령을 견뎌낼 수 없을 것이었다.

그렇게 질문과 대답이 오간 지 이각.

좌소천은 더 이상 질문을 하지 않고 밖을 향해 고개를 돌렸다.

"염 장로님, 들어오시죠."

내심 안도하고 있던 순우무종은 염불곡이 들어오는 것을 보고 나서야 뭔가가 잘못되었다는 것을 깨달았다.

그러나 이미 때늦은 뒤였다.

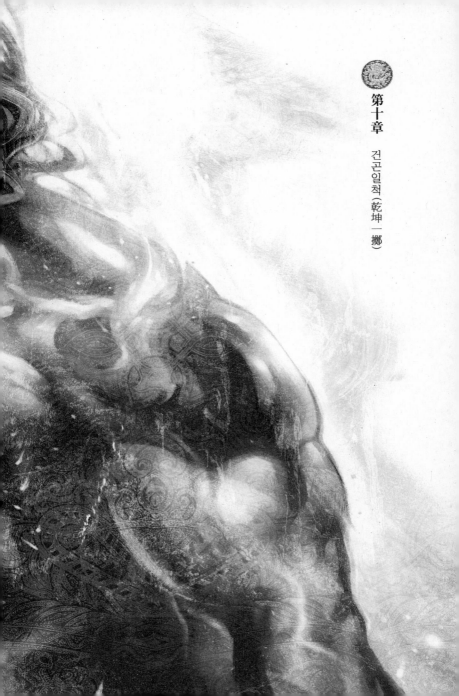

第十章

건곤일척（乾坤一擲）

絕對天王

철수 명령이 떨어졌다는 것을 알 텐데도, 무림맹은 입을 꾹 닫고 아무런 대꾸도 하지 않았다.

그사이 영풍산장은 정신없이 철수 준비를 서둘렀다.

팔 개월의 원정을 끝내고 돌아간다. 그동안 오백의 동료를 잃었다. 개중에는 친구도 있었고, 사형제도 있었고, 집안의 어른들도 있었다.

슬프지 않다면 거짓말이다. 죽음을 확인한 당시에는 하늘을 올려다보며 복수를 다짐하고 다짐했다. 그리고 적의 심장을 향해 일말의 망설임도 없이 도검을 꽂았다.

하지만 철수를 앞둔 지금 누구도 그 일로 원한에 사무쳐 울부짖지 않았다.

전쟁!

그렇다. 자신들은 전쟁을 했다. 그리고 자신들의 뜻을 지키기 위해 목숨을 걸었고, 절반의 성공을 거둔 채 돌아가려 한다.

원한도, 슬픔도, 이제 가슴에 묻어야 할 때였다.

그렇게 철수 준비가 한창일 무렵. 붉은 장포를 입은 초로인이 영풍산장으로 좌소천을 찾아왔다.

적천마도신 모용빈, 바로 그였다.

"어인 일이십니까, 모용 선배?"

"고민을 많이 했소. 그리고 얼마 전에야 결정을 내렸소. 남은 인생을 제천신궁에 걸어보기로 말이오."

좌소천의 입가에 잔잔한 미소가 맺혔다.

마음 같아서는 악청백의 빈자리를 모용빈으로 메우고 싶었다. 그러나 그 정도 자리에 올려놓기에는 지나칠 정도로 강한 사람이 모용빈이었다.

그렇다면 그를 붙잡아둘 만한 곳은 한 곳뿐이었다.

"원로원에 빈 곳이 몇 있는 것으로 알고 있습니다. 괜찮다면 그중 하나를 내어드리지요."

"이제 쉰셋이오. 아직 원로원에 들어갈 나이는 아니라는 생각이오만."

"생각보다는 괜찮을 것입니다. 제천신궁의 원로원은 궁주라 해도 비상시가 아니면 함부로 명을 내릴 수 있는 곳이 아니니까요. 모용 대협께서 뭘 하든 구속하는 일은 거의 없을 것입니다."

속하긴 하되 비상시가 아니면 궁주의 명을 받지 않아도 되
고 어느 정도 자유가 보장된다?

솔깃한지 모용빈이 망설였다.

그때 좌소천이 몇 마디 덧붙였다.

"그리고 재미있는 분들이 많지요. 아마 심심한 일은 없을 것
입니다. 심심하면 자질이 괜찮은 아이를 찾아서 가르쳐도 되
고 말이지요. 본 궁의 어린아이 중에는 자질이 좋은 아이가 제
법 있으니까요."

이래저래 걱정할 것없이 편안하게 즐기면서 지내면 된다는
말. 지난 세월 홀로 지내다시피 한 모용빈에겐 구미가 당기는
제안이었다.

"음, 그렇다면… 일단 그리하겠소."

2

섬서와 하남의 경계가 세밀하게 그려진 지도 위를 하나의
손가락이 훑어가고, 다섯 쌍의 눈이 손가락을 따라갔다.

"그들이 움직일 예상 경로는 여기와 여기, 그리고 이곳까지
세 곳입니다. 그중 가장 유력한 곳이 바로 여깁니다."

지도 위를 오락가락하던 순우기정의 손가락이 죽 선을 하나
그었다.

"그쪽으로 갈 거라 생각하는 이유는?"

공야황의 질문에 순우기정이 곧바로 대답했다.

"무림맹과 사이가 벌어진 이상 서로 얽히는 것을 원치 않을 것입니다. 게다가 어차피 철수하기로 마음먹었으니 최대한 빨리 가려 할 거라는 게 제 생각입니다."

"흠, 그곳에 공격하기 좋은 곳이 있는가?"

"다섯 곳 정도에 미리 사람을 보냈습니다. 그중 두 곳이 괜찮아 보였습니다만, 놈들의 이동로를 생각하면 바로 이곳이 최적의 장소입니다."

순우기정의 손가락이 둥글게 원을 그렸다. 그러고는 또 다른 종이를 꺼내 그 위에 펼쳤다.

"보시다시피 여기와 여기, 양쪽만 막으면 빠져나가기가 쉽지 않은 곳입니다. 공격하는 사람은 편하고, 방어하는 쪽은 사람이 뭉쳐서 자유롭게 움직이기가 힘든 곳이지요."

공야황의 눈이 붉게 변했다.

"놈들이 언제 움직일 것 같은가?"

"모레 아침에 출발할 거라는 정보입니다."

"그럼 우리는 지금 가야겠군."

"이미 준비는 마친 상태입니다. 명만 내리시면 즉시 출발하도록 하겠습니다, 해주."

공야황이 등을 펴고 희미한 살소를 지었다.

"좋아, 아주 좋아. 이번엔 확실하게 놈을 죽여 버리겠어! 출발시켜!"

3

구름 한 점 보이지 않는 쾌청한 하늘 아래, 일천의 무사가 영풍산장을 빠져나와 동쪽으로 이동을 시작했다.

그동안 화산의 서쪽을 지키며 수문장처럼 방어해 줬는데도, 화산의 제자 누구도 그들이 떠나는 길에 나와서 손 한 번 흔들지 않았다.

"좌우간 정파라는 놈들의 더러운 심보는 알아줘야 한다니까."

"그걸 이제 알았나? 나는 솔직히 왜 우리가 화산을 지켜주었는지 그것조차 의문이라고."

"그거야 천외천가 놈들을 당장 칠 수 없었으니까 그랬지."

"좌우간 우리가 지켜준 건 맞잖아. 그럼 하다못해 손이라도 흔들면서 고마웠다고 해야 하는 거 아니야?"

"그건 그렇고, 놈들을 완전히 때려 부수지 못한 것이 조금 약 오르는군. 태백산까지 쓸어버렸어야 했는데 말이야."

"차라리 잘됐지 뭐. 그동안 술도 양껏 못 마셨는데, 궁으로 돌아가면 술이나 실컷 마셔야겠어."

무림맹에 대한 불만이 여기저기서 흘러나왔다. 그러나 그러한 불만의 목소리도 곧 돌아간다는 흥분에 파묻혀 버렸다.

삼백여 명씩 셋으로 나누어진 무사들은 화음(華陰), 동관(潼關)을 지나 고현(故縣)에 이르자 남쪽으로 방향을 틀었다.

아침에 길을 떠나 삼백여 리, 석양이 붉게 타오르기 시작했다. 구름 한 점 없던 하늘에 시뻘겋게 타오르는 구름이 밀려든 것도 그즈음이었다.

"정지! 오늘은 이곳에서 노숙한다. 준비하도록!"

주양을 오십 리 남겨놓고 선두에 섰던 화정대와 목령대가 걸음을 멈추었다.

각조 열 명씩 나누어진 무사들은 각자 가져온 넓은 천을 엮어 나무에 걸치고 바닥을 다져 노숙 준비를 서둘렀다.

대충 천막이 완성되자 몇몇이 보따리를 뒤져 식사 준비를 했다.

그사이 어둠이 몰려오기 시작했다.

군데군데서 화톳불이 피어올랐다.

좌소천도 소영령을 비롯해 호법들과 네 명의 장로와 함께 한쪽에서 화톳불을 피웠다.

불길이 어느 정도 오르자 봄밤의 차가운 기운이 수그러들었다.

"몸은 좀 어떻습니까?"

좌소천의 질문에 동천옹이 뺨을 쓰다듬었다.

"다른 곳이야 이제 괜찮네만, 이놈의 뺨에 난 상처는 없어지지 않을 것 같군."

생각할수록 화가 나는지 동천옹의 얼굴이 붉어진다. 그걸 본 무영자가 참지 못하고 웃어댔다.

"크크크, 애늙은이 얼굴에 금 그어놓은 놈, 아마 곱게 죽지는 않았을걸?"

"그래도 네놈의 검은고양이 같은 얼굴보다는 나으니까 조용해!"

빽, 소리를 지른 동천옹이 스윽 고개를 돌려 조용히 앉아 있는 모용빈을 바라보았다.

"자네가 칼 좀 쓴다는 모용 아무개라며?"

모용빈의 표정이 묘하게 변했다.

그도 동천옹이 어떤 사람인지 들어서 알았다. 비록 자신이 구마 중 한 사람으로 불린다 해도 나이가 곱절인 동천옹은 자신이 태어나기 전부터 동천자라 불리던 팔신의 일인이 아닌가.

그는 기분이 나쁘고 자시고 할 마음조차 들지 않았다. 오히려 사람들이 두려움에 떠는 자신을 향해, '칼 좀 쓴다며?' 하는 동천옹의 말투는 희미한 웃음마저 떠오르게 만들었다.

"그렇습니다, 헌당 노선배."

"원로원에 들어오기로 했다던데?"

"예."

"그럼 막내군."

"예?"

"막내는 항상 선배들을 위해 수고해야 한다는 거 알지? 할 수 있겠어?"

"뭘… 어떻게… 해야 하는 겁니까?"

연속된 공세에 말을 더듬거리며 묻는 모용빈이다. 빤히 바라보던 동천옹이 갑자기 낄낄거렸다.

"농담이야, 농담. 클클, 얼굴 빨개진 걸 보니 소문처럼 독종은 아닌 것 같군."

모용빈이 뒤통수라도 얻어맞은 듯 멍하니 바라만 보자 무영자가 슬그머니 한마디 했다.

"나중에 내 방에 찾아오게. 그럼 원로원에서 재미있게 살아가는 법을 알려주지. 아참, 저 염가 방은 가지 마. 방 안에 귀신들이 우글우글하거든."

적천마도신이라 불리는 그가 언제 이런 경우를 당해봤을까. 그런데도 은근히 마음이 편안해진다.

모용빈은 얼떨떨한 기분에 어깨를 으쓱하고 대답했다.

"알겠습니다, 노선배."

농담을 주고받는 걸 보니 이제 죽괴의 죽음은 떨쳤나 보다.

좌소천은 쓴웃음을 지으며, 한쪽 구석에 앉아 있는 묵령천의 사람들을 향해 고개를 돌렸다.

칠십여 명이 와서 살아남은 사람은 서른일곱. 반으로 줄어든 상태였다. 보이지 않는 사람 중에는 처음에 만났던 누하진과 목영락도 끼어 있었다.

'저들을 만나지 못했다면 힘든 싸움이 될 뻔했어.'

한데 그때다. 묵령천의 형제들이 모여 있는 곳에서 세 사람이 좌소천 쪽으로 다가왔다. 목화인과 헌원신우, 그리고 목영운이었다.

그들은 곧장 좌소천에게 다가오더니 다섯 자 정도 거리를 두고 자리에 앉았다.

"하실 말씀이라도 있습니까?"

목화인이 좌소천을 한참 동안 바라보더니 나직이 입을 열었다.

"우리는 궁주를 묵령의 후계자로 인정하기로 했소."

묵령천의 형제들은 금라천이나 환상마궁과 달리 문파를 형성하지 않고 지내왔다. 하기에 금라천의 유일한 핏줄이라 하더라도 무조건 좌소천을 묵령의 주인으로 인정할 수가 없었다.

심지어 몇 사람은, 같은 형제인 환상마궁을 친 금라천의 핏줄을 후계자로 인정할 수 없다는 말까지 나왔다.

그러나 천외천가와의 싸움을 통해 그들은 더 이상 고민할 필요가 없다는 것을 깨달았다. 반대했던 사람들조차 언제 그랬냐는 듯 두말없이 고개를 끄덕였다.

"궁주가 허락한다면, 모든 게 끝난 후 제천신궁에 자리를 잡을까 하오."

좌소천으로선 마다할 이유가 없었다.

아직 말은 하지 않았지만, 그것이 아니어도 그에겐 묵령천의 사람들을 보살펴 줘야 할 의무가 있지 않던가.

"저야 환영할 일이지요."

"다만 한 가지 부탁이 있소."

"말씀해 보시지요."

"우리만 따로 해서 단체를 하나 만들어주었으면 하오."

아마도 묵령천의 이름만큼은 보존하고 싶은 마음인 듯하다. 좌소천은 순순히 고개를 끄덕였다.

"그렇게 하지요."

목화인이 돌아가자 공손양이 옆으로 다가와 앉았다.

"인원 재편이 끝났습니다."

"북리 대주는?"

"손님 맞을 준비를 하기 위해 먼저 출발했습니다."

좌소천은 묵묵히 고개를 끄덕이고 하늘을 올려다보았다.

"오늘따라 하늘에 별이 유난히 많군."

소영령도, 공손양도 하늘을 바라보았다. 인피면구를 벗고 면사로 눈 밑만 가린 소영령의 두 눈에 구름처럼 흘러가는 별들의 군무가 가득 찼다.

"너무 아름다워요."

그때 좌소천의 입에서 조금은 암울하게 느껴지는 목소리가 흘러나왔다.

"많은 사람이 죽었소. 그들이 모두 별이 되어 나를 쳐다보는 것 같소."

섬서까지 와서 천외천가와 싸운 이유는 간단했다. 사악한 그들에게서 강호의 협의를 지키고 정의를 지키기 위해서였다.

그러나 엄밀히 따지면, 그 저변에는 천외천가에게 복수하겠다는 자신의 지극히 개인적인 마음이 짙게 깔려 있었다.

죽은 사람들은 과연 자신의 죽음에 어떤 의미를 부여했을까?

강호를 지키고 죽어간 것을 자랑스럽게 생각할까? 아니면 한 사람의 복수극에 희생된 것을 억울하게 생각할까?

하늘을 바라보는 좌소천의 눈빛이 깊어졌다.

왠지 가슴이 저릿해지는 기이한 기분에 공손양도, 소영령도 말없이 좌소천의 옆모습을 바보기만 했다.

'자책하실 필요가 없습니다, 주군. 그들은 강호라는 도검 위에서 살아가는 무사들, 결코 주군을 원망하지 않을 것입니다.'

'너무 힘들어하지 말아요, 오빠. 오빠가 원해서 그런 건 아니잖아요.'

4

날은 여전히 쾌청했다.

동쪽 산머리 위로 치솟는 태양은 한여름의 태양처럼 뜨겁게 타올랐다.

"출발!"

선두에서 출발을 알리는 외침이 들려왔다.

자리에서 일어난 일천의 무사들은 전날과 다름없이 셋으로 나뉘어 남쪽으로 향했다.

주양을 지나면서부터는 첩첩이 쌓인 산을 타넘는 산길이었다. 그래도 사이사이로 길이 잘 나 있어 많은 인원이 이동하는 데도 별다른 불편이 없었다.

그렇게 한나절, 해가 서쪽으로 기울 즈음에는 낙하(落河)를 건너 전보산 서쪽에 이르렀다.

근 다섯 시진을 이동했는데도 불과 이백 리 길을 갔을 뿐이었다. 대신 지친 사람은 거의 없었다.

선두는 자신들이 지치지 않았다는 것을 보여주려는 듯 조금도 보폭을 줄이지 않고 남쪽을 향해 걸음을 옮겼다.

북쪽에서 남쪽으로 내려가기 위해서는 반드시 통과해야만 하는 계곡이 하나 있었다. 그곳을 지나지 않으려면 서쪽으로 백 리는 돌아서 가야 했다.

드넓은 웅이산의 서쪽에 위치한 전보산(全寶山)의 절부곡(折斧谷)이 바로 그곳이었다.

또한 절부곡은 남북을 잇는 주요 통로인만큼 웅이채의 주 활동지이기도 했다.

그러나 그것은 일반 양민에게 해당되는 이야기일 뿐, 제천신궁과 전마성의 고수들에게는 날아다니는 파리만큼의 위협도 되지 않았다.

선두의 목령대, 수룡대가 먼저 앞서 나갔다.

백여 장의 거리를 두고 좌소천을 비롯해 묵령천의 형제들과 금강대가 절부곡 안으로 진입했다.

절부곡은 계곡은 상당히 깊고 좁았다. 계곡 양쪽은 깎아지른 듯한 절벽이었는데, 넓이가 이십여 장에 불과해서 마치 하늘의 천장이 도끼로 산을 내려쳐 갈라놓은 것처럼 보였다.

"정말 멋진 곳이군."

좌소천이 무심한 표정으로 감탄을 터뜨렸다.

"놈들이 진입했습니다."

"좀 더 놔둬라. 우리의 주목표는 좌소천과 핵심 고수들이다. 그들이 완벽히 들어온 후에 공격을 시작한다."

순우연은 싸늘히 말하고 전면을 노려보았다.

십 리에 이르는 절부곡의 중간쯤에는 제법 우거진 숲과 불쑥불쑥 솟은 바위들이 산재해 있어 많은 사람이 숨어 있기에 적당했다.

더구나 그곳은 계곡의 중간에 나 있는 길에서 살펴보기가 쉽지 않은 곳이기도 했다. 매복하기에는 최적의 장소. 원래는 웅이채의 산적들이 애용하는 곳이었지만, 오늘은 천해와 천외천가가 그 자리를 차지했다.

'좌소천, 오늘이 바로 네놈 제삿날이 될 것이다!'

순우연의 입가에 차가운 살소가 맺힐 때다.

이진이 들어오는 것이 보였다. 그중에는 좌소천도 끼어 있었다.

'들어오는군.'

순우연은 슬쩍 손을 들어 반대편에 수신호를 보냈다.

반대편에 있던 공야황이 천천히 고개를 끄덕인다.

"준비해라. 바로 앞에 당도하면 공격을 시작해라."

행여나 소리를 들을까 봐 이번에는 전음으로 말을 전했다.

고개를 끄덕인 순우기정이 좌우를 향해 전음을 보냈다.

세 시진의 기다림이 끝나는 순간이었다. 아니, 지난 시간의 노고가 결실을 맺기 직전이었다.

순우기정이 전음으로 모든 명을 전했을 즈음, 마침내 좌소천 일행이 바로 앞까지 다가왔다.

좌소천은 고개를 들고 깎아지른 듯한 절벽 위로 보이는 하늘을 올려다봤다.

"어떻소? 정말 멋진 곳 아니오, 군사?"

공손양이 조용히 웃으며 말을 받았다.

"그러게 말입니다. 절부곡이라는 이름이 그냥 지어진 것이 아니군요. 앞으로는 이름이 바뀔지 모르겠지만 말입니다."

"글쎄, 나는 그냥 절부곡이라는 이름이 바뀌지 않았으면 좋겠소."

'미친놈들! 곧 죽을 놈들이 이름 가지고 따지기는!'

순우연은 좌소천이 목소리가 끝남과 동시 고개를 끄덕였다.

공격 개시 신호였다!

그걸 본 순우기정이 손을 들어 올려 앞으로 내렸다.

"놈들을 쳐라!"

찰나였다!

쐐아아아아!

수백 발의 화살이 절벽 위 양쪽에서 아래로 쏘아졌다. 그리고 곧이어 이차, 삼차, 사차. 수천 발의 화살이 소나기처럼 쏟아졌다.

쉐쉐쉐쉐쉐!!

좌소천은 화살이 쏟아지는 것을 보고 냉소를 지었다.

"이제 시작이군."

화살이 쏟아지는 곳은 절벽 꼭대기였다.

목적지는 좌소천이 있는 곳이 아니라, 절벽 가장자리에 숨어 있는 천외천가의 무사들을 향해서였다.

그랬다. 화살을 날리는 자는 천외천가의 무사들이 아니었다. 북리환이 이끄는 화정대와 웅이채의 산적들이었다.

비록 산적들이 쏘는 화살이지만, 백 장 높이에서 아래로 쏟아지는 화살이다. 더구나 일반 화살이 아닌 철시다.

제아무리 천외천가의 무사들이 고수라 해도 피하기가 쉽지 않았다.

"잘 보고 쏴! 어떤 놈이 가운데다 쏘는 거냐?! 팔을 부러뜨리기 전에 똑바로 보고 쏴라! 거기! 숨어서 손만 내밀고 쏘는 놈! 너 죽을래!"

북리환의 고함이 절부곡을 울리는 사이에도 화살은 끊임없이 쏟아졌다.

한데 화살만이 아니었다. 화살이 떨어졌는지 어떤 자는 머리통만 한 돌을 들어 아래로 던졌다.

순우연은 어이가 없어 잠시 동안 분노조차 일지 않았다. 그의 머리 위 다섯 자 높이에서 튕겨지는 화살을 보면서도 자신이 착각을 하고 있는 게 아닌가 하는 생각이 들 지경이었다.

하지만 눈앞에서 벌어지는 일은 현실이었다.

탕! 퉁퉁! 투두두둥!

바위에 부딪친 화살이 볶아진 콩처럼 튀어 오르고, 눈먼 화살이 수하들의 어깨, 머리, 몸통을 가리지 않고 박혀든다.

미처 매복지에서 밖으로 나가기도 전, 수십 명이 그 자리에서 쓰러졌다. 자신들만이 아니다. 반대편 천해의 무사들도 마찬가지 상황이다.

"밖으로 나가라!"

"놈들과 뒤섞이면 화살을 쏘지 못한다! 놈들을 공격하라!"

여기저기서 악다구니가 터져 나오며 수백 명의 무사가 쏟아져 나갔다.

겨우 밖으로 나선 자들 중에도 이백여 명은 하나 이상의 화살을 몸에 달고 나서야 밖으로 나설 수 있었다.

마른하늘에 날벼락을 맞은 순우연이 미친 듯이 소리쳤다.

"좌소천! 발버둥 쳐봐야 소용없다! 오늘 네놈은 여기서 죽을 것이다!"

순우기정도 입술을 깨물고 악을 쓰듯 외쳤다.

"앞뒤를 철저히 막아라! 놈들이 지원을 못하게 막아!"

좌소천은 물밀듯이 밀려오는 천외천가의 고수들을 보며 무진도를 빼 들었다.

"순우연, 누가 여기서 최후를 맞을지 아직도 모르나 보구나!"

그때 반대쪽에서 가공할 기운이 밀려들었다.

혈천마마공의 마기! 공야황이었다!

"좌소천! 오늘 누가 천하제일인지 결판을 내자!"

콰과과광!

굉음이 절부곡을 뒤흔들고, 정면으로 부딪친 공야황과 좌소천이 거리를 벌렸다.

그게 시작이었다.

순식간에 천외천가와 천해의 무사들이 묵령천의 형제들과 금강대를 덮치며 뒤섞였다.

날벼락을 맞아 수백 명이 제대로 움직이지 못하는데도 나머지가 구백에 달한다.

반면에 좌소천과 함께 있는 사람들은 기껏해야 이백. 언뜻 보면 좌소천 쪽이 월등히 불리해 보였다.

하지만 그것은 겉보기일 뿐이었다.

금강대는 이전의 금강대가 아니었다. 일반 대원들은 모두 다른 대로 가고, 화정대 몇몇을 뺀 오행대 최강의 고수들이 모조리 금강대원들로 바뀌어 있었다.

절정 이상 고수들 이백! 그것이 현재의 금강대였다.

제천신궁을 떠날 때와 완전히 달라진 혁련호정은 이제 완전한 호랑이가 되어 있었다.

사도진무도 과거의 전마성 대공자라는 탈을 벗어던진 지 오래였다.

헌원신우과 목영운의 검에서도 오만이 사라진 상태.

그렇게 금강대에 속한 사람들 하나하나가 전에 비해 한 단계 이상 강해져 있었다.

하기에 천해와 천외천가의 최정예 구백과 싸우는데도 한 치의 양보도 없이 팽팽한 접전이 이어졌다.

그 와중에 소영령이 유사를 발견하고 냉랭히 소리치며 몸을 날렸다.

"유사! 오늘은 결코 놔주지 않을 것이다!"

그녀의 목소리가 얼음으로 만들어진 송곳처럼 유사의 가슴에 틀어박혔다.

유사도 더 이상 소영령의 기세에 밀릴 수 없다 생각했는지 이를 악물고 전신공력을 끌어올렸다.

"오냐, 신녀! 내가 너를 무서워 피했는 줄 아느냐?!"

순간 날아드는 소영령의 두 손에서 눈부신 백광이 번쩍였다.

극성에 이른 한천빙백소수공!

보는 것만으로도 눈이 얼어버릴 것 같다.

은사는 그 광경을 보고 유사 쪽으로 접근했다.

신녀는 예전의 신녀가 아니었다. 유사 혼자서 감당할 수준을 넘어선 듯하다. 지금은 한 사람의 절대고수가 아쉬운 때.

"그 계집이 신녀인가? 과연! 과연 해주께서 욕심을 낼 만하군! 나와 함께 그 계집을 처리하세!"

하지만 그는 유사를 도울 수가 없었다. 모용빈이 도를 빼 들고 은사의 앞을 가로막은 것이다.

"당신은 나와 싸우지. 경지에 이르렀다는 사람이 여인을 상대로 합공을 생각하다니. 부끄럽지도 않은가?"

은사가 모용빈을 알아보고 의아해 소리쳤다.

"모용빈! 네놈이 왜……?"

"얼마 전부터 제천신궁의 밥을 먹기로 했지. 아무래도 그곳 밥은 냄새가 안 날 것 같거든."

"이, 이런 빌어먹을 놈! 오냐, 원한다면 네놈도 죽여주마!"

한편, 순우연은 생각지도 않은 상황이 계속되자 머릿속이 뒤죽박죽이 되었다.

극비리에 세운 건곤일척의 계획이 엉망진창이 되어버렸다. 종남에서 사라진 모용빈마저 적이 되어 나타났다. 앞으로 또 무슨 일이 일어날지 아무도 모르는 상황.

'흥! 아무리 그래 봐야 좌소천, 저놈만 죽이면 모든 것을 처음으로 되돌릴 수 있다!'

순우연이 이를 갈며 소리쳤다.

"기정! 일단 좌소천부터 죽이고 본다!"

그러고는 좌소천과 공야황의 격전이 벌어지는 곳을 향해 날아갔다.

바로 그때였다!

전면과 후면에서 제천신궁과 전마성 무사들이 몰려왔다.

"으하하하! 오늘 끝장을 보자, 이놈들!"

사도철군의 대소가 절부곡을 울린다.

그뿐이 아니다.

"무량수불! 조금 늦었소이다, 궁주!"

"아미타불! 내 지옥에 가더라도 오늘만큼은 살계를 열리라!"

도호와 불호가 산사의 종소리처럼 울리는가 싶더니, 우경진인과 법종 대사가 무림맹에서 고르고 고른 고수들을 데리고 절부곡으로 진입한다.

순우연과 순우기정의 얼굴이 땡감을 씹은 듯 일그러졌다.

"개 같은 놈들! 처음부터 우리를 속였구나!"

좌소천은 좌우에 선 공야황과 순우연을 바라보며 무심한 목소리로 말했다.

"여우는 자신의 머리가 최고인 것으로 생각한다고 하더군. 그러니 여우를 잡기 위해선, 여우의 함정에 빠진 것처럼 해야 된다던가? 그래서 정말 그런가 하고 여우들에게 나를 던져 봤지. 그게 다야. 한데 속은 놈이 바보 아닌가?"

눈을 치켜뜬 순우연이 천린마화를 끌어올리고 좌소천을 향해 몸을 날렸다.

"네 이노오오놈!!"

동시에 공야황도 두 손에 뭉친 혈천마혼구를 좌소천에게 날렸다.

"죽어라, 좌소천!"

좌소천은 무진도를 좌수로 건네 쥐고 우수로는 묵령기환보
를 꺼내 들었다.

일순간 순우연과 공야황의 공격이 삼 장 거리로 가까워졌
다.

천린마화의 시퍼런 불꽃과 혈천마혼구가 좌소천을 태우고
짓뭉갤 듯이 덮쳤다.

유사와 일장을 나누고 뒤로 물러선 소영령이 대경해 소리쳤
다.

"조심해요, 오빠!"

찰나였다!

묵천금황기가 묵령기환보를 따라 흐르고, 번쩍! 묵령기환보
의 끝에서 황금빛 검신이 폭출했다.

묵령천검!

천 년간 잠들어 있던 절대의 검이 석양 아래 찬란한 모습을
드러낸 것이다!

"오너라!!"

사자후의 일갈이 절부곡을 뒤흔들었다.

동시였다. 묵천금황기가 실린 무진도와 묵령천검이 좌소천
의 손짓에 따라 춤을 추었다.

환상천부에서 좌수도 우수검을 익힌 좌소천이다. 그것이 아
니어도 이미 초식의 한계를 벗어난 그다.

어색하기는커녕 마치 환상을 보는 듯하다.

좌수의 무진도가 천린마화를 가르고, 우수의 묵령천검이 혈천마혼구를 반쪽으로 쪼갰다.

쿠구구구궁! 쩌저저적!

하늘이 갈라지는 공명음이 울렸다.

갈기갈기 찢겨지며 흩어지는 천린마화다.

콰아아앙!

황금빛 검광에 반으로 갈라진 혈천마혼구가 제 힘을 이기지 못하고 터져 나간다.

절대의 거력이 터져 나가는 힘은 상상을 초월했다.

좌소천의 몸이 죽 이 장가량 밀려나며 바위로 된 바닥이 다섯 치 깊이로 길게 파였다.

순우연의 몸은 허공 삼 장 높이로 튕겨지고, 공야황은 바위에 도장을 찍듯 일곱 치 깊이의 발자국을 남기며 다섯 걸음을 물러섰다.

쏴아아아아!

해일처럼 사방으로 밀려가는 강기의 폭풍!

십 장 밖으로 물러나 있음에도 절대거력의 폭풍에 휘말려 사방으로 튕겨지는 십여 명의 무사다.

오 장 밖에 내려선 순우연의 창백한 얼굴이 벌겋게 달아올랐다.

공야황의 붉은 머리가 춤을 추고 얼음덩이 같은 혈안이 흔들렸다.

상상치도 못했던 일이다. 자신과 순우연의 합공을 막아내고도 큰 충격을 받지 않다니!

한데 그때였다. 공야황은 문득 든 생각에 좌소천의 우수를 바라보았다.

지금까지 보지 못했던 것이 우수에 들려 있다.

먹처럼 짙은 묵광에서 피어난 황금빛 검신!

그걸 바라보는 공야황의 눈이 괴이하게 일그러졌다.

'저게 뭔데 본좌의 혈천마혼구를 그리 쉽게 부술 수 있단 말인가?!'

그의 의문에 답하듯 좌소천의 입이 열렸다.

"궁금한가, 공야황?!"

묵령천검이 천천히 들리며 공야황을 향했다.

"이것은 묵령천검이라 한다! 이것의 너의 모든 것을 부술 것이다, 공야황!"

그때 강기의 폭풍을 뚫고 사도철군이 날아들었다.

"순우연! 다시 한 번 겨뤄보자!"

일갈을 내지른 그는 철혈마검과 하나가 되어 순우연을 공격했다. 순우연의 벌겋게 달아오른 얼굴이 와락 일그러졌다.

"원한다면 네놈부터 죽여주마!"

하지만 순우연을 노리는 사람은 사도철군만이 아니었다. 우경 진인이 자하신검을 빼 들고 순우연을 합공했다.

"사도 성주, 악인을 지옥으로 보내는 데 체면이 무슨 소용인가? 빈도와 함께하세!"

사도철군과 함께 공야황을 상대해 본 우경 진인이다. 이들을 상대로 체면이 얼마나 부질없는 것인지 그는 누구보다 잘 알았다. 남들에게 손가락질당하더라도 공야황이나 순우연을 죽일 수만 있다면, 우경 진인은 백번이라도 그렇게 할 것이었다.

좌소천은 사도철군과 우경 진인이 순우연을 맡자 무진도를 집어넣었다. 일대일의 대결이라면 하나의 무기에만 전력을 쏟는 것이 더 나은 것이다.

"공야황, 둘 중 한 사람만이 이곳에서 살아나갈 수 있을 것이다."

공야황의 전신에서 혈광이 활화산처럼 뻗쳤다.

"오냐, 이놈! 누가 죽나 오늘 결판을 내자!"

순간 좌소천의 신형이 허공으로 떠올라 공야황을 향해 쭉 나아갔다.

동시에 하늘 높이 들린 묵령천검이 파란 하늘을 금빛으로 물들였다.

공야황도 혈천마마공을 극성으로 끌어올리고 좌소천의 공격에 맞섰다.

황금빛 검강과 핏빛 혈운이 뒤엉키고, 눈 깜짝할 순간에 대여섯 번의 격돌이 이루어졌다.

콰과과과과광! 우르르릉!

천지를 무너뜨릴 것 같은 가공할 강기의 폭풍이 두 사람을 휘돌며 회오리쳤다.

한데 바로 그때였다!

누구도 접근할 수 없는 그곳으로 순우기정이 갑자기 쇄도했다. 좌소천의 뒤를 향해서였다.

그가 막 좌소천의 이 장 뒤에 이르렀을 때다. 그의 손끝에서 아홉 줄기의 지강이 번개처럼 번쩍였다.

천린마화와 함께 천외쌍무 중 하나인 구천마황지가 순우기정의 손끝에서 펼쳐진 것이다.

좌소천은 뒤에서 밀려드는 아홉 줄기의 지강에 이를 악물었다.

공야황이나 순우연의 공격에 비해 크게 뒤지지 않는 위력이다. 문제는 묵령천검을 회수할 수도 없고, 몸을 피하기에는 늦었다는 것이다.

방법은 하나뿐이었다. 극성의 환상비영을 펼치는 것!

그것이라면 두 사람의 공격을 동시에 받아낼 수 있을 것도 같다. 완벽히 익히지 못한 탓에 십이성의 경지인 환상무영을 펼칠 수는 없지만, 적어도 그전 단계인 환상마영은 펼칠 수 있을 터였다.

찰나의 선택!

'좋아! 해보자!'

결심과 동시, 좌소천의 몸이 희미해지는가 싶더니 갑자기 사라졌다. 묵령천검만이 허공에 둥실 뜬 채 황금빛을 쏟아낼 뿐.

생각지도 못했던 광경에 공야황이 멈칫했다.

뒤에서 달려들던 순우기정도 눈을 홉떴다.

순우기정은 좌소천을 죽일 수 있는 기회가 단 한 번밖에 없을 거라 판단했다. 하기에 그는 기다리고 기다리다, 자신이 아무도 몰래 익힌 구천마황지를 펼쳤다. 그리고 성공했다 생각했다.

한데 좌소천의 몸을 파고들었다 생각한 순간에 그가 사라져버렸다.

두 사람이 멈칫한 시간은 그야말로 찰나에 불과했다. 하지만 그 찰나의 순간이 승부의 향방을 결정지었다.

묵령천검은 여전히 허공에 떠서 공야황을 향해 있거늘, 난데없이 한줄기 황금빛 번개가 순우기정을 향해 떨어진다!

"헉!"

순우기정의 입이 경악으로 쩍 벌어진 순간! 황금빛 검강이 순우기정의 몸을 쓸고 지나갔다.

"크흡!"

순우기정이 벼락을 맞은 뒤로 튕겨짐과 동시였다.

공야황을 향해 뻗은 묵령천검에서 묵빛 금광이 쭉 뻗었다.

고오오오오!!

순우기정을 베어낸 것도 진체고, 허공에 남아 있던 것도 진체다. 그 사실을 안 공야황의 몸이 거세게 떨렸다.

여럿으로 나뉘어도 모두가 진체인 절대의 무공. 세상에 그러한 무공은 단 하나였다.

"설마… 환상비영?! 네놈이 환상천부의 힘을 얻었구나!"

"그걸 이제야 알았던가!"

순간이었다. 삼 장 허공으로 떠오른 좌소천이 전신공력을 끌어올려 묵령천검을 내려쳤다.

"이제 끝을 보자, 공야황!!"

무한한 공력을 지니지 않은 이상 오래 끌어봐야 좋을 게 없다.

더구나 겉으로 드러나진 않지만, 순우기정의 공격에 두 군데 부상을 입었다. 그 사실이 드러나면 자칫 공야황으로 하여금 탈주할 기회만 줄 뿐이다.

그렇다면 결정을 봐야 한다. 무리를 해서라도!

좌소천은 전 공력을 끌어올려 묵령천검에 집중했다.

파란 하늘을 가르며 떨어지는 황금빛 번개가 두 눈에 가득하다.

붉은 머리가 하늘 높이 솟구친 공야황은, 두 손을 커다랗게 휘둘러 일 장 크기의 혈천마혼구로 자신을 보호했다.

고오오오오!! 쩌적!

좌소천이 묵령천검을 내려친 순간, 파란 하늘에 황금빛 선이 그어지며 허공이 쪼개지고, 공야황의 몸을 감싸고 있던 혈천마혼구도 반으로 갈라졌다.

묵령파천황(墨靈破天荒)!

묵령천검에 깃든 하늘의 기운은 공야황조차 막지 못했다.

콰아아앙!

하늘이 터져 나가는 굉음!

절부곡이 우르릉 흔들리며 혈무에 휩싸였던 공야황이 십 장 밖으로 튕겨졌다.

바닥으로 떨어지자마자 벌떡 일어선 공야황은 고개를 천천히 하늘로 쳐들었다.

그의 전신에서 넘실거리던 혈천마마공의 기운이 서서히 걷혔다.

"크, 크, 크……. 하늘이… 원망스럽구나. 나를 내리고… 또 너를 보내다니."

한마디 한마디 이어질 때마다 이마에서 턱까지 붉은 선이 그어지며 선혈이 흘러내린다.

천천히 무너져 내리는 그의 육신에서 피분수가 솟구친다.

털썩!

무릎을 꿇은 채 고개를 하늘로 쳐든 그의 두 눈에는 여전히 하늘을 원망하는 눈빛이 담겨 있었다.

그러나 시간이 지나면서 원망의 빛마저 서서히 꺼져 갔다.

천혈마신 공야황!

섬서를 공포로 몰아넣었던 그가 죽었다!

누군가가 소리쳤다.

"천혈마신이 절대공자에게 죽었다!"

"절대공자야말로 천하제일인이시다!"

"절대공자가 아니라 절대천왕이다!"

"절대천왕!"

"와와아아아아!"

함성이 절부곡을 무너뜨릴 것처럼 울렸다.

좌소천은 그 모습을 바라보며 목구멍까지 올라온 선혈을 그대로 억눌렀다.

그러고는 묵천금황기를 운기하며 날뛰는 진기를 가라앉혔다.

함성도, 사방에서 벌어지던 싸움도 잦아들고 있었다.

제아무리 천해와 천외천가의 정예들이 강하다 해도 상황을 되돌리기에는 역부족이었다. 더구나 공야황이 죽자 천해의 무리들은 제대로 된 저항조차 못해보고 쓰러졌다.

그때 좌소천의 눈이 한곳을 향했다.

순우기정이 꿈틀거리며 바닥을 기고 있었다.

"순우기정, 그대가 바로 구지마종이었던가?!"

구마 중 정체가 알려지지 않은 고수, 구지마종.

순우기정이 바로 그였단 말인가?

상대를 쓰러뜨리고 숨을 고르고 있던 사람들이 경악한 눈으로 순우기정을 바라보았다.

"저자가 신비의 구지마종이라고?"

"맙소사!"

하지만 좌소천은 그가 구지마종이라는 것보다 다른 것에 더 관심이 있었다.

"환상마궁의 후예들을 몰살시킨 사람이 그대인가?"

겨우 고개를 돌린 순우기정이 큭큭거리며 입을 열었다.

"큭, 큭, 그것이… 이제 와… 무슨…… 상관……."

"어느 어르신이 부탁하더군. 반드시 그대를 찾아 목을 베어서 원한에 사무친 넋을 위로해 달라고 말이야."

저벅, 저벅, 순우기정을 향해 걸어간 좌소천이 묵령천검을 높이 들었다.

"지옥에 가서라도 그분께 엎드려 죄를 빌어라, 순우기정!"

서걱!

순우기정의 반쯤 잘라진 목에서 머리가 툭 처지며 피분수가 솟구쳤다.

그와 동시에 뒤쪽에서 소영령의 목소리가 울렸다.

"유사! 네놈 손에 죽어간 정한녀들의 혼을 위로하리라!"

"커억!"

고개를 돌리자 저만치, 하얗게 서리가 긴 채 입을 쩍 벌린 유사가 보였다.

그때였다.

좌소천이 눈살을 찌푸린 채 소영령을 향해 소리쳤다.

"영령, 뒤를 조심해라!"

한 사람이 비틀거리며 소영령의 뒤로 접근하고 있었다. 풀어헤쳐진 머리카락으로 얼굴이 가려진 그는 반쯤 미친 것처럼 실성한 웃음을 흘리고 있었다.

"킥킥킥, 킬킬킬, 나는 네가 누군지 알아……. 얼굴을 가렸어도 알아. 킬킬킬……."

언뜻 봐선 천외천가의 평범한 무사로 보였다. 하지만 그가 지닌 광기는 결코 일반 무사가 보일 수 있는 것이 아니었다.

소영령도 뒤늦게야 뒤에서 접근하는 자의 기운이 심상치 않음을 알고 홱 몸을 돌렸다.

찰나, 미친 듯 보이던 그가 갑자기 몸을 날렸다.

"너는 원래 내 거였어! 누구도 내게서 너를 빼앗아 가지 못해!"

"이놈!"

퉁! 퍽!

소광섭의 탈혼시가 괴인의 오른쪽 가슴을 꿰뚫었다. 한데도 괴인은 멈칫거림 하나 없이 달려들었다.

소영령은 괴인의 기괴한 모습에 아미를 찌푸리고 두 손을 휘둘렀다.

새하얀 소수가 허공에 걸렸다.

쩌저정!

코앞까지 닥친 검이 소수에 부서지고, 백옥보다 더 하얀 손이 상대의 심장에 떨어졌다.

퍽!

달려들던 자는 단 일수에 이 장 밖으로 나가떨어졌다.

서너 바퀴 구른 그가 덜덜 떨며 고개를 쳐든 순간, 좌소천의 눈이 커졌다.

잊을 수 없는 얼굴, 썩어 문드러지기 전까지 잊을 수 없는 얼굴이 거기에 있었다.

"순우무궁! 네놈이구나!"

모든 일이 끝나고 태백산에 가면 제일 먼저 그를 찾아서 죽일 생각이었다. 한데 그가 스스로 죽음을 찾아온 것이다.

"저자가 순우무궁이란 말이에요?"

소영령이 살기를 뿜어내며 소리친다.

좌소천은 묵묵히 고개를 끄덕이고는, 덜덜 떨고 있는 순우무궁을 바라보았다.

얼굴에 하얀 서리가 번지고 있었다. 그 와중에도 더듬거리며 헛소리를 지껄인다.

"너… 내 인형인데……."

분노가 치민 소영령이 확 손을 뿌려 순우무궁의 뇌를 얼려 버렸다.

"네놈만큼은 짐승들의 밥이 되도록 놔둘 것이다."

좌소천은 그런 소영령을 바라보자 가슴이 아려왔다.

'이제 모든 아픔을 잊어라, 영령. 다 끝났으니까.'

그때였다. 사도철군의 대소가 절부곡을 흔들었다.

"우하하하! 맛이 어떠냐, 순우연!"

심장이 뻥 뚫린 순우연이 눈을 부릅뜬 채 무너져 내린다.

대소를 터뜨리는 사도철군의 어깨에서도 시뻘건 핏물이 흘러내리고, 검을 지팡이 삼아 몸을 지탱하고 있는 우경 진인의 얼굴은 백지장처럼 창백하다.

꾸역꾸역 피를 게워내며 부들부들 떨고 있는 순우연을 보며, 좌소천은 천천히 하늘을 향해 고개를 쳐들었다.

하늘이 붉게 물들어가는 시각.

절부곡을 피로 적신 싸움이 서서히 잦아들고 있었다.

절부곡 대혈전의 결과가 전해질 사이도 없이, 무림맹과 연합세력은 천외천가와 천해의 잔존 세력을 쳤다.

산양에 남아 있던 이백 무사, 종남에 남아 있던 천해와 천외천가의 오백의 무사들은 제대로 된 대항조차 못해보고 대부분이 죽거나 도주했다.

무림맹으로 파견된 덕에 살아남았던 종남의 제자 오십여 명은 종남산을 탈환한 것에 눈물을 흘리며 감격했다.

한편, 잔존 세력을 소탕하는 사이, 양쪽 세력의 주력 고수 삼백여 명은 태백산으로 달려갔다. 그리고 종남파가 종남산을 되찾던 그즈음, 진세를 뚫고 천선곡에 들어갔다.

천선곡에 남아 있는 사람들은 대부분이 여자와 노약자와 어린아이들이었다. 그들은 갑작스럽게 들이닥친 연합세력의 침입에 대항을 포기하고 순순히 투항했다.

양쪽 세력은 천선곡의 사람들을 철저히 조사한 후, 무공을 폐지시키고 전각에 격리시켰다. 그러고는 그들 중 지위가 높은 몇 사람을 앞세운 채 천선곡을 샅샅이 뒤졌다.

이제 곧 탐욕에 젖은 강호의 무사들이 꿀을 본 벌 떼처럼 천선곡으로 몰려들 터였다. 기보나 무서가 남아 있다면, 천선곡이 피로 뒤덮일 것은 뻔한 일. 그러한 일은 미연에 방지해야 했다.

물론 핑계일지도 몰랐다. 천외천가의 보물에 대한 욕망이 앞선 것일지도 몰랐다. 그러나 자신들이 가져가지 않아도 어차피 남의 것이 될 터, 뭐가 잘못이냐, 라는 생각이었다.

그렇게 사람들이 혈안이 되어 천외천가를 뒤지는 동안, 좌소천은 십여 명과 함께 호수를 건너 천해를 찾아갔다.

한데 호수를 건너 막 지옥의 입구로 들어갔을 때였다.

우르르르릉!

천지가 진동하며 동굴이 흔들리기 시작했다.

"동굴이 무너지고 있소! 밖으로 나가시오!"

좌소천이 다급히 소리치자, 뒤따라오던 사람들이 정신없이 밖으로 나갔다.

그리고 곧, 천장에서 집채만 한 바위들이 떨어지기 시작했다.

좌소천은 밖으로 나와 동굴이 무너지는 것을 지켜보았다.

그가 아는 한, 입구는 바로 앞에 있는 동굴, 하나뿐이었다. 하나뿐인 입구가 무너진다는 것은, 저들이 현 상황을 알았다는 말이었다.

"어떻게 된 건가?"

동천옹이 눈을 동그랗게 뜨고 물었다.

좌소천은 바로 대답하지 않고 동굴 천장이 주저앉는 것을 지켜보았다.

"일단 호수를 벗어나지요. 파도가 커지면 서 있기가 힘들어 질 겁니다."

아무리 등평도수를 펼칠 수 있는 고수들이라 해도 오랫동안 물 위에 서 있는 것은 힘겨울 수밖에 없는 일이었다.

사람들은 좌소천을 따라 호수를 벗어났다.

그들이 호숫가로 나올 때까지도 동굴이 무너지는 소리는 끊이지 않고 울렸다. 아니, 이제는 산 전체가 흔들리는 것만 같았다.

통로만 무너지는 것으로 끝나지 않을 듯했다.

'안쪽도 무너지는 것 같군.'

좌소천은 완전히 무너진 동굴 입구를 바라보았다.

묘한 감정이 그로 하여금 눈을 떼지 못하게 했다.

천 년 신비의 대지, 천해가 마침내 종말을 맞이한 것인가?

아닐지도 모르지만, 눈앞에서 벌어지는 일 또한 사실이었다.

다음날 오후.

천선곡을 이 잡듯이 샅샅이 뒤진 무림맹 사람들은, 더 이상 뒤질 곳이 없자 전리품만 챙기고서 천선곡을 떠났다.

좌소천은 무림맹에 전리품을 최대한 양보하는 대신, 자신이 천선곡의 뒤처리를 맡기로 했다.

무림맹으로선 아쉬울 것 없었다. 수백 명이 샅샅이 뒤진 상황, 어차피 자신들이 찾지 못한 것이라면, 제천신궁과 전마성의 소유나 마찬가지였다.

오히려 좌소천이 귀찮은 천선곡의 뒤처리를 해준다는 게 고마울 뿐이었다.

좌소천은 그렇게 무림맹의 사람들이 모두 떠난 뒤에야, 순우연의 거처인 천상전으로 들어가 지하로 내려가는 비밀 문의 기관을 움직였다.

'손자기가 그랬지. 이곳을 알고 있는 사람은 오직 순우연과 대를 이을 순우무종뿐이라고.'

염불곡의 귀령에 당한 순우무종이 엉터리로 말하지 않았다면, 천상전 지하에 천외천가의 천 년 숨결이 담긴 비고(秘庫)가 있을 것이었다.

'오백의 희생에 대한 대가는 비고의 물건으로 받겠다, 순우연.'

第十一章　절대천성（絶對天城）

絶對天王

여름이 성큼 다가온 어느 날.

제천신궁의 정문이 활짝 열렸다.

둥! 둥! 둥! 둥!

북소리가 스무 번쯤 울렸을 때 제천신궁 안에서 백여 명의 사람이 밖으로 나왔다.

그리고 곧 하나의 거대한 현판이 정문 앞에 길게 놓였다.

"현판을 떼어내라!"

위지승정의 창노한 목소리가 울리고, 정문 위에 백 년간 자리했던 제천신궁의 현판이 내려졌다.

"새로운 현판을 달아라!"

뒤이어 또 다른 현판이 내걸렸다.

절대천성(絶對天城).

사람들은 가지각색의 표정을 지은 채 새로 달린 현판을 바라보았다.

벌겋게 달아오른 얼굴, 입을 꾹 다물고 뭔가를 참는 표정, 오랜 추억에 잠긴 표정…….

하지만 마음만은 다 같았다.

이제 새로운 하늘이 시작되었다는 것!

그때였다. 누군가가 소리쳤다.

"저기 오신다!"

모든 사람이 황강산 아래쪽을 바라보았다.

수백의 군웅이 제천신궁으로 향한 길을 가득 메운 채 빠르게 올라오고 있었다.

"궁주님이시다!"

"성주님이시다!"

"절대천성의 주인이신 절대천왕께서 오신다!"

"와아아아아!!!"

누가 시키지도 않았다. 한데 통일된 함성이 울렸다.

"천하제일 제천신궁!"

"천하제일 절대천성!"

"천하제일 절대천왕!"

"와아아아아아!!!"

천지를 울리는 함성에 황강산이 들썩이는 가운데 좌소천 일행이 정문으로 다가왔다.

떠난 지 팔 개월 십오 일 만이었다.

2

귀궁한 지 사흘째 되던 날, 좌소천과 소영령이 손을 잡아준 상태에서 혁련호운이 숨을 멈췄다. 완전히 정신을 잃은 상태인데도 뭘 느꼈는지 표정만은 밝았다.

소영령은 눈물을 흘리며 혁련호운의 눈을 감겨주었다.

'미안해요, 정말 미안해요.'

절대천성의 현판이 달린 지 닷새, 구포봉과 광한방의 태상섭궁안과 신검장주 설학진이 절대천성에 도착했다.

구포봉은 좌소천을 만나자마자 환하게 웃으며 말했다.

"이참에 현판을 바꿔야겠네. 솔직히 구포방은 좀 그렇거든?"

그리고 보름째 되던 날, 사도철군이 백리도운과 사도진무를 비롯한 전마성의 원로들과 함께 절대천성을 찾아왔다.

"자네가 언제 찾아올지 불안해서 못살겠네! 아주 확실하게 매듭을 짓지. 어떤가? 절대천성의 호북 서부를 우리에게 맡기는 것이!"

그러더니 한 달이 다되어갈 무렵에는 서북쪽의 문파들조차 하루가 멀다 하고 사람을 보내왔다.

그 바람에 북벌마저 취소되었다. 북벌 책임자로 지명되었던 이광이 볼멘소리를 하며 투덜거렸지만, 섬서에서 하도 고생을 하고 와서인지 싫지는 않은 눈치였다.

그렇게 그해 여름, 천하가 절대천성을 주시하며 숨을 죽였다.

하지만 오직 한 사람만은 절대천성의 향방보다도 다른 것에 더 정신이 팔려 있었으니……

보름달이 천공에 둥실 떠올라 방실거리던 어느 날 밤.

좌소천은 차를 마시며 한곳만 뚫어지게 바라보았다.

벽여령의 불룩 튀어나온 배가 신기하기만 했다.

저 안에서 아이가 자라고 있다는데 사실일까?

좌소천은 벽여령의 불룩한 배에서 눈을 떼지 못하고 물었다.

"언제 나온다고 하오?"

벽여령은 여보라는 듯 배를 쓰다듬으며 대답했다.

"아직 보름은 더 있어야 한데요."

"오래 남았군."

벽여령이 슬쩍 눈을 치켜떴다.

"그렇게 궁금한 분이 왜 연락 한 번도 안 했어요?"

"그게……. 미안하오."

돌아온 지 벌써 한 달이 넘었다. 그런데도 틈만 나면 그 말을 한다. 물론 이어지는 말도 한 달째 듣고 있는 중이다.

"걱정 말아요. 상공의 마음 충분히 이해하니까요. 령 동생을 구하겠다고 죽을 둥 살 둥 모르고 천해로 쳐들어간 것도요."

치켜뜬 벽여령의 두 눈이 칼날처럼 가늘어진다.

왠지 가슴이 서늘해지고, 바늘에 심장이 콕콕 찔린 기분이 든다.

하긴 벽여령이 화낼 만도 했다. 하마터면 죽을 뻔하지 않았던가. 그 소식을 듣고 얼마나 불안했을 것인가.

듣기로는 며칠간 불안해서 잠도 못 자고 먹는 것도 제대로 못 먹었다고 했다. 입이 열 개라도 할 말이 없었다.

"하긴 얼마나 바쁘셨으면 소식 한 번도 전할 수가 없었겠어요? 저야 뭐 이곳에서 편하게 있었으니……."

눈치를 보니 벽여령의 추궁이 이어질 것 같다.

한 달째 같은 말을 하면서도 질리지 않는가 보다.

좌소천은 재빨리 말을 돌렸다.

"험, 그건 그렇고, 령 매."

"예, 왜요?"

"예, 저 부르셨어요?"

벽여령과 소영령이 동시에 대답했다.

"끄응, 영령이 말고 여령, 당신 말이오."

웃음을 겨우 참은 벽여령이 툭 쏘듯 대답했다.

"말씀하세요."

"의원이 정말 쌍… 둥이라고 했소?"

"왜요, 싫어요?"

"싫다니! 그게 무슨 말이오? 다만… 둘을 한 번에 키우려면 당신이 힘들 것 같아서 그렇지."

"걱정 말아요. 여기 동생도 있고, 조부님께서도 봐주신다고 했으니까요."

"동천옹 어르신이 말이오?"

"예, 다른 어르신들도 함께 봐주신다고 했어요."

좌소천은 걱정이 되지 않을 수 없었다.

과연 그분들이 아이들을 잘 볼 수 있을까?

기지도 못하는 아이들에게 무공을 가르친다고 하지 않을까?

그러다 다치기라도 하면 어쩌지?

'끄응, 안 된다고 할 수도 없고……. 그런데 이름은 뭐라고 짓지? 하나는 아들이고, 하나는 딸이면 좋겠는데…….'

그렇게 미래 쌍둥이 아빠의 고민은 이래저래 커져만 가는데, 천공에 둥실 뜬 보름달은 난 모르겠다는 듯 절대천성을 비추며 유유히 흘러갔다.

『절대천왕』終

[작가후기]

만추의 계절.

진한 황금빛으로 물든 가을의 들녘이 유난히 풍요롭네요.

가을의 어느 날, 농부들이 곡식을 수확하듯 저도 미숙한 글이나마 또 하나의 글을 끝맺었습니다.

항상 글의 마지막 줄에 '終' 자를 쓸 때는 아쉬움이 많지요.

좀 더 재미있게 쓸 수 있었는데, 이번에는 좀 더 알찬 내용을 집어넣고 싶었는데, 결말에서 얼굴을 비치지 못한 사람들이 서운해하지 않을까? 너무 급하게 끝맺은 것은 아닐까? 못다 한 이야기를 더 쓸걸.

그러면서 생각합니다. 다음에는 더 재미있는 글을 써야지. 살아 있는 글을 써야지. 아쉬움이 없도록 해야지······.

그렇게 지난 몇 년, 고영부터 시작해 진조여휘, 마법거생, 천사혈성, 절대천왕까지. 정말 쉬지 않고 달렸네요.

모두가 애독해 주신 여러분 덕분입니다.

제가 애독자 여러분께 보답할 수 있는 길은 보다 재미있는 글을 쓰는 것이겠지요.

그러한 마음을 담아, 바로 이어서 '광룡기(狂龍記)'를 여러분 앞에 버놓을 생각입니다.

편안한 글이니, 부담없이 즐기시기 바랍니다.

그럼 광룡기로 새롭게 만날 날을 기약하며.

　　　　　　　　모악(母岳) 아래에서. 장담(張譚) 배상(拜上).

SCHÄDEL KREUZ

새델 크로이츠

[2부] *Philosopher*
필라소퍼

정도를 추구하고 세상을 바로잡는
하얀 왕의 힘이 필요한 역전체 군단.
신의 존재에 가까운 '절대자'와
또 다른 천요의 등장.
그들의 목적은 헨지를 통한
공간왜곡의 문!

주어진 운명에 대항하는 자들과 이를 막으려는 자들.
그리고 밝혀지는 전설의 진실 앞에 또 다른
전설의 존재가 탄생하는데……

새델 크로이츠, 그들의 임무가 시작되었다.

유행이 아닌 자유추구 -
WWW.chungeoram.com
Book Publishing CHUNGEORAM

CHARM MASTER
참마스터

눈매 퓨전 판타지 소설

부적(Charm)이란

**만드는 자의 정성, 만드는 자의 능력, 받는 자의 믿음,
이 세 가지가 충족되어야 최고의 힘을 발휘한다.**

이계에서 넘어온 영환도사의 후손 진월랑!
아르젠 제국의 일등 개국 공신 가문이었던 이계인 가문, 진가가 하루아침에 몰락했다.
그것도 가장 믿었던 사람으로 인해.

홀로 살아남은 어린 월랑은 하루하루 생존 게임이 벌어지는
살인자들의 섬으로 보내지는데…….

**독과 부적의 힘을 손에 넣은 진월랑!
그가 피바람을 몰고 육지로 돌아온다.**

유행이 아닌 자유추구 -
WWW.chungeoram.com
Book Publishing CHUNGEORAM

Book Publishing CHUNGEORAM

청운하 新무협 판타지 소설

백팔번뇌

百八煩惱

세상은 날 버렸다.
나 또한 세상을 버렸다.

神이 선택한 그들이 흘린 쓰레기를…
난 그저 주워 먹었을 뿐이다.
그러므로 난 여전히 배가 고프다.

일류(一流)가 되기 위해서라면…
난 기꺼이 신마저 집어삼킬 것이다.

유행이 아닌 자유추구 -
WWW.chungeoram.com

백팔살인공을 한 몸에 지닌 그를
훗날 천하는 그렇게 불렀다.

대무신 大武神

임영기 新무협 판타지 소설

무간백구호(無間百九號). 태무악(太武岳).
신풍혈수(神風血手). 대살성(大殺星).

고독한 소년이 세 살 때의 기억을 좇아
천하를 상대로 싸우면서 열아홉 살 때까지 얻은 이름들.
그리고 백팔살인공(百八殺人功).

大武神

백팔살인공을 한 몸에 지닌 그를 훗날 천하는 그렇게 불렀다.

Book Publishing CHUNGEORAM